Mensonges dans les Highlands

 LA BANDE DE COUSINS

Keira Montclair

Les Grant et les Ramsay
dans les années 1280

GRANT

LAIRD ALEXANDER GRANT et sa femme, MADDIE
John (Jake) et sa femme, Aline
James (Jamie) et sa femme, Gracie
Kyla et son mari, Finlay
Connor
Elizabeth
Maeve

BRENNA GRANT et son mari, QUADE RAMSAY
Torrian (fils de Quade d'un premier mariage), sa femme Heather, Nellie (fille de Heather d'une ancienne relation) et leurs fils, Lachlan
Lily (fille de Quade d'un premier mariage), son mari, Kyle et leurs filles jumelles, Lise et Liliana
Bethia, son mari, Donnan et leur fils, Drystan
Gregor
Jennet

ROBBIE GRANT et sa femme, CARALYN
Ashlyn (fille de Caralyn d'une ancienne relation), son mari, Magnus et leur fille

Gracie (fille de Caralyn d'une ancienne relation) et son mari, Jamie
Rodric (Roddy)
Padraig

BRODIE GRANT et sa femme, CELESTINA
Loki (adopté), sa femme, Arabella, leurs fils, Kenzie (adopté) et Lucas, et leur fille, Ami (adoptée)
Braden, sa femme, Cairstine et Steenie (fils de Cairstine d'une ancienne relation)
Catriona
Alison

JENNIE GRANT et son mari, AEDAN CAMERON
Riley
Tara
Brin

RAMSAY

QUADE RAMSAY et sa femme, BRENNA GRANT (voir ci-dessus)

LOGAN RAMSAY et sa femme, GWYNETH
Molly (adoptée) et son mari, Tormod
Maggie (adoptée) et son mari, Will
Sorcha et son mari, Cailean
Gavin
Brigid

MICHEIL RAMSAY et sa femme, DIANA
David et sa femme, Anna
Daniel

AVELINA RAMSAY et DREW MENZIE
Elyse
Tad
Tomag
Maitland

CHAPITRE 1

Highlands d'Écosse, automne 1284

« ARRÊTEZ ! ARRÊTEZ OU vous risquez de tomber du bord ! »

Rose MacDole poussa un cri strident dès qu'elle entendit la voix grave et masculine dans son dos. Elle tourna les talons, juste à temps pour voir l'intrus se diriger droit vers elle. C'était un homme de grande taille, qui tendit la main vers elle comme pour l'attraper.

Sur le coup de la peur, elle se retourna à nouveau et s'avança vers les rochers glissants qui menaient à sa maison, située bien au-dessus de la mer. On lui avait dit de ne pas s'adresser aux étrangers. D'ailleurs, il était plutôt rare pour elle de seulement *croiser* un étranger, car leur château était très isolé, et sa mère préférait rester à la maison.

Le chemin vers la sécurité n'était pas le plus facile, mais elle l'avait emprunté pieds nus à maintes reprises, comme elle le faisait à présent en courant et en jetant des coups d'œil par-dessus son épaule, tandis que l'homme de grande taille la poursuivait.

La meilleure manière de le semer consistait à suivre le chemin poussiéreux qui menait vers la mer, avant de se glisser dans la grotte marine secrète. Dans les profondeurs de la grotte, il y avait une porte secrète qui menait aux sous-sols de leur château. Son père lui avait montré ce chemin des années auparavant.

Elle se précipita donc le long du chemin, et ses pas firent tomber des cailloux et des débris dans la mer en contrebas. Le son qu'ils firent en atteignant la surface de l'eau lui rappela la hauteur vertigineuse d'où elle tomberait, si jamais elle venait à perdre pied.

« Arrêtez, je vous en prie ! Je ne vous ferai pas de mal. Je croyais que vous alliez sauter du bord. Je voulais seulement vous aider. »

Il semblait sincère, mais Rose n'arrivait pas à oublier les avertissements de l'homme dont la présence lui manquait plus que tout au monde. Son cher père, qui était mort cinq ans plus tôt, l'avait laissée seule avec une mère dont l'humeur était aussi violente et imprévisible que les orages d'été, et qui lui avait rapidement expliqué ce que les hommes pouvaient vouloir d'elle une fois qu'elle serait devenue une femme.

Et en effet, son premier – et unique – baiser avec un homme s'était mal terminé pour elle. Après cet horrible événement, sa mère lui avait ordonné de garder ses distances avec les hommes. Non, elle n'attendrait pas de voir ce que cet étranger voulait d'elle. Cela ne pouvait que mal se terminer pour elle.

C'était toujours ce qui lui arrivait lorsqu'elle ignorait les conseils de sa mère.

Avançant prudemment, elle se dépêcha de continuer son chemin, en se retournant de temps à autre pour voir si l'homme était en train de gagner du terrain. Il ne pourrait jamais la rattraper, car elle avait le pied plus sûr que quiconque sur ces chemins à flanc de falaise.

Sa voix résonna dans le vent : « Arrêtez, je vous ordonne de vous arrêter, avant que vous ne vous approchiez trop près du loch et de vous noyer. »

Elle s'esclaffa, et eut presque envie de lui demander ce qu'il savait de ses terres natales, de leur château construit sur les falaises au-dessus de la mer, où le sel vous couvrait en permanence la peau et les vêtements, et où l'air était plus doux que n'importe où ailleurs. Le château surplombait un long loch qui menait à l'estuaire avant de se jeter dans la mer. On l'appelait le Loch Linnhe, ou *An Linne Dhubh,* le bassin noir.

Aussi loin que remontaient ses souvenirs, elle avait toujours été au bord de l'eau. Parfois, elle pensait appartenir au monde de l'eau.

Tout en continuant de descendre le chemin, elle finit par en atteindre la fin, puis se précipita vers l'endroit qui la menait à la grotte, la torche à l'entrée éclairant son chemin.

Sa grotte. Elle y venait avec son père pour s'asseoir dans la paix et la tranquillité. Ce sanctuaire privé lui avait toujours paru sacré, un endroit où ils pouvaient prier et parler à Dieu.

Oh, si seulement elle pouvait revivre ces jours heureux.

L'homme qui la poursuivait ne semblait pas avoir l'intention d'abandonner, et il continuait de lui ordonner de s'arrêter. Mais elle ne le ferait jamais. Une fois qu'elle se serait glissée dans la grotte, il ne pourrait jamais deviner ce qu'elle serait devenue, car l'entrée était trop sombre pour qu'il parvienne à trouver la porte secrète.

Elle compta ses pas.

Poussant un soupir de soulagement, elle entra dans la pénombre de la grotte, ralentissant son avancée tandis qu'elle s'approchait du fond en pierre humide. Les pierres au-dessus de sa tête brillaient même dans le noir. Elle était presque arrivée à la porte lorsqu'elle entendit la voix de l'homme s'élever dans la grotte, son timbre grave résonnant contre les murs en pierre. Cet homme n'allait donc pas la laisser tranquille.

« S'il vous plaît, je veux seulement vous aider. »

La porte secrète se trouvait juste un peu plus loin. Le bruit de ses pas incertains lui indiqua qu'il était en train d'arriver derrière elle, sans trop savoir où il allait. Elle adressa une rapide prière au Seigneur afin de la guider en toute sécurité jusqu'à son foyer de l'autre côté de la porte.

Une minute plus tard, elle passa la porte, qu'elle referma derrière elle en poussant un soupir de soulagement.

Elle avait réussi.

Mais alors, pourquoi ressentait-elle un bref élan de regret ?

Roddy Grant se retrouva fort indécis. Il ignorait s'il devait continuer de poursuivre la jeune femme qu'il avait vue sur la falaise, et qui avait semblé sur le point de sauter vers sa mort, ou s'il devait abandonner en se disant qu'elle avait probablement renoncé à sa funeste mission.

Il s'arrêta pour rassembler ses pensées et ralentir les battements de son cœur, puis décida de mettre fin à sa poursuite – pour le moment. Il avait très envie d'aider cette jeune femme, mais il était un étranger sur ces terres, très loin de chez lui, et forcer la porte ne lui apporterait rien de bon.

Cet endroit était connu sous le nom de Loch Linnhe, le bassin noir, selon les dires de son cousin Braden, qui avait repris les rênes du château de sa femme non loin d'ici. Pourquoi un nom aussi menaçant ? En jetant un coup d'œil par-dessus le bord de la falaise, il découvrit la réponse à sa propre question – en contrebas, il vit l'eau sombre à la base des grottes, et entendit le bruit des vagues qui s'écrasaient contre les rochers pointus, seule preuve de la présence du loch. S'agissant d'un loch qui se jetait dans la mer, il ne ressemblait en rien à celui auprès duquel il avait grandi, sur les terres des Grant qu'il adorait. Ces eaux-là étaient bien plus traîtresses.

Il était venu ici en mission pour la Bande de Cousins. Sa cousine Maggie avait fondé ce groupe avec l'aide de son époux, Will. Lui et les autres avaient décidé de consacrer leur vie à mettre fin à l'horrible pratique de vente d'êtres humains par-delà les mers, pour les envoyer vers des terres inconnues. Depuis le début de leur quête, ils étaient parvenus à sauver plusieurs enfants des griffes de leurs ravisseurs, des filles comme des garçons. Certains d'entre eux étaient retournés auprès de leurs familles, d'autres avaient été adoptés, car leurs parents ne voulaient plus d'eux.

Après la dernière réunion de la bande, Roddy et ses deux cousins Grant, Connor et Braden, avaient décidé d'inspecter les régions du nord-ouest de l'Écosse. Roddy et Connor s'étaient rendus vers la côte, afin de trouver tous les endroits susceptibles d'abriter des bateaux destinés à la traite d'êtres humains. Braden ne s'était pas joint à leur voyage, car il était récemment marié, mais il les accompagnerait dans leur prochaine quête.

Leur voyage les avait menés vers ce château. Il était plutôt petit, et se trouvait non loin de l'abbaye de Sona, aussi était-il bien possible qu'il s'agisse de la demeure d'une petite famille, et non d'un clan. Son terrain rocailleux était peu propice à la pousse de cultures, bien qu'il fût probablement possible d'y entretenir un petit jardin.

Ils avaient été sur le point de renoncer à inspecter ce château en raison de sa taille négligeable, mais une force inexplicable attirait Roddy vers cet endroit. Il avait insisté pour aller y jeter un coup d'œil, pendant que Connor irait chevaucher vers une autre zone. Ils pourraient ensuite se retrouver plus tard.

À cette distance, ils n'avaient pas remarqué

que le château se trouvait juste au-dessus du Loch Linnhe, ce qui rendait l'endroit bien plus intéressant pour les recherches de la Bande de Cousins. Braden lui avait dit que le loch se trouvait non loin de là, et que c'était pour cela qu'ils devaient se rendre dans cette direction, mais il n'avait pas fait mention d'un château.

Et à cette distance, ils ne l'avaient pas vue, *elle*.

Dérapant et trébuchant, Roddy rebroussa chemin tant bien que mal le long de la dangereuse formation rocheuse, jusqu'au sommet de la falaise où il se trouvait lorsqu'il avait aperçu la jeune fille. Le château était très beau, mais il était entouré d'eau sur trois côtés, perché au-dessus d'une multitude de rochers et de falaises, probablement trop raides pour permettre à d'éventuels envahisseurs de mener une attaque. Roddy se trouvait non loin de là, rafraîchi par une brise de début d'automne, ses pensées tournées vers la jeune femme.

Il n'oublierait jamais sa silhouette qui s'était tenue au bord de la falaise. Cette jeune femme était incroyablement belle, et ses cheveux si foncés qu'ils en étaient presque noirs. De longues mèches s'étaient échappées de sa tresse et dansaient sous le vent tandis qu'elle posait les yeux sur les eaux tumultueuses juste sous ses pieds.

Avait-elle vraiment eu l'intention de mettre fin à ses jours ?

Ou bien l'avait-il simplement cru, car lui-même ne cessait de penser à l'idée de glisser de la falaise depuis qu'il avait jeté un regard vers les eaux violentes et brutales de la mer sombre ?

Certes, il n'avait pas pensé à sauter pour mettre fin à sa vie – bien au contraire – mais ceux qui le connaissaient auraient été surpris d'apprendre l'étrange direction qu'avait pris son cheminement de pensées.

Aussi loin que remontaient ses souvenirs, la peur de la mort avait toujours hanté un recoin de son esprit, mais elle avait semblé redoubler de puissance le jour où son oncle Alex, le plus grand guerrier des Highlands, avait failli mourir au combat. Et elle avait pris encore plus d'ampleur lorsqu'il avait vu Braden se battre lors de leur dernier combat, à tel point qu'il ne pouvait désormais plus l'ignorer. En fait, cette peur était devenue si forte qu'il se demandait s'il voulait vraiment devenir un guerrier du clan Grant.

Mais alors, que penserait son clan de lui ? Tous les jeunes garçons rêvaient de devenir un bon guerrier, d'autant qu'ils se battraient pour l'une des armées les plus puissantes de tous les Highlands.

De plus, un rêve récurrent dans lequel il se noyait dans des eaux profondes le tourmentait nuit après nuit, ce qui ne faisait qu'aggraver les choses, et le forçait à se demander pourquoi il avait de telles pensées.

Ses cauchemars l'avaient-ils amené à se retrouver ici, au Loch Linnhe ? Le bassin noir avait-il un message pour lui ? Il avait beau farfouiller son esprit à la recherche d'une réponse, il n'en trouvait aucune.

Et puis la jeune fille était apparue, le distrayant de ses pensées.

Il retrouva le chemin principal qu'il était en train d'emprunter avant de se lancer à la poursuite de la jeune femme. Il avait décidé de se rendre au château. Puisque son objectif était de patrouiller dans la région, il serait probablement plus courtois de se présenter – de se rendre aux portes et d'en demander le passage au nom du clan Grant – et cela lui permettrait également d'enquêter sur la jeune femme.

À sa grande surprise, les gardes aux portes du château le laissèrent entrer sans poser trop de questions. Une fois que le maître d'écurie eût récupéré son cheval, il se dirigea vers le donjon, encore plus surpris d'y voir une femme qui attendait son arrivée.

Elle était grande et mince, ses cheveux sombres serrés en un étroit chignon. « Entrez, jeune homme. Comment puis-je vous aider ? Êtes-vous perdu ? Nous n'avons pas souvent des visiteurs sur nos falaises. » Son large sourire semblait sincère, et d'un geste de la main, elle l'invita à entrer dans le donjon. Tandis qu'il passait la porte en suivant ses pas, elle se tourna rapidement afin de s'adresser à une domestique. « Allez chercher un repas frugal pour notre invité, je vous prie. D'où qu'il vienne, je suis sûre qu'il doit avoir soif. »

Roddy parcourut brièvement le grand hall du regard, ses tapisseries somptueuses, ses armoiries et son joli mobilier en bois. Ce château avait été construit avec beaucoup de richesses. « Je suis du clan Grant. »

« Le clan Grant ? »

« Oui, de la vallée de Dulnain. »

« Alors, vous êtes bien loin de chez vous. Asseyez-vous, mon garçon. »

Roddy s'assit à la table à tréteaux la plus proche, acceptant la bière et le pain que lui apporta la domestique. Puis il attendit que la femme s'installe sur un fauteuil rembourré avant de prendre la parole. « J'espère ne pas me montrer indiscret, mais je me suis senti attiré par la mer, et j'ai découvert une falaise au sud de votre château. J'y ai rencontré une jeune femme qui se tenait là, dans une position visiblement dangereuse. J'ai craint qu'elle ne soit sur le point de se jeter dans le vide. La connaissez-vous ? »

« Une jeune femme sur le point de se jeter dans le vide ? » Sous le choc, elle porta sa main à sa gorge. Quelques instants plus tard, son expression sembla se détendre. « Oh, vous avez dû voir ma fille, Rose, mais elle ne ferait jamais une chose pareille. Elle adore se promener sur les falaises, elle le fait depuis qu'elle est toute petite. Faites-moi confiance, elle a le pied aussi sûr qu'un animal d'ici. Vous avez dû la croiser pendant sa promenade matinale. C'est une jeune fille adorable. Croyez-moi, elle n'était pas sur le point de se jeter dans le vide. C'est simplement qu'elle adore la mer, et plus les vagues viennent s'écraser contre les rochers, plus elle reste pour les regarder. Je ne m'inquiète jamais lorsqu'elle se promène là-bas. Son père lui a appris à parcourir les falaises, il y a de nombreuses années. C'était leur petit rituel matinal. » Puis la femme adressa un geste de la main à la domestique et ajouta : « Veuillez dire à Rose de nous rejoindre. »

Elle sourit à nouveau et lui dit : « Si son sort vous inquiète tant, vous pourrez ainsi la voir de vos propres yeux. »

Il hocha la tête, décelant chez la femme un léger accent anglais. Qu'était venue faire une Anglaise aussi loin au nord dans les Highlands ? « Merci » répondit-il. « Je me sentirai mieux après avoir vérifié qu'elle se porte bien. Je m'appelle Roddy Grant. Et vous ? »

« Oh, pardonnez-moi. Je suis Jean MacDole. Mon mari Walter est décédé il y a plusieurs années. Rose et moi avons eu beaucoup de mal à surmonter sa perte. Si elle se promène dans les falaises, c'est aussi pour se remémorer ses souvenirs avec son père. Nous l'adorions. » Les larmes lui montèrent aux yeux tandis qu'elle posait les mains sur ses genoux. « Mais ne vous inquiétez pas, jeune homme. À présent, expliquez-moi pourquoi un jeune du clan Grant a décidé de venir dans notre région. »

« Je voyage simplement vers le nord. Mes cousins et moi aimons voyager, rencontrer de nouvelles personnes et créer des liens avec d'autres clans. Nous avons un cousin qui vit à présent au château des Muir, et nous avions envie de faire la connaissance de ses voisins. »

« Vous êtes assez loin du château des Muir. »

« Peut-être à une demi-journée à cheval, en effet. Y a-t-il des clans de grande taille dans la région ? »

« Quelques-uns. Mais je ne m'associe pas avec eux. Si vous ne l'aviez pas remarqué, je suis Anglaise. Notre mariage était arrangé, et je n'ai fait qu'accomplir mon devoir. Heureusement, Walter et moi avons fini par tomber amoureux l'un de l'autre. Et notre douce Rose est le fruit de notre amour. Ah, la voici, justement. »

Elle sourit et se leva pour saluer sa fille, qui écarquilla les yeux dès qu'elle entra dans le hall. Son regard, qui s'était d'abord posé brièvement sur sa mère, se tourna à présent sur Roddy. Ses yeux étaient d'une obsédante nuance de bleu foncé, presque violet. Avait-il déjà vu des yeux d'une telle couleur ?

Roddy se leva à son tour, puis fit un pas vers elle, comme attiré par une force étrange. « Bonjour à vous, milady. Je suis désolé si je vous ai fait peur tout à l'heure. Ce n'était pas mon intention, je craignais simplement pour votre sécurité. C'est une chute vertigineuse jusqu'au loch tumultueux en contrebas. Vous l'appelez le bassin noir, n'est-ce pas ? »

Elle lui adressa un sourire magnifique, bien qu'un peu hésitant. Ses cheveux portaient la preuve de sa promenade à flanc de falaise. Les mèches qu'il avait vues voler au vent tombaient à présent en douces boucles autour de son visage. Elle avait des lèvres d'un rose intense, assorties à son nom. Il attendit sa réponse, mais elle garda les yeux posés vers le sol.

« Vous allez bien ? Vous n'avez pas été blessée sur les rochers ? J'ai cru voir que vous étiez pieds nus. La plante de vos pieds a dû se retrouver tout égratignée sur ces chemins escarpés. »

Elle ne répondit toujours pas, se contentant de remuer ses orteils dans les doux chaussons bleus qu'elle avait enfilés aux pieds. Elle portait une robe bleu foncé assortie à ses yeux. Roddy dut reconnaître qu'il n'avait jamais été autant attiré par l'apparence d'une jeune femme. Il brûlait d'envie de toucher la douceur de la peau de sa joue, ou de goûter brièvement à ses lèvres sucrées. Mais plus que tout, il avait envie qu'elle lui dise qu'elle allait bien – non pas parce qu'il était inquiet pour sa santé, mais parce qu'il voulait entendre le son de sa voix.

Aurait-elle un ton grave et rauque ? Ou bien doux et aigu ?

Comment pourrait-il l'inciter à lui parler ?

Il décida de lui poser une question qui nécessiterait une réponse, et non un simple hochement de tête.

« Quel chemin avez-vous emprunté ? » Lorsqu'elle ne répondit toujours pas, il insista : « Et quelle est votre fleur préférée ? » Quelle question ridicule ! Mais c'était la première chose à laquelle il avait pensé pour la faire parler.

Sa mère répondit : « Milord Grant, ma fille est sourde, et elle ne parle pas. »

CHAPITRE 2

ROSE N'EUT D'AUTRE choix que d'écouter les mensonges de sa mère. Tel était son destin. Elle devait laisser croire à tout le monde qu'elle était sourde, simplement parce qu'elle ne pouvait pas parler.

Parfois, c'était une bénédiction, mais dans ce cas précis, elle aurait voulu pouvoir parler avec l'homme qui se tenait devant elle. Certes, son handicap lui *permettait* de fixer les gens autant qu'elle le désirait – on la questionnait rarement à ce sujet, et elle s'en servait à présent pour observer l'homme aux cheveux clairs qui se trouvait assez près d'elle pour qu'elle puisse le toucher.

Elle l'avait craint un peu plus tôt sur les falaises, mais maintenant, elle était simplement intriguée. Depuis la mort de son père, sa mère s'était occupée du château, ne le quittant que pour se rendre à l'église ou à l'abbaye afin de prier. Elle laissait alors Rose à la maison, afin de ne pas la soumettre à la curiosité naturelle des badauds concernant sa fille qui ne pouvait ni parler ni entendre. Ou du moins était-ce ce qu'elle prétendait. Ils avaient des visiteurs de temps à autre, mais Rose était rarement invitée à se joindre à sa mère. Elle passait donc la plupart de son temps dehors ou dans sa chambre.

Son existence solitaire ne l'avait pas dérangée le moins du monde à l'époque où elle faisait encore le deuil de la mort de son père – des années étaient passées sans même qu'elle s'en rende compte – mais sa vie avait commencé à lui sembler un peu vide ces derniers temps. Creuse, même. Mais cet homme avait traversé tous les Highlands. Il devait avoir tellement d'histoires à raconter !

Elle n'avait pas pu l'examiner en détail sur les falaises, mais il était plutôt séduisant, avec ses cheveux dorés et ses yeux gris – des yeux qui saisissaient son âme. Quelque chose lui dit qu'après tout, il ne représentait peut-être pas un danger pour elle, et qu'ils pourraient même devenir amis.

Mais seulement si elle trouvait le moyen de communiquer avec lui, à l'abri du regard acéré de sa mère.

Il avait un teint bronzé par le soleil, ainsi qu'une mâchoire puissante et ciselée, avec une cicatrice juste au-dessus de l'œil droit, si près qu'elle se demanda comment il n'avait pas fini borgne par cette attaque qui avait laissé une cicatrice aussi profonde sur sa peau.

Mais cela n'enlevait rien à sa beauté, et le rendait même encore plus attirant.

Grâce à son handicap, Rose avait fini par découvrir qu'elle avait une capacité toute particulière à mieux comprendre les gens autour d'elle. Lorsqu'elle passait du temps avec une personne, elle pouvait deviner certaines choses à son sujet – notamment son véritable caractère, et si ses actions concordaient avec ses paroles. Comme elle s'était dissimulée dans un coin, elle avait appris que cet homme s'appelait Roddy Grant. Roddy, ou Rodric, supposa-t-elle, avait un fort caractère, l'apparence d'un guerrier, ainsi qu'un vif sentiment de fierté et d'honneur. Elle ne ressentait une telle confiance totale en soi que chez une personne sur quatre ou cinq. Cela lui donnait toujours envie de mieux les connaître.

Elle sentit également quelque chose d'autre. Roddy Grant était un homme troublé. Elle inclina la tête, dans l'espoir de déceler d'autres indices à son sujet. Il semblait se sentir coupable, mais elle ne discerna rien d'autre.

C'était de cette manière qu'elle se distrayait en présence d'étrangers. Comme elle ne pouvait pas communiquer avec eux, elle passait son temps à les observer, afin de trouver des indices sur leur caractère dans leur façon de présenter, de parler aux autres et de se comporter. Rose fut surprise lorsque Roddy s'inclina légèrement devant elle, ce qui lui indiqua qu'il allait partir, avant de remercier sa mère pour son hospitalité.

Elle ne voulait pas qu'il parte. Elle n'avait aucune envie de perdre de vue ses cheveux dorés ou ses yeux expressifs. Elle aurait tellement voulu pouvoir le supplier de rester, ou lui promettre de se retrouver pour un petit interlude sur les falaises ou dans les jardins. Maintenant qu'elle l'avait rencontré, elle n'avait qu'un seul désir en tête.

Elle brûlait de savoir ce qu'avait fait Roddy Grant pour se sentir ainsi coupable.

Roddy devait admettre qu'il ne s'était jamais senti aussi surpris que lorsque lady MacDole lui avait annoncé que sa fille était sourde et muette. Il avait immédiatement ressenti un élan de sympathie pour la jeune fille. Il avait beau ne rien savoir à son sujet, il avait l'impression que son existence devait lui sembler bien solitaire. La jeune femme était coupée du reste du monde, non seulement à cause de l'endroit où elle vivait et de sa famille restreinte, mais aussi en raison de la nature, qui lui avait volé l'ouïe et la parole, deux sens indispensables à la communication. Il ne put s'empêcher de se demander si elle avait vécu ainsi depuis sa naissance, ou si elle avait perdu l'ouïe et la parole au cours d'un tragique accident.

Lorsqu'il quitta le grand hall, il sut déjà qu'il n'en avait pas encore terminé avec cet endroit. Il trouverait les réponses à ses questions. Il se convainquit que ce n'était pas la beauté de la jeune femme qui l'y poussait, mais plutôt son désir de lui venir en aide. Après tout, sa propre mère, Caralyn, était la guérisseuse des Grant, un métier qu'elle avait appris auprès de ses tantes Jennie et Brenna Grant, deux des meilleures guérisseuses de toute l'Écosse. Il était ravi que sa mère possède de telles connaissances, car il avait souvent des questions à lui poser à ce sujet.

Il quitta le château isolé, puis se dirigea vers la clairière où lui et Connor avaient convenu de se retrouver lorsque le soleil atteindrait son zénith. Il était un peu en avance, mais Connor était déjà là, en train de mâchouiller une pomme qu'il avait prise de la sacoche remplie de fruits mûrs qui pendait à la selle de son cheval. L'animal était également en train d'en déguster une.

« Alors, tu as découvert quelque chose ? » demanda Connor entre deux bouchées.

« Non, pas vraiment. »

« Tu as l'air bien pensif » commenta Connor.

Roddy poussa un profond soupir. Il avait du mal à faire le point sur ce qu'il ressentait, mais peut-être que Connor pourrait l'aider à rassembler ses pensées. Lui, Connor et Braden étaient amis depuis leur naissance, et leur lien était bien plus fort que celui de simples cousins.

Il n'y avait qu'une seule chose qu'il n'avait jamais racontée à Connor. Dernier-né du célèbre guerrier Alexander Grant, Connor adorait se lancer dans la bataille.

Pourrait-il comprendre que Roddy avait peur de la mort ?

Peut-être était-il temps de le découvrir. Mais *après* lui avoir parlé de l'étrange situation de Rose MacDole, et le fait que son château surplombait le Loch Linnhe. « Je me suis aventuré sur ses falaises près du château, et j'y ai vu une jeune femme qui se tenait tout près du bord. »

Connor fronça les sourcils, et il comprit qu'il avait capté son attention.

« Je l'ai suivie, mais elle s'est enfuie. Ce n'est pas étonnant, je suis un étranger pour elle, mais elle avait le pied si sûr qu'elle a fini par me semer.

J'ai dû me rendre aux portes du château pour demander à y entrer, et voir ce qu'elle faisait là-bas. » Il croisa les bras, puis posa les yeux sur les fleurs d'un violet profond non loin de ses pieds, remarquant soudain à quel point leur couleur ressemblait à celle des yeux de Rose.

« Et ensuite ? » Connor était très doué pour écouter les autres, tout comme son père. Roddy aurait aimé pouvoir dire qu'il possédait également cette qualité, mais il manquait de patience, et bien souvent, il finissait par assaillir son interlocuteur de questions en plein milieu de son histoire.

« Le château était la propriété d'un certain Walter MacDole, qui est mort il y a plusieurs années. Il est à présent occupé par sa veuve et sa fille, Rose. C'est elle que j'ai vue sur les falaises. Je n'ai pas vu beaucoup d'autres personnes… un garde à la porte, une domestique et un maître d'écurie. »

Connor prit une autre bouchée de sa pomme et lui répondit, la bouche pleine : « En général, ça fait toujours sourire les hommes de rencontrer une jeune fille. Alors pourquoi as-tu une mine aussi renfrognée ? N'est-elle pas à ton goût ? »

Roddy poussa un sifflement. « Oh que si. Elle est très belle, avec des cheveux sombres, presque noirs, et des yeux proches de cette couleur. » D'un geste, il désigna les fleurs qu'il avait remarquées.

« Et ça t'a perturbé ? » Connor arborait à présent un sourire amusé.

Roddy se sourit à lui-même, car il savait comment son cousin allait réagir lorsqu'il lui annoncerait la nouvelle.

Il croisa le regard de Connor. « Non, mais ce qui m'a perturbé en revanche, c'était d'apprendre que cette jeune fille ne peut ni parler, ni entendre. »

« Vraiment ? » Le visage choqué de Connor était exactement la réaction à laquelle il s'était attendu. Son cousin posa les yeux vers le sol, semblant intégrer cette nouvelle information. « Comment peux-tu savoir qu'elle est sourde, si elle ne peut pas te le dire ? »

« Sa mère me l'a dit. »

« Et tu as accepté cette réponse. » Connor s'interrompit, les yeux fixés sur les arbres, avant de reprendre la parole. « Et qu'est-ce qui te pose problème ? »

« Je ne peux pas vraiment l'expliquer, mais il y a quelque chose qui ne va pas dans cette situation. Le château est perché au-dessus du loch marin dont Braden nous a parlé. Le Loch Linnhe, un nom approprié pour décrire les eaux qu'il abrite – sombres et turbulentes. Je les ai vues du haut des falaises. Ce pourrait être une bonne raison d'y retourner. »

Son cousin posa les mains sur ses hanches et fit deux pas en avant. « Tu penses avoir vu quelque chose qui pourrait avoir un lien avec le canal de Dubh ? »

Le canal de Dubh était la raison de l'enquête qu'il menait avec ses cousins. Il s'agissait d'un groupe vaguement organisé qui capturait des garçons et des filles pour les vendre, et on ne les revoyait jamais.

Il haussa les épaules. « Peut-être. Il faudrait un gros bateau pour affronter ces eaux dangereuses. »

Le temps était venu pour lui de partager son problème avec Connor. Roddy passa ses mains dans ses cheveux, puis poussa un profond soupir, comme si cela pouvait l'aider à faire sortir les mots de sa bouche. « Il y a quelque chose d'autre dont je voudrais te parler. Je fais des cauchemars, ces derniers temps. »

Connor haussa un sourcil en direction de son cousin. « Continue. »

« Je rêve que je suis submergé sous l'eau et que je lutte pour remonter à la surface, pour respirer. » Il se mit à faire les cent pas, dans l'espoir que cela l'aiderait à trouver le courage de continuer. « Je… Je pense que j'ai développé une peur insolite de mourir. Depuis le jour où ton père… »

Connor leva une main pour l'interrompre. « N'en dis pas plus. Je comprends. J'ai vécu la même chose, moi aussi, mais ça n'a pas duré longtemps. Lorsque nous nous sommes élancés dans la bataille contre Buchan, j'ai bien cru que j'allais me faire désarçonner, comme mon père. Avant la bataille, je n'arrêtais pas de faire des rêves où je me retrouvais au sol, blessé sur le champ devant le château des Grant. »

« Vraiment ? » Il était extrêmement surpris d'entendre de telles paroles de la part du fils d'Alex Grant.

« Oui, mais dès que j'ai repris mon épée en main, ma peur a disparu. »

Roddy avait dû mal dissimuler sa déception, car Connor ajouta prestement : « J'imagine que ce n'est pas ce qu'il t'est arrivé. »

Roddy frotta les paumes de ses mains contre

ses yeux. Pourquoi ne pouvait-il pas simplement effacer ces peurs de son esprit ? « Non. Ma crainte de mourir au combat est toujours présente, et mes cauchemars ne font qu'empirer. Lorsque j'ai posé les yeux sur les eaux sombres du loch, je me suis senti hypnotisé par ses profondeurs. »

« Est-ce le genre d'étendue d'eau que tu vois lorsque tu te réveilles de tes cauchemars ? »

Roddy réfléchit pendant un moment avant de répondre, farfouillant dans sa mémoire pour se souvenir des images et des sons de ses terreurs nocturnes. « Non, j'ai plutôt l'impression qu'il s'agit d'une eau calme. Rien à voir avec le Loch Linnhe, mais j'ai pourtant la sensation que je dois retourner vers ce château, et cette eau. Quelque chose me pousse à y aller. »

Connor s'approcha de son cheval, dont il flatta les flancs. « Je ne remets pas en question ton instinct. Je pense que nous devrions y retourner. »

« Pour voir si j'y reconnais quelque chose que je vois dans mes rêves ? »

« Non, je pense que nous devrions descendre vers le bord de l'eau afin d'y chercher un point d'amarrage pour des bateaux. C'est pour ça que nous sommes ici, non ? D'après ta description, ce pourrait être l'endroit où ces crapules au cœur de pierre retiennent leurs prisonniers. La femme et la jeune fille que tu as vues sur les falaises n'ont peut-être aucune idée de ce qui se trame juste sous leur maison. Il serait négligent de notre part de ne pas explorer les environs à la recherche de quoi que ce soit d'inhabituel. » Puis il adressa un clin d'œil à Roddy. « Et si nous revoyons la jeune fille, c'est encore mieux. C'est peut-être elle qui te pousse à y retourner, et non le loch. Je serais heureux de la rencontrer, et voir ce que je peux découvrir à son sujet. »

Roddy sourit. Il avait espéré que Connor suggère d'y retourner. « Ça me semble une bonne idée. Je doute que nous puissions aller dans le château, mais il y a une grotte marine juste en dessous — c'est là que la fille a disparu lorsque je la suivais. Quand le soleil sera un peu moins haut dans le ciel, il sera au bon endroit pour nous éclairer la zone autour de la grotte. » Puis il s'approcha de son cheval et grimpa sur son dos.

« As-tu trouvé quelque chose d'intéressant au château où tu es allé ? »

« Non, il n'y a rien qui nous intéresse là-haut. Je suppose que c'est simplement le destin qui nous a menés jusqu'au château des MacDole — le destin, et une belle jeune femme. J'espère que nous la verrons. »

Roddy et Connor se dirigèrent vers le Loch Linnhe, puis décidèrent finalement d'aller directement aux portes du château pour commencer leurs recherches. Le soleil était sur le point de se coucher, aussi Roddy craignait-il qu'on leur refuse l'entrée, mais on leur ouvrit les portes.

Un homme les salua à la porte du hall. « N'étiez-vous pas ici un peu plus tôt, jeune homme ? »

« Si. Je m'appelle Roddy Grant, et voici mon cousin, Connor Grant. Je ne vous ai pas vu, tout à l'heure. »

L'homme le fixa en plissant légèrement les yeux. « Non, en effet. Je suis Harold Caswell, intendant du château des MacDole. Comment puis-je vous aider ? »

« Nous aimerions parler à lady MacDole et sa fille, Rose » répondit Roddy. « Nous avons quelques questions à leur poser. »

Caswell jeta un coup d'œil sur le côté, avant de reporter son regard vers lui et lui donner sa réponse : « Ces dames se sont retirées pour ce soir. Si vous avez une question, vous pouvez me la poser. J'ai l'autorisation de parler au nom de lady MacDole. Et vous savez que sa fille ne peut pas vous répondre, si je me souviens bien. »

« Oui. » Roddy jeta un coup d'œil à Connor avant de poursuivre : « Nous sommes à la recherche d'informations concernant tout type de cargaison envoyée d'ici par bateau. Avez-vous remarqué quoi que ce soit d'inhabituel sur le loch marin ? Peut-être l'arrivée d'un navire après la tombée de la nuit ? Un petit bateau transportant beaucoup trop de personnes ? Des bruits inhabituels le soir ? »

Harold secoua la tête avec véhémence. « Je n'ai jamais entendu de navires après la tombée de la nuit. Et je trouve tout à fait grotesque que vous suggériez qu'il existe de telles activités près de nos terres sans que nous nous en soyons rendus compte. Ma réponse est non, vous pouvez donc partir. Vous ne trouverez rien de ce genre ici. »

Connor intervint : « Merci beaucoup. Nous trouverons le chemin de la sortie. »

L'intendant hocha la tête, puis tourna les talons avant de retourner vers le château.

Dès que l'homme se trouva assez loin, Connor lui dit : « Je comprends pourquoi ton instinct t'a poussé à revenir. Il y a quelque chose qui cloche ici. »

Ils récupérèrent leurs chevaux à l'écurie, puis passèrent les portes afin de ne pas éveiller de soupçons. Mais dès qu'ils furent hors de vue, Roddy déclara : « Je retourne aux falaises. Je dois aller voir si Rose y est. »

« Je te suis » répondit Connor. « Si tu la trouves et que tu souhaites lui parler, je monterai la garde. Nous verrons bien si nous apprendrons quelque chose, bien que j'ignore comment nous allons faire, puisqu'elle ne peut ni entendre, ni parler. »

« Pas besoin de monter la garde. Va faire tes propres recherches dans les environs. Je te retrouve plus tard. »

Connor hocha la tête. « D'accord. Je vais essayer de descendre jusqu'au rivage. J'aimerais voir s'il y a des quais ou des postes d'amarrage. Rejoins-moi lorsque tu auras trouvé ce que tu cherches. » Puis il gloussa et adressa à Roddy une tape dans le dos avant de se diriger vers le chemin et de disparaître de sa vue.

Il rejoindrait Connor dès qu'il le pourrait, car il était d'accord avec lui – il pourrait bien y avoir quelque chose de suspect près du loch marin. Mais d'abord, il avait d'autres questions plus urgentes à régler.

Il devait voir Rose. S'il la revoyait, son intérêt pour elle finirait par se dissiper. Il en était certain.

Chapitre 3

ROSE ÉTAIT ASSISE sur un rocher de son rebord favori, sur la partie inférieure de la falaise qui surplombait la mer. Elle adorait écouter le bruit des vagues lorsque le temps était venteux. Le son qu'elles faisaient lorsqu'elles venaient s'écraser contre les gros rochers de la côte lui rappelait l'époque où elle se rendait ici avec son père. Ils y observeraient alors l'écume blanche qui se transformait en millions de bulles, tandis que mouettes et pélicans survolaient la surface avant de plonger pour pêcher un poisson. Son oiseau préféré était le pélican. Il avait l'incroyable capacité de voler pratiquement à la verticale pour capturer sa proie. Ensuite, il remontait dans les airs en avalant goulument, preuve qu'il avait trouvé de quoi manger. Son père lui avait tout appris sur leurs amis à plumes – son préféré à lui était le hibou.

Mais même si elle adorait observer les oiseaux et se plonger dans la contemplation de la beauté naturelle de la mer entourée de falaises, son esprit fut distrait par le souvenir d'une paire d'yeux gris.

Roddy Grant pourrait-il l'aider ? Elle adorait son foyer, mais elle était lasse de la solitude. Elle avait bien pensé à s'enfuir, mais elle ignorait où elle pourrait bien se rendre.

De plus, elle craignait également les représailles de sa mère si elle venait à s'enfuir de la maison. Elle était isolée, presque prisonnière, à cause de son handicap et de son ignorance du monde qui l'entourait.

La vie devait bien avoir d'autres choses à lui offrir que ses rêveries au bord de la falaise.

Elle aurait tellement aimé que sa mère lui laisse la possibilité d'apprendre à lire. Un jour, son père avait ramené à la maison des livres de l'abbaye. Il lui en avait montré les lettres et les mots, en veillant à ce qu'elle parvienne à reconnaître les nombres et toutes les lettres de l'alphabet, mais sa mère avait mis fin à ses leçons. Elle avait déclaré que c'était une tâche trop stressante pour Rose, mais la jeune femme connaissait la véritable raison derrière son refus.

Sa mère désirait garder un contrôle total sur sa fille et sur tout ce qu'il se passait dans le château. Ç'avait même été un incessant sujet de dispute entre ses parents.

À présent, Rose était abandonnée dans un monde où elle ne pouvait pas communiquer avec les autres, un monde de silence et de frustration.

Depuis la mort de son père, sa mère avait veillé à ce qu'elle n'eût aucun contact avec le monde extérieur.

Elle entendit un caillou tomber de la falaise et surprit un mouvement du coin de l'œil.

Bondissant sur ses pieds, elle aperçut alors quelqu'un qui s'avançait sur les falaises pour venir vers elle.

Roddy Grant.

Cette fois-ci, elle fit un pas en avant au lieu de s'enfuir. Il était temps pour elle de cesser de fuir. Dès qu'il fut arrivé à sa hauteur, elle lui adressa un sourire timide.

« Savez-vous lire sur les lèvres ? » demanda Roddy.

Au lieu de répondre, elle tendit la main vers lui. Il lui semblait important qu'il connaisse la vérité. Ainsi, il serait peut-être en mesure de l'aider. Se risquant à faire quelque chose qu'elle n'avait encore jamais fait auparavant, elle lui saisit la main pour l'attirer vers elle, puis l'invita à s'approcher. Elle tira alors sur son oreille, hocha la tête, puis posa un doigt sur ses lèvres comme pour lui intimer le silence.

« J'imagine que j'ai ma réponse. J'aimerais tellement que vous puissiez m'entendre, Rose. Il y a quelque chose d'étrange dans votre vie, votre mère, votre intendant, quelque chose que j'aimerais inspecter plus en détail. Et je pense que vous pourriez m'y aider. »

Elle sentit son cœur manquer un battement, un sentiment qui ressemblait à de l'espoir. Il n'avait pas compris son message silencieux, mais visiblement, il s'inquiétait pour son bien-être.

« J'avais espéré que vous puissiez me dire quelque chose. » Il fit mine de se retourner, mais elle le saisit par le bras.

Elle n'avait pas l'intention de perdre sa chance.

Lui tenant fermement la main, elle tira de nouveau sur son oreille avant de hocher la tête, en espérant qu'il saisisse le message.

« Je ne comprends pas. Si vous ne pouvez pas m'entendre, pourquoi tirez-vous sur votre oreille ? »

Rose secoua la tête et désigna sa bouche, puis son oreille, avant de hocher à nouveau la tête. Elle pointa ensuite son index vers son oreille, puis désigna le visage du jeune homme et hocha la tête.

« Quoi ? Vous pouviez entendre avant ? »

Elle secoua la tête avec une telle véhémence qu'il finit enfin par comprendre la vérité. Elle le lut dans son regard.

Il prit alors son visage dans ses mains et murmura : « Vous pouvez m'entendre ? »

Elle hocha la tête, un large sourire se dessinant sur son visage. Puis elle désigna sa bouche et secoua la tête.

« Vous pouvez entendre, mais pas parler ? »

Elle hocha de nouveau la tête, remplie de la joie d'être enfin comprise, et ne put s'empêcher de lui adresser une brève étreinte avant de se reculer.

« Pourquoi votre mère a-t-elle menti ? »

Rose réfléchit longuement aux choses que son père lui avait apprises, puis traça la lettre S sur sa poitrine en articulant lentement le mot qu'elle voulait lui faire comprendre.

« C'est un secret ? Mais pourquoi ? »

Elle désigna alors le château et forma le mot « mère » avec ses lèvres.

« Votre mère souhaite que cela reste un secret ? »

Lorsqu'elle hocha rapidement la tête, il sembla confus et murmura : « Vraiment ? Mais pourquoi vous ferait-elle une chose pareille ? »

Rose inclina la tête et ferma les yeux, soudain submergée par l'embarras que lui causait le comportement de sa mère à son égard. Des bribes de souvenirs de son accident s'allumèrent dans sa mémoire comme des lucioles, mais elle décida de les ignorer, car elle ne voulait pas s'en rappeler – c'était trop douloureux. Elle sentit le rouge lui monter aux joues. Peut-être devrait-elle s'en aller. Une larme se forma sur ses cils, et elle se détourna pour l'essuyer de son visage.

Elle avait simplement envie d'avoir un ami.

Roddy lui tourna autour avant de l'immobiliser en posant doucement une main sur son épaule. « Non, vous ne pouvez pas partir après une telle révélation. Je voudrais en savoir plus, Rose. Il se trame quelque chose d'étrange par ici. Je ne sais pas vraiment si vous êtes impliquée, mais si c'est le cas, j'aimerais vous aider. Que pouvez-vous me dire ? »

Il fronça les sourcils d'une façon qui étira la cicatrice près de son œil. Elle avait envie de lui demander comment il l'avait eue, mais elle en était incapable. Elle tendit donc sa main vers la joue du jeune homme, et il s'avança avant de se figer sur place, son regard fixant le sien tandis que le bout de ses doigts lui touchait le visage.

Elle poussa une exclamation étouffée à son contact. Il avait la peau chaude et rugueuse à cause de sa barbe taillée. Elle retira sa main avec incertitude, mais il hocha la tête et tendit le bras pour prendre sa main dans la sienne et la ramener vers sa joue.

« Ne retirez pas votre main. J'aime vous sentir me toucher. Vous avez la peau très douce. » Un sourire illumina ses traits, et elle soupira face à la beauté du jeune homme, ses dents blanches étincelant dans l'obscurité de la nuit.

Se décidant à faire preuve d'audace, elle fit un pas en avant et leva le pouce afin de tracer un chemin jusqu'à la cicatrice près de son œil. Elle en caressa la surface claire, qui contrastait avec le teint bronzé du reste de son visage, puis fronça les sourcils d'un air interrogateur.

« Ah, ma cicatrice vous intéresse. » Il passa le dos de sa main le long de la joue de la jeune femme. « Le plus étrange, c'est que je ne me rappelle pas comment je me la suis faite. Probablement un jour où je m'entraînais avec mes cousins. J'en ai beaucoup, et quand nous étions jeunes, nous adorions jouer à nous battre à l'épée. »

Elle bougea lentement les lèvres pour imiter silencieusement le mot qu'il venait de prononcer. « Cousins ? »

« Oui, j'ai beaucoup de cousins, et nous aimions nous battre pour faire comme nos pères et oncles. Nous nous entraînions pour devenir guerriers, afin d'être prêts à défendre notre clan le moment venu. » Il resta silencieux pendant un long moment, semblant réfléchir à quelque chose, puis ajouta : « Je ne sais pas pourquoi ni comment, mais peut-être que c'est à cause du jour où j'ai eu cette cicatrice que j'ai peur de la mort. » Puis il leva les yeux vers la lune, les yeux remplis de douleur. « Chaque fois que nous devons nous lancer dans une nouvelle bataille, la peur me fait perdre toute capacité de raisonnement et m'empêche de garder le contrôle de mes émotions. Et c'est très dangereux, de cela je suis certain. »

Fascinée par cet homme, elle hocha la tête pour l'encourager à continuer.

Il poursuivit : « Je suis un guerrier qui appartient à l'un des clans les plus puissants des Highlands, les Grant. Et pourtant, j'ai peur à chaque fois que je dois dégainer mon épée. J'ai observé mon cousin Braden au cours de notre dernier combat, et les risques qu'il a pris ont suffi à me donner la nausée. Et si je m'effondrais devant les autres guerriers ? Et si je m'évanouissais, ou que la peur m'immobilisait à terre ? Je peux vous dire que ce serait une honte insurmontable pour mon père, mes oncles et mes cousins… »

Il s'interrompit, les mains à présent posées sur ses hanches, son regard fixé sur les rochers en contrebas. Avait-il pensé qu'elle était sur le point de sauter, l'autre jour, parce que lui-même songeait à mettre fin à sa vie ? Cette pensée la fit frissonner.

Elle continua de l'observer, lui laissant ainsi l'occasion de vider son sac et de lui parler de sa peur. Il semblait embarrassé, mais elle trouvait sa crainte tout à fait normale. Son propre père s'était battu en Angleterre, et il lui avait souvent raconté à quel point cela l'avait affecté.

« Si je fais honte à mon clan, je serai forcé de

me cacher, ce dont je n'ai aucune envie. Mon seul espoir est de parvenir à bien dissimuler mes peurs. » Son regard se posa à nouveau sur la jeune femme, et il leva la main vers sa joue. « Merci de m'avoir écouté. » Il lui caressa la joue du dos de sa main. « Vous n'imaginez pas à quel point vous êtes belle, Rose MacDole. »

Elle secoua brièvement la tête pour lui indiquer qu'elle était troublée, et il prit son visage dans ses mains avant d'ajouter : « Vous êtes si belle que j'ai envie de vous embrasser. Le permettez-vous ? »

Elle hocha la tête, car elle savait que ce baiser serait différent de sa première expérience, où on l'avait forcée. Il fit un pas en avant et passa ses bras autour d'elle. Une brise légère s'éleva, et ils entendirent le hululement d'un hibou. Roddy était si beau qu'il faillit lui couper le souffle.

Il posa ses lèvres sur les siennes. Ne sachant comment réagir, elle le suivit et imita ses gestes. Il toucha la commissure de ses lèvres du bout de sa langue, et elle les lui ouvrit avec hésitation, surprise par la sensation de sa langue dans sa bouche. Puis elle sentit un élan de passion l'envahir lorsqu'elle goûta la saveur de cet homme, aussi douce qu'une pomme fraîchement cueillie. Roddy fit un son étrange, semblable au grognement d'un animal, et il l'attira vers lui, plaquant sa poitrine et son ventre musclés contre ses courbes pour ne former qu'un seul corps. La chaleur lui monta aux joues, et sa respiration devint haletante, hors de contrôle. Malheureusement, il mit fin au baiser de manière un peu abrupte, puis lui adressa deux autres baisers tendres.

« Tu me fais perdre la tête, Rose MacDole. Mais je suis aussi venu te voir pour une autre raison. » Lorsqu'ils se séparèrent, elle sentit ses genoux se dérober et perdre l'équilibre, mais il la rattrapa. « Je suis ravi de te faire autant d'effet, à toi aussi. »

Attristée d'être séparée de lui, elle tendit la main pour toucher la chaleur de ses lèvres. Mais elle savait qu'il n'était pas sage de se trouver ainsi dehors avec un étranger. Si sa mère les voyait…

« Mon cousin Connor est descendu jusqu'au rivage afin d'explorer les abords du loch. Pourrais-tu m'y emmener ? Nous sommes ici en mission. Nous savons que des bateaux vendent des marchandises à partir d'un loch des environs, et nous aimerions savoir s'il s'agit de celui-ci. »

Elle hocha la tête et lui prit la main pour le mener le long du chemin qui menait à la grotte. Cette fois-ci, elle prit un autre virage lorsqu'ils furent presque arrivés à la base de la falaise. Peu après, ils aperçurent la silhouette d'un homme de grande taille au clair de lune.

Rose pivota et articula : « Ton cousin ? »

« Oui, c'est Connor. »

Ils se dirigèrent alors vers lui et le prirent par surprise, car le bruit des vagues avait dissimulé le son de leur approche. Roddy fit les présentations, et Rose lui adressa un sourire chaleureux. Il était plus grand que Roddy, mais pas aussi séduisant. Ses cheveux étaient aussi foncés que les siens.

Roddy ajouta rapidement : « Rose peut t'entendre, mais elle ne peut pas parler. Je t'expliquerai plus tard. »

Connor haussa un sourcil en adressant un regard à son cousin, mais il s'abstint de tout commentaire, se contentant de se tourner vers elle pour lui dire : « Rose, il y a un quai au sud d'ici. Avez-vous déjà vu des gens l'utiliser ? »

Elle hocha la tête en désignant la lune. Connor jeta un coup d'œil à Roddy, visiblement confus. « La nuit ? » demanda-t-il. « Vous n'avez remarqué des activités que la nuit ? »

Roddy s'approcha pour se tenir devant elle. « Est-ce que ta famille l'utilise ? Ton intendant ? »

Elle secoua la tête puis haussa les épaules, dans l'espoir de se faire comprendre. Ce n'était pas son intendant, mais elle ignorait l'identité des personnes qui se servaient de ce quai.

« Nous allons te poser quelques questions » dit Roddy. « Tu n'as qu'à nous répondre par oui ou par non. » Il lui tenait toujours la main, et elle fut ravie qu'il n'ait pas cessé ce petit geste d'intimité lorsqu'ils s'étaient approchés de Connor.

Ils se connaissaient peu et cela n'avait pas beaucoup de sens, mais auprès de Roddy Grant, elle se sentait en sécurité, protégée.

Connor demanda : « À quelle fréquence voyez-vous ces bateaux ? »

Roddy secoua la tête. « Des questions par oui ou par non, Connor. Viennent-ils une fois par semaine ? »

Elle secoua la tête.

« Une fois toutes les deux semaines ? »

Elle fit signe que oui.

« Connais-tu ces hommes ? »

Elle secoua de nouveau la tête.

Connor ajouta : « Avez-vous vu ce qu'ils mettent dans le bateau ? »

Elle fit non de la tête.

Connor ajouta : « Elle ne doit pas pouvoir le voir depuis son château. »

Elle écarquilla les yeux, désignant à nouveau la lune.

« Ils ne viennent que tard la nuit ? » interpréta Roddy. « Comment font-ils pour y voir ? »

Rose posa ses deux mains sur sa tête pour former un rond, puis les fit tourner pour former un cercle.

Connor marmonna : « Je ne comprends pas ce qu'elle veut dire. Vous pourriez essayer autre chose ? »

« Un phare » s'écria Roddy. « C'est ça ? »

Rose hocha la tête, ravie de s'être fait comprendre sans trop d'efforts.

Au loin, elle entendit une voix l'appeler. Elle désigna l'endroit du doigt, afin de leur indiquer qu'elle devait partir. C'était Harold, l'intendant de sa mère, et elle ne voulait pas qu'il la trouve en compagnie de deux hommes.

« Je vais te raccompagner, Rose. »

Elle secoua la tête avec véhémence avant de tourner les talons, mais Roddy lui dit : « Attends. »

Lorsqu'elle se retourna pour lui faire face, il se pencha pour poser un tendre baiser sur ses lèvres, ce qui lui donna envie de se fondre à nouveau contre lui, mais son nom résonna entre les rochers.

« Je te promets que nous nous reverrons, Rose. »

Tandis qu'elle se précipitait le long du chemin

menant aux grottes, elle posa ses doigts sur ses lèvres, à l'endroit où il l'avait embrassée. Il lui avait donné bien plus qu'elle aurait pu l'imaginer.

Roddy Grant venait de lui offrir quelque chose qu'elle n'aurait jamais cru possible.

Il lui avait offert de l'espoir.

Roddy attendit jusqu'à ce que lui et Connor fussent de retour devant les portes du château, assez loin pour ne pas être repérés. Secouant la tête, il se fustigea de ne pas s'être montré plus observateur. Il aurait dû remarquer que Rose n'était pas dépourvue du sens de l'ouïe. Elle l'avait entendu arriver les deux fois qu'il l'avait trouvée sur la falaise.

Mais peu importait. Il était tellement ravi qu'ils aient trouvé un moyen de communiquer qu'il ne pouvait s'empêcher de garder un sourire sur son visage ou dans son cœur. Bon sang, cette jeune fille l'avait ensorcelé en bien peu de temps.

« C'est vrai qu'elle est très belle, cousin » commenta Connor en lui adressant un clin d'œil et un sourire taquin.

« C'est une magnifique jeune femme… mais aussi douce et forte. Je ne sais pas ce qu'il se trame par ici, mais j'aimerais bien le découvrir » répondit Roddy d'un air découragé. « Ça me rend un peu triste. Je ferai tout pour la revoir, mais peut-être que cela n'arrivera jamais. »

« Tu voudrais courtiser une jeune femme qui ne sait pas parler ? »

« Peut-être pas, mais j'aimerais mieux la connaître. »

Connor lui adressa un regard entendu. « Tu ne peux pas ignorer à quel point elle t'attire. »

Il se contenta de répondre par un grognement tandis qu'ils grimpaient sur le dos de leurs chevaux pour s'éloigner de la mer.

« Maintenant que j'y ai un peu réfléchi… » déclara Connor, « je pense que nous devrions nous arrêter à l'abbaye que j'ai visitée peu après que nous ayons quitté Braden – l'abbaye de Sona. Tu es allé voir un autre château pendant que j'étais là-bas. » Il s'interrompit, comme pour réfléchir à la question, puis ajouta : « Nous avons tous les deux senti que quelque chose n'allait pas au château des MacDole. J'ai ressenti la même chose à l'abbaye. Je n'y avais pas beaucoup pensé sur le moment, car c'était mon premier voyage là-bas. Mais maintenant, j'ai l'impression d'avoir manqué quelque chose. »

« L'abbaye ne se trouve pas très loin du château des MacDole » commenta Roddy, formulant à voix haute ce qu'ils pensaient tous les deux.

« Oui, ce qui me fait penser qu'il y a peut-être un lien entre l'abbaye et les MacDole. Je n'en dirai pas plus. Tu me donneras ton avis à notre arrivée. »

Roddy acquiesça, et ils se dirigèrent à cheval vers l'abbaye.

Même si une partie de lui n'avait pas très envie de quitter Rose, il se demanda s'il lui était même possible d'avoir une relation avec elle, surtout avec sa mère qui proférait des mensonges sur le handicap de sa fille. Quel genre de monstre irait dire à tout le monde que Rose était sourde alors que c'était faux ? En surface Jean MacDole lui avait semblé aimable – bien qu'un peu froide – mais il n'aurait jamais pu imaginer l'une des femmes du clan Grant traiter leur enfant avec un tel mépris. Il ne pouvait se débarrasser du malaise que lui procurait cette situation. Qu'est-ce qui pourrait bien pousser une mère à mentir au sujet de son enfant ?

Et pourtant, dès qu'il repensait aux brefs instants qu'il avait passés avec Rose, il sentait son âme envahie d'un étrange sentiment de joie, et de libération. Il avait confié ses peurs à Connor, qui lui avait avoué avoir ressenti la même chose, mais Roddy en avait tout de même retiré un sentiment de honte. De faiblesse. Connor avait vaincu sa peur, alors que la sienne le hantait toujours. Mais lorsqu'il avait partagé ses craintes avec Rose, la chose la plus incroyable s'était produite.

Elle ne l'avait pas jugé.

CHAPITRE 4

« PEUT-ÊTRE QU'ILS NOUS laisseront dormir dans l'écurie, Connor. Il est près de minuit, et l'air sent la pluie. » Il ralentit son cheval tout en levant les yeux vers le ciel tandis qu'ils s'approchaient de l'abbaye de Sona.

« J'imagine que c'est une demande tout à fait raisonnable. L'abbaye est censée héberger les voyageurs, mais il faut dire que je ne me suis pas senti très bien accueilli lors de ma dernière visite. J'ai demandé à voir l'intérieur de l'abbaye, mais ils me l'ont refusé, en expliquant que ce jour-là était une journée religieuse et qu'aucun visiteur n'était admis. »

Roddy hocha la tête. « Je suis prêt à essayer, ne serait-ce que pour passer la nuit au sec. » Puis il désigna du menton l'écurie devant l'abbaye. Deux garçons étaient déjà en train de ramener les animaux à l'intérieur. Les chevaux n'appréciaient pas beaucoup plus l'orage que les hommes. Chaque coup de tonnerre lui rappelait le jour où le maître d'écurie des Grant avait été frappé par la foudre alors qu'il était en train de calmer les chevaux pour les rentrer à l'intérieur. Ç'avait été un jour bien sombre. Depuis, la plupart des membres de son clan préféraient rester à l'intérieur pendant les journées d'orage, surtout son cousin, Jamie.

La mort. Il avait l'impression de la voir partout, ces derniers temps.

Connor descendit de son cheval devant l'écurie, puis appela l'un des garçons qui venaient d'entrer dans le bâtiment. « Nous aimerions vous demander l'hospitalité pour la nuit dans votre écurie, pour nous abriter de la tempête à venir » déclara-t-il. Tandis qu'il parlait, un homme plus âgé, probablement le maître d'écurie, apparut devant lui.

« Oh » dit l'homme en lui saisissant l'épaule. « Vous n'avez pas à dormir ici, milord. L'écurie sera bientôt remplie d'animaux. Nous avons une maison pour les voyageurs. » Puis il désigna du menton le plaid de Connor. « Tous les membres du clan Grant sont les bienvenus ici. Et vous êtes les seuls voyageurs que nous recevons ce soir. Allez dans les cuisines, et l'un des frères partagera son repas avec vous. Ils ont probablement servi du ragoût de légumes ou de poisson fumé. Peut-être un peu de pain aussi. Puis il vous mènera jusqu'à la maison où nous accueillons les voyageurs. Elle n'est pas protégée par le mur d'enceinte, mais je doute qu'on vous dérange cette nuit. Une épouvantable tempête s'approche en effet. Nous nous occuperons bien de vos animaux, et nous les garderons au sec. »

« Merci beaucoup, mon ami » répondit Roddy.

Ils passèrent la porte à la hâte, car les nuages d'orage étaient en train de se rapprocher du clair de lune, et le vent hurlait en formant des volutes aux teintes violettes et bleu foncé dans le ciel agité. Le premier coup de tonnerre retentit au moment où ils se précipitaient dans les cuisines, où ils trouvèrent l'un des frères de l'abbaye sans le moindre problème.

Il se présenta sous le nom de frère Edward. « Tenez, les garçons. Prenez chacun une assiette de ragoût de poisson et une bière, puis vous pouvez vous rendre dans la maison des voyageurs. Les moines m'ont dit que c'est une très grosse tempête qui nous attend. Allez vous mettre à l'abri avant qu'elle ne commence. » Il plaça la nourriture dans un panier, qu'il tendit ensuite à Roddy. Connor prit des verres.

« Merci beaucoup pour votre hospitalité, frère Edward » répondit Connor. « J'ai le ventre qui gargouille depuis une heure. »

« Mangez bien, les garçons » leur dit-il tandis qu'ils tournaient les talons pour partir. « Suivez le chemin sur la droite, il vous mènera directement à la maison des voyageurs. » Il les escorta jusqu'à la porte du mur d'enceinte, puis désigna du doigt le chemin en question.

« J'espère que ce n'est pas très loin » déclara Roddy tandis qu'il levait les yeux vers les éclairs qui zébraient le ciel, promesse d'une averse imminente.

Connor ajouta : « Oui, je n'ai pas envie de subir le même sort que ce cher Mac. Nous avons de la chance de pouvoir nous abriter dans une maison. Je n'en bougerai pas jusqu'au lever du jour. »

« Si vous prenez la porte de cette clôture… » dit-il en la désignant, « … vous trouverez la maison de l'autre côté de cette haie. » Puis le frère Edward gloussa. « Vous n'aurez à vous inquiéter que des fantômes. »

Connor avait lui aussi levé les yeux vers la tempête, mais il tourna alors la tête pour regarder le moine. Roddy fit de même. Avaient-ils bien entendu ce qu'il avait dit ?

« Des fantômes ? » répéta-t-il.

« Oui, vous devez savoir que nous ne sommes pas très loin d'un cimetière. On ne sait jamais ce qu'une tempête peut provoquer. » Puis il tourna les talons, avec une lueur d'humour dans les yeux.

« Allons-y, Roddy. L'averse est bientôt sur nous. » Connor frissonna tandis qu'il poussait son cousin vers la porte.

Ils coururent jusqu'à la porte de la clôture, puis se précipitèrent vers la maison, où ils entrèrent juste à temps. Dès qu'ils refermèrent la porte derrière eux, un vent violent et des trombes d'eau s'abattirent sur les environs.

Roddy aurait pu jurer avoir entendu un rire sinistre porté par le vent.

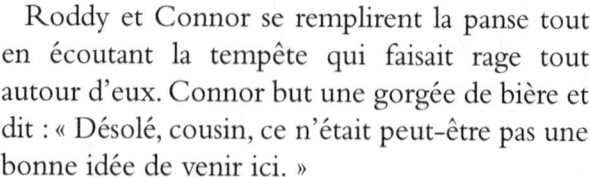

Roddy et Connor se remplirent la panse tout en écoutant la tempête qui faisait rage tout autour d'eux. Connor but une gorgée de bière et dit : « Désolé, cousin, ce n'était peut-être pas une bonne idée de venir ici. »

« Pourquoi ? » Roddy parcourut du regard l'intérieur de la maison, qui était propre et bien entretenue. « Ça vaut bien mieux que de dormir dans nos plaids par terre. J'adore passer la nuit à la belle étoile, comme nos pères, mais pas avec un temps pareil. Je préfère largement dormir au sec, et je suis sûr que les chevaux sont bien plus heureux dans l'écurie avec une ration d'avoine que sous un orage. Et puis, j'aimerais bien explorer un peu l'abbaye, pas toi ? »

Connor jeta un coup d'œil à la torche fixée au mur, dont la flamme vacillait sous les coups de vent qui s'infiltraient par un interstice dans la porte en bois. « Pour l'instant, je n'ai aucune envie de quitter cette agréable maison. Nous avons de l'eau et des latrines. Quatre chambres attenantes à la pièce principale, et une bouteille de vin sur la table. Je ne bouge pas d'ici. » Connor mangea une nouvelle portion de ragoût. « Peut-être que nous pourrions prendre le petit-déjeuner là-bas demain, lorsque la tempête se sera calmée. Si leur repas du matin est aussi bon que celui-ci, je veux bien attendre un peu. Et puis, j'aimerais bien voir l'abbesse, ou l'un des prêtres que j'ai rencontrés la dernière fois. »

« Nous pouvons essayer. J'ai un peu d'argent que je pourrais ajouter à leurs coffres. Peut-être que cela nous aidera à visiter l'intérieur. »

Ils terminèrent le repas tout en discutant, pendant que la tempête se déchaînait à l'extérieur. Puis ils choisirent la chambre qui possédait deux lits séparés, au cas où d'autres voyageurs arriveraient ici à la recherche d'un abri. Roddy chercha un coffre et trouva un carré de lin pour se laver le visage et les mains en se servant d'une bassine remplie d'eau sur la table. Lorsqu'il eut terminé ses ablutions, il retira ses bottes et se laissa tomber sur l'un des lits, ravi de constater qu'il avait un matelas, et non une paillasse. « Nous allons bien dormir. » Il s'allongea sur le dos, les yeux posés sur le plafond, tandis que des éclairs de lumière illuminaient de temps à autre le bâtiment.

« Je suis sûr que *toi*, tu vas bien dormir. Ton esprit sera hanté par ses jolis yeux violets. » Connor lui adressa un sourire taquin tandis qu'il prenait place sur l'autre matelas, s'allongeant sur le dos contre le mur. « Rose est une très belle femme. »

« Oui » murmura Roddy, et lorsque ses yeux se fermèrent, le regard violet de la jeune femme apparut comme par magie dans son esprit.

L'instant d'après, Roddy entendit le coup de tonnerre le plus tonitruant de sa vie remplir le silence de la maison. Il bondit de son lit et se mit sur ses pieds, sa main déjà posée sur son épée. Puis il *la* vit, et sa main retomba aussi vite qu'il l'avait levée.

Devant la porte se tenait une femme vêtue d'une robe qui tourbillonnait. Il se frotta les yeux pour vérifier qu'il y voyait clairement, mais la vision qui se tenait devant lui ne disparut pas. Cette femme, ce spectre, était transparent.

« Qui êtes-vous ? » murmura-t-il, craignant qu'elle ne disparaisse. « Qu'êtes-vous ? »

Elle répondit d'une voix aussi claire que le son d'une cloche. « Vous devez revenir. Vous devez l'aider lorsqu'elle arrivera. » Elle avait des cheveux roux, maintenus en place par un collier de perles que le vent menaçait d'arracher. Sa robe était blanche avec une bande bleue au milieu et de longues manches bouffantes qui recouvraient presque entièrement ses doigts. Elle flottait dans les airs, comme soulevée par la tempête, ses pieds invisibles sous l'ourlet transparent de sa robe.

« Quoi ? Aider qui ? » Roddy n'en croyait pas ses yeux. Était-il en train de rêver, ou était-il vraiment témoin d'une espèce d'apparition devant lui ? L'un des volets s'ouvrit à la volée avec un bruit retentissant, et un éclair illumina la pièce. Il jeta un coup d'œil à Connor pour voir s'il était réveillé.

Son cousin était appuyé sur ses coudes, ses yeux écarquillés fixés sur la femme qui se tenait devant eux. « Un fantôme, un vrai fantôme » marmonna-t-il.

« Tu la vois aussi, n'est-ce pas, Connor ? » Il reporta immédiatement son attention sur l'apparition devant eux, dont la silhouette vacillait à présent, comme si elle semblait sur le point de disparaître. « Connor ? » il ne pouvait pas regarder son cousin, car ses yeux ne parvenaient plus à quitter cette vision.

La femme s'adressa à lui une nouvelle fois tandis qu'elle disparaissait : « Elle n'a personne d'autre que vous. » Puis elle tendit la main pour toucher Roddy, avant de lever son autre main vers Connor. « Vous devez l'aider. »

La silhouette du spectre vacilla à nouveau devant eux comme la flamme d'une torche sous le vent, l'expression de son visage résolument sérieuse et sincère. Était-ce seulement possible ?

« De qui parlez-vous ? » cria Roddy à l'adresse de la présence fantomatique.

Elle ne répondit pas.

Connor se mit sur ses pieds et fit un pas en avant. Puis un autre. Puis il tendit la main vers l'esprit.

Roddy dut essayer une nouvelle fois. « Qui ? Qui voulez-vous que j'aide ? » demanda-t-il.

La femme disparut aussi rapidement qu'elle était apparue.

« Sommes-nous en train de rêver ? » murmura Roddy, son regard toujours tourné vers la porte.

« Probablement » répondit Connor en passant une main dans ses cheveux, comme pour vérifier qu'il était bien présent en cet instant.

« Mais tu l'as vue, n'est-ce pas ? »

« Oui, je l'ai vue, mais je crois bien que je ne le dirai jamais à personne. Sinon, tout le monde nous prendra pour des fous. Toi non plus, tu ne dois jamais en parler. Et certainement pas au frère Edward. Peut-être que c'est lui qui l'a invoquée, ou… » Connor se rendit dans la pièce principale, puis réapparut quelques instants plus tard en secouant la tête.

Rien. La pièce était vide.

Roddy ajouta : « Ou peut-être que ce n'était qu'une blague. Il a peut-être habillé une femme comme ça et l'a fait venir ici. On est au beau milieu de la nuit, et on n'y voit pas grand-chose. Peut-être qu'elle avait seulement l'apparence d'un fantôme. »

Connor réfléchit à sa suggestion, puis secoua la tête. « Non, c'était bien un esprit. Une présence fantomatique. Je sais ce que j'ai vu, mais je n'en parlerai à personne. » Son visage semblait aussi tourmenté que s'il avait vu un millier de fantômes se tenir devant lui. « Jamais. »

Les deux hommes restèrent silencieux pendant un moment, les yeux posés sur la porte tandis que la tempête continuait de faire rage autour d'eux. Entre deux coups de tonnerre, des branches d'arbres venaient heurter les façades du bâtiment.

« Roddy ? » murmura Connor.

« Qu'y a-t-il ? » demanda Roddy en faisant un pas en arrière.

« As-tu remarqué qu'elle n'avait pas de pieds ? »

Roddy jeta un coup d'œil à son cousin, puis hocha la tête avant de lui poser la question qu'il craignait le plus : « As-tu la moindre idée de qui elle parlait ? »

Connor passa à nouveau sa main dans ses cheveux, dont il saisit une mèche comme pour s'assurer qu'il était bien réveillé. Puis il but une gorgée de bière, toujours posée sur la table entre leurs lits, et se mit à faire les cent pas en petit cercle. « Je n'en ai aucune idée. Une personne qui va venir ici, j'imagine. »

Pour une étrange raison, une jeune femme aux cheveux sombres et aux yeux violets perchée au sommet d'une falaise apparut dans l'esprit de Roddy, mais cela n'avait aucun sens. Rose vivait au château des MacDole. Elle n'avait aucune raison de venir à l'abbaye.

Il secoua la tête en signe de confusion.

Ils retournèrent au lit sans prononcer le moindre mot, bien que Roddy eût du mal à se rendormir. Il finit enfin par sombrer dans le sommeil, et lorsque le soleil se leva, il fut surpris de voir que Connor était déjà réveillé et assis à une chaise contre le mur.

« Habille-toi. Je veux toujours prendre le petit-déjeuner. » Il n'avait jamais vu Connor arborer une mine aussi sérieuse. La vision de la nuit dernière ne l'avait pas quitté, tout comme Roddy.

Ils rassemblèrent leurs affaires et suivirent le chemin du retour vers les cuisines de l'abbaye, avant de chercher le grand hall. En vérité, il n'avait pas très faim. Son estomac n'avait cessé de se retourner pendant toute la nuit.

Ils trouvèrent l'abbesse et se présentèrent à elle. Elle leur sourit, puis croisa les mains devant elle. « Le clan Grant. Oui, vous vous êtes montrés très généreux en protégeant l'abbaye de Lochluin. Merci beaucoup à vous. Je vous en prie, venez prendre le petit-déjeuner avec nous. Nous avons de la bouillie d'avoine et du pain pour vous. La tempête de la nuit dernière était vraiment violente. »

Ils la suivirent donc dans le hall.

Connor murmura à Roddy : « J'ai encore ce drôle de pressentiment que j'ai ressenti la dernière fois que je suis venu. »

Roddy lui demanda : « À cause de quoi ? Nous venons à peine d'entrer, et elle semble particulièrement aimable aujourd'hui. »

« C'est vrai » répondit Connor à voix basse. « Je

ne peux pas vraiment l'expliquer, mais c'est ce que je ressens. »

Cela avait-il quelque chose à voir avec l'abbesse ? Plus tard, il veillerait à poser des questions à Connor à ce sujet. Il n'y avait aucun moine en vue, mais plusieurs nonnes et quelques prêtres étaient en train de manger ensemble. Nombre d'entre eux semblaient plutôt jeunes. L'abbesse se tourna vers eux et leur expliqua : « Nous passons le plus clair de notre temps à former et à éduquer les jeunes gens qui viennent nous voir pour devenir nonnes ou prêtres. Nous avons aussi quelques moines, qui préfèrent s'isoler dans un bâtiment séparé, et nous accueillons parfois des moins itinérants, mais ce bâtiment principal sert surtout à former nos jeunes. Nous avons plusieurs généreux bienfaiteurs, qui nous ont apporté beaucoup de richesses pour nous aider à répandre la parole du Seigneur dans toute l'Écosse. Nous envoyons ensuite les novices que nous formons dans d'autres églises et abbayes. »

Roddy ne trouva rien à répondre, toujours incapable d'oublier le souvenir de l'apparition fantomatique de la nuit précédente.

Connor demanda : « Combien y a-t-il de jeunes femmes ici, abbesse ? »

« Quelques dizaines, en général. Nous avons aussi de jeunes hommes qui viennent nous voir pour devenir prêtres, mais d'ordinaire, nous accueillons davantage de jeunes filles. » Elle salua plusieurs personnes tandis qu'elle les guidait dans la pièce, en faisant des signes de la main aux domestiques en train de servir les personnes présentes.

Un prêtre entra dans le hall et s'avança directement vers eux. « Qui sont ces hommes ? »

« Ils sont du clan Grant, mon père. Ils ont passé la nuit ici pour s'abriter de la tempête. Comme vous le savez, le clan Grant s'est montré très protecteur envers nos frères et sœurs de l'abbaye de Lochluin. Je les ai invités à prendre le petit-déjeuner avec nous avant qu'ils ne continuent leur voyage. »

Elle arborait un large sourire, mais ses yeux n'avaient aucune chaleur. L'hostilité latente entre les deux personnes n'avait pas échappé à Roddy.

Le prêtre tourna son regard vers eux. « Bienvenue à vous deux. Nous partagerons notre repas avec vous, mais nous avons une journée bien remplie qui s'annonce, aussi j'espère que vous reprendrez bientôt la route. Les guerriers ont tendance à distraire nos jeunes femmes. Nous nous efforçons de les protéger de la tentation. » Puis il tourna les talons et s'en alla.

L'abbesse s'arrêta lorsqu'ils eurent atteint une petite table où ils pourraient s'asseoir seuls, loin des autres. « Si vous avez besoin de quoi que ce soit, n'hésitez pas à me le dire. »

« Merci, abbesse » répondit Connor, puis il attendit qu'elle s'en aille pour prendre place à table.

Dès qu'elle fut partie, Roddy déclara : « Tu avais raison de te montrer méfiant, et pas seulement à cause de... » Il haussa les épaules. « Je suis allé plusieurs fois à l'abbaye de Lochluin, mais je n'ai jamais ressenti ce genre d'ambiance là-bas. »

« Ce n'est pas un endroit très accueillant » murmura Connor. « Mais je n'arrive pas à savoir pourquoi. »

« Je suis d'accord » murmura Roddy à son tour. « Est-ce à cause du prêtre et de l'abbesse ? J'ai ressenti une certaine animosité entre eux. »

« Non » répondit Connor. « Ils ne s'entendent peut-être pas très bien, mais il y a autre chose. À l'abbaye de Lochluin, tout le monde a l'air très heureux de servir Dieu, mais je ne sais pas trop si c'est le cas ici. Tout est très silencieux. Et il y a autre chose que je n'arrive pas à me sortir de la tête. »

« La même chose que moi, j'imagine » déclara Roddy. Après avoir parcouru les environs du regard afin de vérifier que personne ne pourrait les entendre, il murmura : « Qui sommes-nous censés aider ? » Il faisait référence aux paroles du fantôme, sans pour autant prononcer ce mot à voix haute. « Crois-tu qu'elle parlait d'une jeune femme qui se trouve en danger à cause du canal de Dubh ? »

« Je t'ai dit de ne plus jamais parler de cette femme » marmonna Connor.

« Personne ne peut nous entendre. » Il cessa de parler et leva la main, car une domestique était en train de se diriger vers eux.

La jeune femme leur sourit et leur adressa une petite révérence. « Mes lords, j'ai de la bouillie d'avoine pour vous, et une petite miche de pain que vous pourrez vous partager. Avez-vous besoin d'autre chose ? »

Roddy jeta un coup d'œil à Connor, qui secouait déjà la tête. « Non. Si le frère Edward est dans les cuisines, dites-lui que son ragoût de poisson était délicieux. » Il avait l'impression que des remerciements étaient de mise. Ils leur avaient accordé leur hospitalité, après tout. De plus, cela lui donnait l'occasion de parler avec la domestique.

« Le frère Edward ? » dit-elle. « Oui, si je peux, je lui transmettrai votre message. »

Roddy souhaitait voir les jeunes femmes qui vivaient là, en se disant que l'une d'entre elles avait peut-être vu le fantôme, mais il y en avait très peu dans la salle. « Jeune fille, l'abbesse a dit qu'il y avait plus de trente novices qui vivaient ici. Où sont-elles ? » Il n'y en avait que six qui étaient assises à une table voisine, tandis que trois jeunes hommes se trouvaient à une table séparée.

« L'abbesse a envoyé plusieurs jeunes filles dans l'autre abbaye pour la nettoyer. »

« L'autre abbaye ? » demanda Connor. « Je n'ai pas vu d'autre abbaye par ici. »

« Le père Seward est en train de faire construire une nouvelle abbaye. L'abbaye des Anges. Nous avons plus d'étudiants que jamais auparavant. Les jeunes hommes qui souhaitent devenir prêtres et certains moines sont en train d'en finir la construction. »

« Une nouvelle abbaye ? Où est-elle ? »

« Je n'y suis pas allée, mais elle se trouve au sud d'ici. À moins d'une heure à cheval. »

L'abbesse l'appela. « Continue ton travail, je te prie Ada. » Son ton était légèrement hostile.

« Oui, madame l'abbesse. » Elle sourit et s'en alla tout en parcourant le hall du regard.

Roddy jeta un coup d'œil à Connor et remarqua qu'il avait dû penser à la même chose que lui. Ils avaient un nouvel endroit à explorer. Et peut-être que la jeune femme qui avait besoin de leur aide se trouvait dans cette nouvelle abbaye.

CHAPITRE 5

ROSE SE PRÉCIPITA vers les grottes, en baissant la tête lorsqu'elle passa l'entrée menant aux sous-sols afin de ne pas être vue près des deux hommes si l'intendant ou le garde à la porte les voyait revenir de la côte.

Sa mère avait un avis très tranché sur les jeunes hommes.

Lorsqu'elle arriva dans le grand hall, sa mère était en train de l'attendre, les bras croisés devant la poitrine. « Que faisais-tu avec cet homme dehors ? » demanda-t-elle d'une voix cinglante. « L'as-tu embrassé ? »

Rose secoua la tête, dans l'espoir que l'expression choquée qu'elle arborait sur son visage suffirait à convaincre sa mère. Elles étaient seules dans le hall, mais elle aurait voulu que quelqu'un vienne les interrompre. Sa mère avait une façon bien à elle d'instiller la peur en elle, chose que Rose détestait. Un jour, elle espérait pouvoir se montrer assez forte pour ignorer les accès de colère de sa mère, mais ce jour n'était pas encore arrivé. Lady MacDole avait une emprise totale sur tous les aspects de sa vie. Elle pouvait tout à fait lui rendre la vie intolérable – d'ailleurs, elle l'avait déjà fait.

« Ne me mens pas ! Je t'ai vue l'embrasser sur les falaises. Ton pauvre père se retournerait dans sa tombe s'il t'avait vu commettre un tel acte. Je refuse de rester les bras croisés et de te laisser devenir une catin. Retiens bien mes paroles. Tu vas le regretter. Je pense que le temps est venu pour toi de passer à une nouvelle étape de ta vie. » Puis elle tourna les talons et quitta le hall.

Un frisson glacé parcourut la colonne de Rose. Sa mère ne faisait jamais de menaces en l'air. En fait, elle savait que si elle avait été capable de parler, elle n'aurait eu qu'une seule question à poser.

Où sa mère allait-elle l'envoyer ?

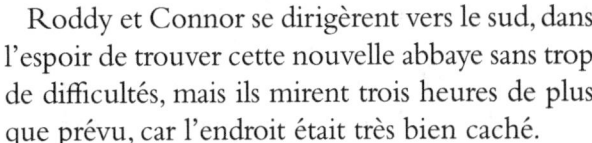

Roddy et Connor se dirigèrent vers le sud, dans l'espoir de trouver cette nouvelle abbaye sans trop de difficultés, mais ils mirent trois heures de plus que prévu, car l'endroit était très bien caché.

Lorsqu'ils furent en mesure de localiser l'emplacement exact de l'abbaye, ils dissimulèrent leurs chevaux dans un bosquet d'arbres non loin de là, puis se faufilèrent jusqu'au pied du bâtiment. Les moines avaient construit un édifice un peu plus grand qu'une hutte, qui devait pouvoir contenir facilement quatre pièces. Pour le moment, ils s'affairaient à confectionner un toit en chaume sur la moitié du bâtiment. L'autre moitié était déjà construite.

Les deux hommes s'avancèrent discrètement, en restant bien cachés, dans l'espoir d'entendre des informations sur l'usage de ce bâtiment, mais tout était silencieux. Les jeunes femmes entraient et sortaient du bâtiment en portant des seaux d'eau, indiquant qu'elles étaient en train de nettoyer l'intérieur pendant que les hommes s'occupaient d'autres tâches. Qu'ils soient en train de travailler sur le toit ou de construire des paillasses et des étagères en bois, ils étaient tous très affairés.

Roddy murmura : « Je pense qu'ils ont trouvé une hutte abandonnée et qu'ils sont en train de l'agrandir. Le bâtiment d'origine semble plus ancien, alors que la partie arrière est neuve. »

« Et c'est pareil pour le toit – en partie neuf, en partie ancien. De quoi diable peut-il bien s'agir, d'après toi ? » demanda Connor. « Je doute fort que l'Église d'Edinburgh ou les évêques aient connaissance de ce qu'il se passe ici. Cet endroit est bien caché, tu imagines sûrement où je veux en venir. »

Roddy hocha la tête tout en mâchouillant des feuilles de menthe qu'il avait trouvées à proximité. « Oui. S'ils se cachent ici, c'est sûrement pour une bonne raison. Celui qui a ordonné la construction de ce bâtiment ne veut pas que ça se sache. Et je ne vois pas d'autel ou de chapelle. »

« Exactement. Peut-être qu'ils prévoient de cacher des gens ici pour de courtes périodes. Et je crains qu'il ne s'agisse pas uniquement d'une auberge pour des jeunes filles en voyage. »

Roddy croisa le regard de son cousin, et y lut la même colère qu'il ressentait au plus profond de ses os. Il brûlait d'envie de charger et de tuer toutes les personnes impliquées, mais il savait que c'était impossible. De plus, pour ce qu'il en savait, les travailleurs ignoraient complètement à quoi servirait le bâtiment. Il semblait improbable que tous soient directement impliqués dans le canal de Dubh.

« Si nous agissons sans réfléchir, nous risquons de les faire fuir ailleurs » commenta Connor.

« Je sais. Nous devons parler à Maggie et Will, pour savoir ce qu'ils nous suggéreraient de faire. »

Une voix forte interrompit leur conversation silencieuse.

« Dépêchez-vous avant qu'il ne revienne. Vous savez ce qu'il fera si nous n'avons pas terminé. »

Connor jeta un coup d'œil à Roddy. « Devrions-nous rester un peu ? »

Roddy haussa les épaules. « Est-ce que ça servirait à quelque chose ? Il y a de grandes chances que nous ne connaissions pas cet homme. »

Ils n'eurent pas à réfléchir très longtemps, car un homme apparut de l'autre côté de la clairière.

Ils ne l'avaient encore jamais vu, mais il était anglais. Ils le savaient car il venait de donner une seule instruction : « Terminez le toit aujourd'hui, ou je vous écorche vifs. Tout doit être terminé dans moins de deux semaines. Il sera là dans quelques jours, et il a dit en avoir peut-être besoin dans une semaine. Travaillez plus vite. »

Roddy jeta un coup d'œil à Connor. « Oui, nous devons trouver Will et Maggie le plus vite possible. »

Ce n'était pas leur plan d'origine lors de leur

départ, mais ils contournèrent le château de Braden avant de se diriger directement vers le lieu de rencontre avec la Bande de Cousins – la hutte que le groupe avait construite près du cottage du grand-père de Will.

Ils arrivèrent enfin le lendemain en fin de matinée.

Roddy leva les yeux vers le ciel et déclara : « On dirait que Will et Maggie sont ici, mais les chevaux ne sont pas les mêmes. Je vois les oiseaux de Will en train de voler au-dessus de nous. » Will avait dressé deux faucons, des oiseaux de proie qu'il utilisait pour effrayer ses ennemis. C'était ainsi qu'il avait gagné le surnom de « Fauconnier Sauvage ».

Maggie et Will, qui menaient les efforts du groupe, les saluèrent chaleureusement à la porte. « C'est bon de vous voir » dit Maggie en les invitant à entrer dans la pièce principale. « Gavin et Gregor viennent d'arriver, et nous étions sur le point de leur raconter tout ce que nous avons appris depuis l'incident des Lamont. »

Les frères Lamont étaient des hommes cruels et sans scrupules qui avaient assassiné la famille de Cairstine Muir et volé leur donjon. Greer Lamont avait revendiqué Cairstine comme sa maîtresse. Braden avait alors tué ce bâtard et épousé Cairstine, avec qui il vivait à présent au château des Muir, mais l'autre frère, Blair Lamont, était toujours en vie. Il s'était échappé, et ils espéraient le retrouver afin d'en découvrir plus sur le canal de Dubh.

Gavin et Gregor, deux des meilleurs archers de

toute la région, se joignirent à eux tandis qu'ils entraient dans la pièce principale de la maison. Roddy fut choqué par les progrès effectués. L'intérieur semblait bien plus fini que lors de leur dernière visite. Leurs cousins n'avaient pas chômé. La pièce principale était dotée d'une nouvelle table entourée de chaises, assez grande pour accueillir tous les cousins en même temps, et d'une grande cheminée dans un coin. Les deux chambres à coucher étaient situées à l'arrière, avec des latrines attenantes à celle réservée aux femmes.

Connor poussa un sifflement. « Gavin, toi et Gregor avez fait du bon travail avec la table et les chaises. Je ne savais pas que vous étiez si doués en menuiserie. » Ils avaient en effet taquiné leurs deux cousins lors de leur dernière visite, car ils étaient persuadés qu'ils ne parviendraient pas à effectuer cette tâche avec une telle précision.

Gavin se gonfla de fierté tandis que Gregor souriait tout en vérifiant la présence éventuelle de griffures sur leur ouvrage.

Maggie déclara : « Discutons un peu. Asseyez-vous. »

Tout le monde s'installa autour de la table, puis Maggie se leva pour raconter à ses cousins les dernières nouvelles qu'elle et Will avaient découvertes suite à leur récent voyage à Edinburgh. C'était là-bas qu'ils étaient allés pendant que les cousins Grant étaient partis vers la côte.

« D'abord, j'ai de mauvaises nouvelles » dit Maggie. « Nous n'avons pas réussi à localiser Blair Lamont. Nous espérons qu'il finisse par se montrer, mais nous n'avons aucun moyen de savoir s'il est toujours impliqué dans le canal. La bonne nouvelle, c'est que nous avons plusieurs autres pistes. Des personnes ayant entendu parler de jeunes filles vendues dans différentes régions. »

Connor leva la main pour interrompre Maggie.

« Oui, Connor ? »

« Vous n'avez aucune information sur la personne derrière ce réseau ? Ou s'agit-il seulement d'actes isolés ? »

« D'après ce que nous avons appris, il y a bien un genre de coordinateur de ce réseau. Une personne qui récupère une partie de chaque vente, sans jamais poser les yeux sur ces filles et ces garçons. Certaines de nos sources nous ont indiqué que cette personne agit principalement depuis les Lowlands, peut-être même plus au sud encore, en Angleterre. »

« Donc, si nous arrêtons cette personne, nous pourrions mettre un terme aux agissements de ce réseau ? » demanda Connor.

Maggie jeta un coup d'œil à Will, qui hocha la tête pour l'inciter à répondre. « C'est possible, mais personne ne semble connaître son nom. »

Roddy déclara : « Peut-être que nous avons des informations qui pourraient vous aider. »

Connor se pencha en avant en posant ses bras sur la table, puis ajouta : « Nous avons peut-être vu cet homme il y a peu. Notre voyage vers l'ouest s'est montré très fructueux. »

« Allez-y, racontez-nous ce que vous avez appris. » Will leur fit un geste de la main pour les inviter à prendre leur place dans la discussion.

Roddy leur parla du château des MacDole, perché au-dessus du Loch Linnhe.

« Qu'est-ce qui vous fait penser que ces gens sont peut-être impliqués ? » demanda Maggie.

Connor se chargea des explications. « J'ai remarqué un long quai sur la côte, assez grand pour accueillir des bateaux de taille respectable. Roddy a rencontré la fille MacDole, qui prétend y avoir vu des bateaux équipés de phares. »

« Vous a-t-elle dit autre chose, à propos de la marchandise ou de la provenance des bateaux par exemple ? »

Maggie reporta son attention sur Roddy. Celui-ci poussa un soupir et répondit : « Non. Elle ne peut pas parler. Nous avons essayé de communiquer avec elle, mais c'est tout ce qu'elle a pu nous dire. Elle sait seulement qu'ils viennent la nuit et qu'ils utilisent un phare. »

Connor ajouta : « Mais la situation est plus compliquée que ça. Il y a une abbaye non loin de là, à environ une heure de cheval. Nous nous y sommes arrêtés et avons parlé avec l'abbesse. Elle nous a expliqué qu'ils accueillaient généralement plus d'une trentaine de jeunes femmes, mais nous n'en avons vu que quelques-unes. L'une des domestiques nous a alors raconté qu'elles étaient toutes dans la nouvelle abbaye, qu'ils appellent l'abbaye des Anges. »

« Je n'en ai jamais entendu parler » commenta Maggie, visiblement perplexe.

« Braden n'en a jamais parlé non plus » ajouta Roddy. « Nous nous sommes donc dirigés vers le sud, où nous avons localisé un groupe en train de travailler à la rénovation de ce qui ressemblait à un bâtiment abandonné. Les jeunes femmes s'y affairaient à l'intérieur, tandis que les garçons et les moines travaillaient sur le toit d'une nouvelle partie qu'ils venaient de construire. D'autres garçons étaient à l'intérieur, en train de fabriquer des portes et des étagères. »

« Donc, ils sont en train d'agrandir un bâtiment dont personne n'a entendu parler. » Maggie jeta un coup d'œil à Will, avant de reporter son attention sur Roddy.

« Les travailleurs craignaient d'avoir des ennuis s'ils ne terminaient pas dans les temps. Ensuite, un Anglais est arrivé de nulle part, et leur a ordonné de finir dans moins de deux semaines. »

Connor ajouta : « Idéalement une semaine. »

Will hocha la tête. « Un château isolé, un loch marin avec un quai, des bateaux la nuit, et une nouvelle abbaye pour jeunes filles qui souhaitent devenir nonnes. Hummm. Il pourrait très bien s'agir d'un nouveau repaire pour le canal de Dubh. Peut-être que Lamont est impliqué dans tout ça. »

« C'est exactement ce à quoi nous avons pensé. Nous nous sommes dit qu'il valait mieux vous en parler avant de continuer à enquêter. »

Ils réfléchirent à leurs paroles tout en servant de la bière à toutes les personnes présentes.

« Je pense qu'il faudrait aller au nord » déclara enfin Maggie. « Mais Will et moi irons d'abord sur les terres des Ramsay afin d'informer mon père de la situation. Daniel avait prévu de revenir nous faire son rapport demain, il pourra donc se joindre à nous. En fait, je vais l'envoyer avec vous, Roddy et Connor. Tous les trois, vous pourrez enquêter un peu plus à l'abbaye de Sona, et surveiller les bateaux qui traversent le loch marin, ou quoi que ce soit d'inhabituel. Je vais dire à Gavin et Gregor de fouiller les environs à la recherche de personnes ayant entendu parler de cette nouvelle abbaye. »

Daniel Drummond était un nouveau membre de la Bande de Cousins. De tout le groupe, c'était lui le meilleur en pistage et en espionnage, et on lui attribuait parfois le sobriquet de Fantôme. C'était un soulagement de savoir qu'il serait à leurs côtés pour les aider.

Le bruit de sabots de chevaux attira leur attention vers l'extérieur. Quelques instants plus tard, le grand-père de Will toqua à la porte et passa la tête dans l'encadrement. « William, tu as de la visite. »

Peu après, la porte s'ouvrit à la volée, et Gwyneth Ramsay entra à l'intérieur, suivie de Molly.

« Molly ? » dit Maggie en se précipitant vers sa sœur et sa mère adoptive pour les prendre dans ses bras. Elle était visiblement aussi surprise que les autres de leur visite. « Quelque chose ne va pas ? Pourquoi êtes-vous ici ? »

Molly s'avança pour s'asseoir à une chaise vide, la tête dans les mains. Ce geste déclencha une vague de crainte dans le corps de Roddy. Tous les Grant et Ramsay savaient que Molly avait des dons de voyance. Des maux de tête précédaient généralement ses visions. « J'ai des migraines,

Maggie. De très douloureuses migraines, et je m'inquiète pour toi. »

Gwyneth ajouta : « Je n'ai pas réussi à la retenir, entêtée qu'elle est. Elle est persuadée que quelque chose de grave est sur le point d'arriver. Et elle pense tout particulièrement que tu risques d'être impliquée, Maggie. »

Maggie s'assit à côté de sa sœur et l'étreignit doucement. « Molly, tu n'as pas à t'inquiéter pour moi. Peut-être bien que quelques ennuis nous attendent, mais Will et nos cousins seront là pour me protéger. »

Molly fondit en larmes, sans cesser de se frotter le front. « Je suis heureuse de voir que tu vas bien. J'étais tellement inquiète. Mais je t'en prie, fais bien attention. Je sens une grave menace arriver. Promets-moi que tu ne prendras pas le moindre risque. » Elle saisit sa sœur par l'avant-bras.

« Je te le promets, Mol. Et si tu allais t'allonger ? Nous avons des matelas sur plusieurs paillasses. Je raconterai à mère tout ce que nous avons appris pendant que tu te reposes. » Puis elle aida sa sœur à se relever, et la mena jusqu'à l'une des chambres attenantes. Leur mère les suivit avant de refermer la porte derrière elles.

Will les suivit du regard jusqu'à la porte, une lueur d'inquiétude dans les yeux, mais il sourit lorsqu'il se retourna vers les cousins. « Je pense que vous avez tous besoin de vous remplir le ventre avant de partir, les gars. Qui sait cuisiner le mieux ? »

« Si quelqu'un nous attrape un lapin ou deux, je pourrais faire un ragoût » proposa Gregor.

Connor ajouta : « Je m'occupe de la chasse. »

Roddy poussa sur le bord de la table et dit : « Je vais voir si je trouve des légumes à cuisiner. Tu viens avec moi, Gavin ? »

Celui-ci acquiesça, non sans d'abord se plaindre d'être envoyé à faire la tâche la moins amusante.

Will se dirigea vers la porte. « Je vais dire à grand-père de nous rejoindre. »

Ils passèrent le reste de la journée à élaborer une stratégie, tout en conversant à voix basse afin de ne pas déranger Molly. Ils organisèrent leurs patrouilles afin de ne pas se croiser, en se rappelant les paroles de l'Anglais – quelque chose allait se produire dans deux semaines. Tous avaient hâte d'en savoir plus sur ce scélérat impliqué dans le canal qu'ils traquaient.

À l'heure du dîner, Gregor déclara : « J'ai du mal à ignorer le fait que Molly a de nouvelles migraines. Qu'en pensez-vous ? »

Roddy jeta un coup d'œil à Connor, qui lui rendit son regard. Il n'eut aucun mal à interpréter ce qu'il voulait lui dire. Son cousin ne serait pas ravi s'il venait à révéler l'histoire du fantôme qu'ils avaient vu.

Au lieu de cela, Roddy demanda : « Avez-vous entendu parler de Paddy le poney ? Connor et moi pouvons vous assurer qu'il est un peu différent des autres poneys des Highlands. »

« Qu'est-ce que tu veux dire par là, exactement ? » s'enquit Gregor. « Est-ce qu'il lance des sortilèges ou quelque chose du genre ? »

Gavin ajouta : « Si c'est le cas, il faut que je m'en

fasse un ami. Pour voir si je peux lui demander de lancer un sort à quelques jeunes filles. »

« Tu n'arrives pas à t'en trouver une tout seul, Gavin ? » le taquina Gregor en lui adressant un sourire malicieux, bien différent de son air sérieux habituel. « Mais je croyais que tu étais le préféré de toutes les filles ? » ajouta-t-il en répétant les paroles qu'avait un jour prononcées Gavin.

Celui-ci l'ignora en répondant par un bref : « On verra bien. »

Will déclara : « Je préfère ne pas ignorer les talents inhabituels de certains animaux, mais ça ne doit pas vous surprendre, puisque j'ai des faucons. Parle-nous de Paddy. »

Roddy répondit : « Lorsqu'il était âgé de cinq étés, Steenie s'est un jour perdu dans le noir lorsque ce poney l'a trouvé. Il l'a ramené tout droit sur les terres des Grant. »

« C'est sûrement Steenie qui l'a guidé » rétorqua Gavin.

« Impossible. Steenie n'était jamais allé sur les terres des Grant. Nous ne savons toujours pas comment ces deux-là ont réussi à trouver leur chemin au beau milieu de la nuit. »

Le groupe mangea une bouchée de nourriture en réfléchissant très sérieusement à ce dernier commentaire.

Connor soupira et dit : « Quiconque a un jour vu ce poney avec Steenie sait qu'ils ont une relation particulière. Je ne peux pas le nier, même si je le voudrais. »

Gregor commenta : « Un poney étrange, Molly

qui a des migraines. Quel est le rapport entre les deux, Roddy ? »

Jetant un nouveau coup d'œil à Connor, qui lui adressa un regard encore plus acéré, Roddy se contenta de répondre : « Je crois Molly, c'est tout. Il se passe parfois des choses étranges en ce monde, des choses que nous ne pouvons pas expliquer. »

Connor bondit de sa chaise si brusquement qu'il la renversa.

Ils passèrent ensuite le reste de la soirée à plaisanter de choses et d'autres, avant de reprendre la route le lendemain matin.

« J'espère que ta sœur se sent mieux, Maggie. Pour notre bien à tous » lui dit Roddy.

Maggie le remercia et leur souhaita bonne chance pour leur voyage. « Je vous enverrai Daniel dès son retour. » Puis elle retourna au chevet de sa sœur, les laissant seuls.

« Bonne chance à vous » dit Gavin à Roddy et Connor en leur faisant un signe de la main une fois que lui et Gregor furent à cheval.

« À vous aussi » répondit Roddy en adressant une prière silencieuse pour recevoir l'aide du Seigneur.

Il avait deux choses à l'esprit : une charmante jeune femme aux yeux violets, et un fantôme qui était venu les voir au milieu de la nuit pour leur dire d'aider une jeune fille.

Et il avait l'étrange sensation que ces deux éléments étaient liés d'une manière ou d'une autre au canal de Dubh.

Le lendemain du jour où Rose avait échangé un baiser avec Roddy, sa mère la mena à l'abbaye. Elle lui avait à peine adressé la parole depuis leur confrontation dans le grand hall. Rose s'efforçait de ne pas trop penser au fait qu'elle était peut-être sur le point de l'envoyer dans une nouvelle prison. Malgré la menace de sa mère, il restait une petite possibilité qu'elles se rendent à l'abbaye pour des raisons religieuses, ou pour que sa mère puisse faire un don auprès de l'édifice.

« Sona » voulait dire « joyeux » en gaélique, mais que pouvait-on bien trouver de joyeux dans une église remplie de nonnes et de moines ? Il n'y avait pas de falaises ni de vagues qui se fracassaient contre les rochers, ni rien de la beauté brute qu'elle aimait tant chez elle. Certes, elle avait eu envie de connaître d'autres horizons, mais elle savait qu'elle ne trouverait rien de la sorte à l'abbaye. Le souvenir des lèvres chaudes du guerrier au plaid rouge ne cessait de hanter son esprit.

À leur arrivée, le maître d'écurie envoya deux nonnes pour les escorter jusqu'à l'abbaye. L'abbesse vint les saluer à la porte, et les deux autres nonnes s'éclipsèrent. L'abbesse était une petite femme rondelette à la peau claire qui dénotait avec sa tunique sombre. Rose avait l'impression que c'était une femme plutôt sévère, mais elle ne semblait pas dénuée de gentillesse. Elle arborait un sourire qui ne réchauffait pas la lueur dans ses yeux, mais qui approfondissait les fines rides au coin de ses paupières. Sa présence remplissait le petit vestibule dans lequel elles se trouvaient, qui était vide à l'exception d'une table avec un banc étroit.

« Mère Marion, je suis ravie de vous revoir. Voici ma charmante fille, Rose. Je vous ai déjà parlé d'elle. » Sa mère appelait toujours l'abbesse « mère Marion ».

« Oui, bonjour, très chère. » Elle se tenait droite comme une flèche, ses mains croisées devant elle dissimulées sous les manches bouffantes de sa robe.

« N'oubliez pas que ma fille est sourde et muette. » Sa mère leva légèrement le menton, comme pour défier l'abbesse. Étaient-elles en train de mener une espèce de bataille d'intimidation ? Sa mère pouvait se montrer très autoritaire, mais elle supposa que l'abbesse était plutôt habituée à tout contrôler, en particulier dans l'abbaye.

« Je ne l'ai pas oublié, lady MacDole, mais je ne souhaite pas la traiter comme si elle n'existait pas. » Puis elle adressa un nouveau sourire à Rose.

La jeune femme eut soudain envie de prendre l'abbesse dans ses bras. La plupart des gens avaient tendance à l'ignorer lorsqu'ils apprenaient qu'elle ne pouvait ni parler, ni entendre. Peut-être était-ce pour cette raison que sa mère répandait ce mensonge. Si elle comptait la laisser ici, au moins pourrait-elle rencontrer d'autres personnes. N'importe qui serait une meilleure compagnie que sa mère, même l'abbesse.

Lady MacDole soupira avant de croiser les

mains devant elle, imitant la position de l'abbesse.
« Votre souci de son bien-être est admirable, mère
Marion, mais je la connais mieux que personne.
Elle devient souvent anxieuse lorsqu'elle ne
comprend pas ce qu'on lui dit. C'est exactement
pour cela que j'ai préféré l'isoler à la maison,
ces derniers temps. Il lui serait trop difficile de
se retrouver entourée d'autres personnes avec
lesquelles elle ne peut pas communiquer. »

« Peut-être que nous pourrions lui apprendre
à lire » proposa la mère Marion tandis qu'elle les
menait dans le couloir, avant de prendre un escalier
jusqu'aux chambres des jeunes filles destinées à
devenir novices au couvent. « D'ordinaire, nous
n'enseignons pas la lecture à nos étudiants, mais
nous pourrions faire une exception pour Rose en
raison de sa situation inhabituelle. »

Rose savait déjà ce que sa mère allait répondre
à cette suggestion. Plutôt que de l'écouter,
elle choisit de reporter son attention sur son
environnement. Le couloir était bien éclairé avec
des chandelles aux murs, dont les ornements lui
conféraient un charme royal, ce qui était assez
incongru pour l'endroit où elles se trouvaient.

Combien de temps allait-elle rester ici ?

La voix de sa mère, dont les inflexions étaient
plutôt agréables à cet instant précis, attira de
nouveau son attention. « Son cher père a bien
tenté de lui apprendre, mais sans succès. Nul
besoin de vous faire perdre votre temps à essayer
de lui donner des leçons. Viens, ma chérie. » Elle
invita sa fille à se placer devant elle tandis qu'elles

suivaient l'abbesse dans le réseau de couloirs du bâtiment.

Rose brûlait d'envie de pouvoir parler, car ainsi, elle aurait crié suffisamment fort pour que toutes les nonnes et tous les moines de l'abbaye l'entendent déclarer qu'elle avait envie d'apprendre à lire – que rien ne pourrait lui faire plus plaisir, et qu'elle travaillerait plus dur que tous les autres étudiants, si seulement quelqu'un prenait le temps de lui enseigner.

Elles passèrent les doubles portes ouvertes qui menaient au grand hall et elle jeta un coup d'œil à l'intérieur, dans l'espoir d'apercevoir des gens de son âge.

Des rangées de tables à tréteaux emplissaient le hall, mais elles étaient vides. Tandis qu'elles s'approchaient de l'escalier au bout du couloir, elle entendit des voix chanter depuis la chapelle. Elle s'efforça de ne pas réagir au son magnifique qui résonnait dans le couloir. Sa mère claqua la langue, mais l'abbesse se contenta de hausser les sourcils. « Nous chantons pour notre Seigneur. »

L'abbesse s'immobilisa, puis tourna les talons pour faire face à lady MacDole. « Par tous les saints, comment pourrons-nous lui faire réciter ses vœux lorsque le moment viendra ? »

Rose faillit s'arrêter net en entendant ces paroles, mais elle s'efforça de continuer en adressant à sa mère un regard en coin.

Elle se remémora la menace de sa mère de l'autre jour.

Tu vas le regretter. Je pense que le temps est venu pour toi de passer à une nouvelle étape de ta vie.

Alors, c'était bien ça qu'elle avait en tête. Elle voulait la forcer à devenir nonne.

La mère de Rose n'en fut absolument pas décontenancée. « Vous aurez bien le temps de vous inquiéter de ça. Elle peut faire quelques signes de la main pour indiquer ce dont elle a besoin. Si elle a faim ou soif, par exemple, ou si elle a froid, vous la verrez frissonner. Je suis sûre que vous comprenez l'idée. » Elle prononça ces dernières paroles avec une pointe acerbe dans la voix. Parfois, Rose se demandait si sa mère aurait préféré qu'elle meure de froid, perchée sur les falaises.

L'abbesse tendit la main pour tapoter l'épaule de Rose. « Je suis sûre qu'elle s'intégrera très bien ici. Je la présenterai aux novices à l'heure du dîner. Vous devez être fatiguée après un tel voyage. Peut-être avez-vous envie de vous reposer un peu. Je vais demander à l'une de nos domestiques de l'aider à monter ses affaires. Elle séjournera dans cette chambre » ajouta-t-elle en désignant la porte ouverte sur la gauche.

La chambre était petite et froide, sans aucune cheminée en vue. Il y avait deux paillasses contre deux murs opposés, un plaid et une fourrure pliés au bout de chacune, ainsi qu'une grande croix dorée sur le mur du fond. Juste sous la croix se trouvait une table avec deux chaises. On poserait son coffre au bout de l'un des lits, mais à part cela, il y avait peu de place dans la pièce.

Sa mère déclara : « Nul besoin de vous occuper de moi. Je vais bientôt repartir, car j'aimerais rentrer avant la nuit. Je vais simplement vous dire au revoir et m'en aller. Si vous demandez à une domestique de lui monter son coffre, elles pourront rapidement aménager la pièce. »

L'abbesse s'inclina légèrement avant de se diriger à nouveau vers le couloir menant à l'escalier. La pauvre femme voulut ajouter : « Rose, si vous avez besoin de quoi que ce soit… », mais s'interrompit, sûrement en se rappelant qu'il était inutile de parler à une femme sourde.

« Je vais prendre ma chère fille dans mes bras une dernière fois avant de partir. » Lady MacDole adressa un geste de la main à l'abbesse tandis qu'elle descendait l'escalier. Rose eut envie de la prendre par le bras pour la faire revenir, mais elle se retint. Elle connaissait sa mère.

Dès que l'abbesse fût assez loin pour ne plus les entendre, la mère de Rose la saisit par le bras et la poussa dans la chambre. « À présent, tu resteras ici jusqu'à ce que le Seigneur te pardonne tes transgressions. Tu dois lui demander Son pardon, ou je n'aurais pas d'autre choix que de te faire prononcer tes vœux et rester ici avec les nonnes pour le restant de tes jours. Penses-y, et réfléchis bien à ce que tu veux faire. »

Rose hocha la tête, comme elle le faisait toujours avec sa mère. Si elle n'acceptait pas tout ce qu'elle disait, elle la punirait en conséquence. Elle brûlait d'envie de révéler son secret à l'abbesse et de lui demander de l'aide, mais sa mère visitait fréquemment l'abbaye. Si Rose lui dévoilait qu'elle n'était pas sourde, elle serait dans de beaux draps. Sa mère l'apprendrait dans la journée. De cela elle était certaine, puisque qu'elle rendait très souvent visite au père Seward et à l'abbesse. Non, elle devrait continuer de faire semblant d'être sourde, du moins pour le moment.

« N'oublie pas » lui dit sa mère. « C'est de ta faute si tu saignes tous les mois. C'est ta punition pour avoir commis des péchés aussi horribles. Tant que tu saigneras, tu resteras ici. »

Elle laissa retomber sa main, comme si elle était soulagée d'être enfin débarrassée d'elle, puis s'en alla sans ajouter un mot.

Rose sentit les larmes lui monter aux yeux tandis qu'elle s'asseyait sur la paillasse de cette petite chambre encombrée, où la dernière personne de sa famille venait de l'abandonner. Elle ne pensait jamais à s'ôter la vie, mais elle souhaitait souvent ne plus exister. Ainsi, tout serait plus facile.

CHAPITRE 6

LORSQUE RODDY ET Connor arrivèrent au château des Muir, ils racontèrent à Braden tout ce qu'il s'était passé, y compris leur réunion avec la Bande de Cousins. Braden demanda : « Je ne comprends toujours pas pourquoi vous êtes retournés au château des MacDole. Qu'est-ce qui vous a fait penser que quelque chose clochait ? »

Connor se contenta de hausser les sourcils en souriant, avant de se tourner vers Roddy afin de le laisser répondre.

Roddy ne put nier les faits. « J'ai rencontré une jeune femme aux cheveux sombres qui a piqué mon intérêt. Nous nous sommes rencontrés sur les falaises, mais je lui ai fait peur. Elle m'a encore plus intriguée lorsque je l'ai revue au château. »

« Tout ça à cause de sa beauté ? C'est pour ça que Connor est en train de ricaner ? »

« Non, ce n'est pas que ça, bien qu'elle soit très belle, c'est vrai. Sa mère m'a dit qu'elle était sourde et muette, mais j'avais l'impression que ce n'était pas tout à fait vrai. De plus, Connor n'avait trouvé aucune piste, c'est pourquoi j'ai eu envie d'y retourner. Le château se trouve juste au-dessus du loch marin, qui semble être le lieu d'amarrage idéal pour le réseau que nous poursuivons. Connor était d'accord avec moi. »

« À propos de la jeune fille ? » le taquina Braden.

« Non, idiot. Mais à ce sujet, lorsque j'y suis retourné, elle m'a expliqué qu'elle était bien muette, mais pas sourde. Donc tu vois, j'avais raison. »

Connor intervint : « Nous avions tous les deux raison. Nous suspections que quelque chose d'étrange se tramait au château des MacDole. Si le canal de Dubh est actif dans la région, ils doivent bien savoir quelque chose. Maggie et Will étaient d'accord, donc nous y retournons. »

Braden demanda : « Pourquoi a-t-elle menti à propos de sa surdité ? »

« C'est sa mère qui a proféré ce mensonge, et je n'ai pas encore bien compris pourquoi. J'ai réussi à revoir Rose seule, et c'est là qu'elle m'a expliqué la vérité. Nous avons un peu de mal à communiquer, mais c'est bien plus facile maintenant que je sais qu'elle peut m'entendre. Lady MacDole est une femme étrange. Elle s'isole de tout et de tout le monde. Elle n'a pas voulu nous donner la moindre information. J'aimerais donc parler avec leurs domestiques. » Puis il sourit à Connor. « Et je ne me plaindrai pas si je parviens à revoir cette beauté aux yeux violets. »

Par contre, il ne leur raconta pas le nouveau rêve qui hantait son sommeil, un rêve bien plus plaisant que son cauchemar dans l'eau. Dans ses songes, Rose lui parlait, et sa voix était la plus douce qu'il eut jamais entendue. Il se réveillait toujours avec l'urgent besoin de la revoir.

Il s'éclaircit la gorge, puis raconta le reste de l'histoire à Braden – l'étrange sensation qu'ils avaient ressentie à l'abbaye de Sona, la nouvelle abbaye en construction, et l'Anglais qui supervisait les travaux.

« Quel est votre plan à présent ? » demanda Braden.

« Nous allons parler aux domestiques du château des MacDole, puis je poserai peut-être quelques questions à Rose, pour voir si nous pouvons découvrir autre chose à propos de la nouvelle abbaye. Nous avons environ deux semaines pour connaître leurs plans. »

Braden se gratta la tête. « Tout ça est étrange, en effet. Nous n'avons pas entendu parler d'une nouvelle abbaye, même de la part de notre maître d'écurie. Puisque vous ne voulez pas vous faire remarquer, je resterai en retrait, mais si vous changez de plans, je serai ravi de me joindre à vous. »

« Si tu vois Daniel, envoie-le nous rejoindre. Nous passerons la nuit ici si cela ne te dérange pas, puis nous partirons demain. »

Ils prirent donc la route le lendemain à l'aube.

Lorsqu'ils arrivèrent enfin au château, ils furent surpris de trouver lady MacDole devant le mur d'enceinte, en train de discuter avec son intendant. Dès qu'elle les aperçut, elle se dirigea tout droit vers eux, puis s'arrêta devant le cheval de Roddy. « Je sais pourquoi vous êtes ici, jeune homme. Sortez-vous cette idée de la tête. Ma fille n'est plus ici. Elle prononcera ses vœux et deviendra nonne. Je viens de l'envoyer à l'abbaye, et les visiteurs ne lui seront pas autorisés avant un long moment. »

Roddy en resta bouche bée, abasourdi par ses paroles. Peu après, cette nouvelle lui remémora l'avertissement du spectre transparent de l'autre nuit.

Vous devez revenir. Vous devez l'aider lorsqu'elle arrivera.

Heureusement, Connor intervint : « Nous ne sommes pas là pour ça. Lors de notre dernière visite, nous vous avions demandé si vous aviez remarqué quelque chose d'étrange au loch. Nous avons ensuite reçu une nouvelle très importante qui nous a poussés à revenir. Nous avons entendu parler d'un réseau qui enlèverait des jeunes filles pour les embarquer dans des bateaux, et leur base se trouverait près d'un point d'eau. L'emplacement de votre château nous a donc fait penser que vous aviez peut-être été témoins de quelque chose – un bateau isolé au beau milieu de la nuit, des bruits en provenance de l'océan, ou autre. Nous espérions pouvoir poser la question à votre personnel, afin de voir s'ils pourraient nous aider. »

« Vous pouvez vous adresser aux garçons d'écurie et à mon intendant, mais personne d'autre. Je refuse de faire peur à mes domestiques en leur faisant penser qu'on les embarquera sur un bateau. Et il est absurde de votre part de penser que nous avons des informations sur cette histoire. Je n'ai jamais entendu la moindre rumeur à ce sujet. Vous avez une heure, ensuite vous devrez partir. » Puis elle tourna les talons, leva le menton et s'éloigna à grands pas, comme s'ils étaient les plus grossiers personnages qu'elle eut jamais vus.

Roddy leva les sourcils et se tourna vers Connor. « Tu comprends pourquoi je voulais revenir ici ? »

Connor se contenta de répondre : « J'irai parler à l'intendant, occupe-toi des garçons d'écurie. »

Ces derniers étaient assez jeunes, pas plus vieux que dix ou onze étés. « Bonjour à vous deux » déclara Roddy. « Êtes-vous les seuls à vous occuper des chevaux ? »

« Oui » répondit le plus grand. « Notre père est le maître d'écurie, mais lorsqu'il a d'autres choses à faire, nous l'aidons ici. »

« Et où vivez-vous ? »

« Par là-bas. Notre hutte se trouve au nord des falaises. »

« Est-ce près du loch ? Vous y allez souvent ? »

Les deux garçons secouèrent la tête. « Nous n'habitons pas près de l'eau, mais nous allons y pêcher en été. » Il devina qu'ils n'avaient pas dû voir beaucoup de guerriers, car ils ne cessaient de jeter des coups d'œil à ses armes plutôt que de le regarder en face.

« Avez-vous entendu des rumeurs sur des bateaux qui viendraient la nuit ? »

Ils secouèrent de nouveau la tête à l'unisson. « Je peux vous poser une question, milord ? » demanda le plus jeune, en jetant d'abord un coup d'œil à son frère.

« Oui, vas-y. »

« Où avez-vous trouvé une épée de cette taille ? Je n'en avais encore jamais vu une aussi grande » dit le garçon.

« Je suis un guerrier du clan Grant. C'est mon père qui a fait forger cette épée pour moi. »

« Que faut-il faire pour en avoir une ? » s'enquit l'aîné en se penchant comme pour écouter un secret.

Roddy s'inclina à son tour. « Il faut se montrer honorable, digne de confiance et travailleur. Ensuite, si tu te bats pour le clan Grant, on te forgera tes armes à l'armurerie. » Puis il lui adressa un clin d'œil en faisant quelques pas dans les environs avant de s'éloigner. Il emprunta le chemin menant au loch, mais rien n'avait changé depuis sa dernière visite. Pas d'empreintes de pas, de déchets ou quoi que ce fût d'autre pour lui indiquer que quelqu'un était venu ici.

Lorsque Roddy retrouva Connor devant la porte principale une heure plus tard, aucun des deux n'avait obtenu plus d'informations qu'à leur arrivée.

Ils récupérèrent donc leurs montures et chevauchèrent pendant un moment sans prononcer un mot.

« Que fait-on maintenant ? » demanda enfin Connor.

« Je vais à l'abbaye pour me renseigner sur Rose. Je n'aime toujours pas ce qui se trame ici. » Roddy parcourut l'édifice du regard, en se demandant s'ils devaient vraiment croire tout ce qu'on leur avait dit. « J'ai l'impression que les garçons d'écurie ne savaient pas grand-chose, mais pourquoi ai-je la sensation que les autres nous mentent ? Je n'arrive pas à croire qu'ils n'aient rien vu du tout sur ces eaux. Nous savons qu'il se passe quelque chose ici, alors comment peuvent-ils l'ignorer ? »

« Je suis d'accord. L'intendant ment. Je ne sais pas encore si c'est également le cas de lady MacDole, mais je suis certain que lui en sait plus qu'il n'a bien voulu me dire. »

« Je dois parler à Rose » déclara Roddy.

« Mais lady MacDole a dit que tu ne serais pas autorisé à la voir » lui rappela Connor.

Roddy s'esclaffa. « Et tu penses que c'est ça qui va m'arrêter ? »

***

Rose dormit peu cette nuit-là, puisqu'elle se trouvait dans un nouvel environnement. Sans le bruit des vagues qu'elle entendait d'habitude depuis sa fenêtre, l'endroit était étrangement et désagréablement calme. Elle n'aimait pas cela du tout.

Soudain, elle réalisa que c'était ainsi qu'elle percevrait sa vie de tous les jours si elle était véritablement sourde. Elle mourait d'envie de se confier à l'abbesse, mais elle ne voulait pas s'attirer les foudres de sa mère. Elle l'avait déjà vue déchaîner sa colère, et elle n'avait aucune envie de revivre cette expérience.

Dans l'esprit de Rose, un souvenir lui revint en mémoire, un souvenir qui ne demandait qu'à être libéré, mais elle se força à ne pas y penser tandis qu'elle enfilait une robe en laine bleu foncé. Elle descendit ensuite les escaliers menant au hall, dans l'espoir d'y trouver au moins quelque chose pour prendre son petit-déjeuner le plus vite possible. Les autres seraient-elles au courant qu'elle ne pouvait pas parler ? L'abbesse allait-elle lui venir en aide ?

Elle n'avait fait que quelques pas lorsqu'une jeune fille qui se trouvait dans le couloir se précipita vers elle. « Bonjour. Tu es nouvelle ici ? Je m'appelle Constance. Et si nous allions dans le grand hall ensemble ? »

Constance avait une magnifique chevelure de boucles rousses, et un sourire qui aurait pu illuminer n'importe quelle pièce. Le premier instinct de Rose fut de lui faire confiance, aussi attendit-elle que la jeune fille la rejoigne. Inquiète de ne pas pouvoir communiquer avec la nouvelle venue, elle plaqua un sourire sur son visage, puis se demanda comment réagir ensuite. À sa grande surprise, elle n'eut rien à faire – Constance lui prit la main et l'entraîna avec elle dans les couloirs, puis les escaliers qui menaient au grand hall.

Constance se tourna alors à nouveau vers elle et dit : « Es-tu de passage ici, ou vas-tu rester pour prononcer tes vœux ? Moi, je ne sais pas si je le ferai ou non. Je n'ai pas encore décidé. Ma mère ne voulait plus me garder à la maison, parce que j'ai sept frères et sœurs. Mais je préfère vivre ici. Je peux lire autant de livres que je veux, et il y en a tellement ! C'est mon frère qui m'a appris à lire, mais ma mère ne l'a jamais su. Elle ne m'y aurait pas autorisée, parce que je suis une fille. Et toi ?

Tu sais lire ? » Puis elle plissa le nez et ajouta : « Tu ne m'as pas encore dit ton nom. »

Elles se trouvaient juste devant le grand hall, mais il valait mieux qu'elle règle la question une bonne fois pour toutes. Rose s'efforça d'essayer de communiquer son handicap à Constance. Elle détestait ce mot – handicap – mais c'était toujours ainsi que sa mère qualifiait son mutisme.

Elle se couvrit les oreilles et secoua la tête, pour essayer de faire comprendre à Constance qu'elle était sourde. Puis elle se couvrit la bouche d'une main et secoua de nouveau la tête.

« Quoi ? Tu ne peux pas manger ? Et tu es sourde ? Mon Dieu, c'est un vrai problème. »

L'une des nonnes s'approcha à la hâte et posa les mains sur les épaules de Rose. « Constance, voici Rose. Elle vient de nous rejoindre. L'abbesse nous a expliqué qu'elle est sourde et muette. Veux-tu bien lui montrer où aller chercher sa bouillie d'avoine, s'il te plaît ? »

Le visage de Constance passa d'une émotion à l'autre – pitié, espoir, tristesse, puis enthousiasme. La douce jeune femme semblait incapable de dissimuler ses sentiments, ce que Rose considérait comme une grande qualité chez une amie.

Une amie. Voilà une chose qu'elle avait toujours rêvé d'avoir. Elle adorait son château dans le ciel, comme elle aimait l'appeler lorsqu'elle était petite, mais son père se lamentait souvent sur le fait que leur isolement empêchait sa fille de se faire des amies. Constance deviendrait-elle sa première véritable amie ?

Elle pria pour que ce fût le cas. Si elle parvenait

à avoir ne serait-ce qu'une seule amie, une personne de confiance, alors elle pourrait lui partager tellement de choses sur elle-même.

Pas tout de suite. Elle prit une profonde inspiration, puis se rappela qu'elle devait se montrer patiente.

Constance prit la main de Rose dans la sienne, puis la mena jusque dans le hall. Pour sa plus grande joie, elle ne cessa de bavarder en chemin. Ainsi, son univers n'était plus plongé dans le silence.

Lorsqu'elle entra dans le hall, elle faillit s'immobiliser pour parcourir la pièce du regard, sidérée. Ce hall était bien plus grand que celui des MacDole. Il y avait là des rangées et des rangées de tables à tréteaux sur le sol en pierre. De nombreuses croix étaient fixées aux murs, ainsi que quelques tapisseries, la plupart représentant des saints. La voix de Constance résonnait dans la pièce, car elle était majoritairement vide, à l'exception de quelques jeunes filles en train de marcher et de discuter à voix basse. Il y avait une grande cheminée à chaque extrémité du hall, leurs flammes chaleureuses réchauffant les murs en pierre froide.

Constance fit volte-face pour lui parler à nouveau : « Je vais tout te montrer. Je n'avais encore jamais connu une personne sourde et muette. C'est une vie bien horrible que tu dois vivre. Tu es très belle, tu sais. S'il y avait des garçons par ici, ils ne cesseraient de te pourchasser. Tes cheveux noirs et raides sont bien plus attirants que mes boucles rousses en bataille. Les nonnes sont toujours en train d'essayer de me les attacher, mais sans succès. Tes cheveux seraient sûrement très jolis si tu les attachais en chignon sur ta tête. » Elles firent encore quelques pas vers la table de service qui se trouvait d'un côté du hall. Il y avait là des ustensiles, des bols et des coupes d'un côté, et une immense marmite de bouillie d'avoine de l'autre.

Constance resta soudain bouché bée, comme si elle venait de penser à quelque chose d'important. Elle tourna alors les talons pour faire face à Rose, un large sourire aux lèvres. « J'ai une merveilleuse idée. Je suis très douée en dessin, je peux peut-être t'aider à communiquer de cette façon. Mais il me sera difficile d'obtenir le matériel dont j'ai besoin. » Tandis qu'elles s'approchaient de la table, elle leva une main pour mimer le geste d'écrire avec une plume et demanda : « Sais-tu dessiner ? Ou lire ? Si ce n'est pas le cas, je pourrais t'apprendre ! Mais il faudrait que j'en parle avec les nonnes, pour qu'elles me donnent les outils nécessaires. Enfin, je pourrais aussi te montrer les lettres dans les livres de la bibliothèque. Nous sommes autorisées à emprunter un livre à la fois, et il y en a beaucoup avec des images. »

Puisque sa mère insistait tellement sur le fait qu'elle ne devait jamais apprendre à lire, Rose avait décidé de cacher certains des livres préférés de son père dans sa chambre. Trop effrayée pour les emmener avec elle à l'abbaye, elle les avait dissimulés sous son lit avant de quitter le château, car elle savait que sa mère n'irait probablement jamais mettre les pieds dans sa chambre.

Constance semblait très enthousiaste à l'idée de lui apprendre à lire, ce que Rose souhaitait presque autant que de revoir Roddy Grant. Elle avait rêvé du séduisant guerrier la nuit précédente, mais cette fois-ci, c'était différent. Dans ce songe, ils se parlaient, partageaient leurs pensées. C'était le plus beau rêve qu'elle eut jamais fait.

Penser à Roddy Grant lui redonna courage. Oserait-elle défier sa mère dans ce nouvel environnement ?

Elle secoua la tête en réponse à la question de Constance, pour lui indiquer qu'elle ne savait ni lire, ni dessiner.

À sa grande surprise, Constance passa ses bras autour d'elle et la serra jusqu'à vider presque tout l'air de ses poumons. « Ne t'inquiète pas. Je vais t'aider. Je veillerai à garder les filles méchantes à distance, et seules les plus gentilles pourront devenir tes amies. Je te dirai exactement tout ce que tu dois savoir. »

Rose ne put s'empêcher de se concentrer sur trois mots.

Des filles méchantes ?

Elles s'assirent ensemble, puis Constance indiqua à Rose de l'attendre pendant qu'elle allait chercher quelque chose à la table sur le côté. Lorsqu'elle revint avec un peu de miel, Rose hocha la tête en signe de remerciement à l'adresse de Constance, qui continua de bavarder. « Je pense que nous pourrions inventer des signes pour communiquer certaines choses. Et si tu mettais tes mains comme ça… » Elle pressa ses paumes l'une contre l'autre, comme pour prier.

« ... avant de hocher la tête. Cela pourrait vouloir dire 'merci' ou 'de rien'. »

Elles s'entraînèrent toutes les deux à joindre les mains avant de s'incliner, et Constance poussa de petits gloussements de joie.

« Je t'apprendrai à lire et à écrire, ainsi tu pourras m'écrire des messages. » Elle gloussa à nouveau et murmura : « Nous pourrions inventer nos propres signes secrets. » Constance lui adressa ensuite un clin d'œil et désigna la poitrine de Rose, puis la sienne. « Secrets. Amies. »

Rose dut se retenir de fondre en larmes. Depuis quand n'avait-elle pas reçu l'aide de quelqu'un, à part son père ? Sa mère passait le moins de temps possible avec elle. Sa tante, la femme du frère de son père, leur rendait souvent visite lorsqu'il était encore en vie, mais elle n'était plus venue depuis sa mort. À son avis, sa mère avait dû lui suggérer qu'elles avaient besoin d'un peu de temps seules. Elle l'avait entendue le dire à d'autres personnes, garantissant ainsi leur isolement. *Son* isolement. Il n'y avait pas d'autres personnes de son âge dans sa vie, et jusqu'à présent, le seul endroit où elle avait rencontré des jeunes filles ou des garçons était l'église.

Sa vie était-elle sur le point de changer en mieux ?

Si c'était le cas, elle ne rentrerait plus jamais à la maison.

Rose allait bien.

Sa mère ne ferait jamais du mal à sa propre enfant.

Peut-être avait-elle envie de devenir nonne.

Roddy ne cessait de se répéter ces pensées, mais il n'arrivait toujours pas à les croire. Elles sonnaient faux. Il ressentait un mauvais pressentiment au creux de son ventre, qui se tordait toujours dans un sens et dans l'autre, quoi qu'il essaie de faire pour se raisonner.

Son père et oncle Alex ne juraient toujours que par leur instinct…

Tandis qu'ils s'approchaient de l'abbaye, Connor se tourna vers lui et dit : « Je t'attendrai dehors lorsque tu entreras. »

« Pourquoi ne pas venir avec moi ? »

« S'il se trame quelque chose de louche, je doute qu'ils viennent nous le dire en face. Je vais retourner à l'écurie pour essayer d'écouter tout ce qui se passe dans le coin. » Il s'interrompit un moment, puis reprit : « Et je ne retournerai *pas* dans cette maison. »

« Donc tu vas écouter comme le ferait oncle Logan ? »

Un large sourire passa sur le visage de Connor lorsqu'il mentionna leur oncle qu'ils admiraient tous. Logan Ramsay, le père de Maggie et Gavin, était espion pour la couronne écossaise. Il n'existait qu'une personne au monde capable de l'adoucir : sa femme Gwyneth. Oncle Logan l'adorait.

« Non, ce n'est pas exactement à oncle Logan que je pensais, mais tu n'es pas loin. » Connor descendit de son cheval à une courte distance de l'abbaye, puis tendit une pomme à sa monture préférée tandis qu'il lui tapotait les flancs.

« À qui pensais-tu, alors ? » demanda Roddy lorsqu'il mit pied à terre à son tour, les mains sur les hanches.

« À tante Gwyneth. Tu te rappelles l'histoire de sa rencontre avec oncle Logan ? N'a-t-elle pas failli être vendue vers une contrée au-delà des mers ? Elle a vaincu l'un de ses ravisseurs, et a gagné la réputation de toujours s'en prendre aux couilles des hommes. J'étais en train de me demander quel genre de réseau était à l'œuvre à cette époque. C'était il y a des dizaines d'années. » Connor tendit la main pour arracher un brin d'herbe sélectionné avec soin, avant de le placer au coin de sa bouche.

Comment diable s'était-il souvenu de ce détail ? « Tu as raison. Je me rappelle avoir entendu cette histoire. N'a-t-elle pas menacé de couper les couilles d'oncle Logan ? »

Connor lui sourit alors de toutes ses dents blanches, presque étincelantes. « J'aurais bien voulu être là pour voir ça. »

Ils rirent ensemble, puis Roddy demanda : « Qu'est-ce qui t'a fait penser à tante Gwyneth ? »

Connor leva les yeux vers le ciel tandis que le crépuscule approchait. « La plupart des jeunes filles ne sont pas entraînées à se battre. Si le canal de Dubh venait à capturer Rose, penses-tu qu'elle serait en mesure de se protéger ? »

Roddy refusa d'envisager le pire scénario possible. « Je ne la connais pas beaucoup, mais je sens une grande force de volonté chez elle. Oui, je pense qu'elle serait assez forte pour se battre, mais je doute qu'elle sache se servir d'une dague. Il faudrait qu'elle l'apprenne, si ce n'est pas déjà fait. Juste au cas où... » Roddy baissa les yeux vers le sol et couvrit son visage de ses mains. « J'apprendrai à Rose à se protéger. »

Ils arrivèrent à l'écurie, et deux jeunes garçons vinrent les assister. Lorsqu'ils eurent récupéré leurs chevaux, les deux hommes se dirigèrent vers les portes principales, modifiant ainsi leur approche par rapport à l'autre soir.

« Indiquez le motif de votre visite » s'écria le garde à leur approche.

« Je suis venu voir Rose MacDole, s'il vous plaît. »

« Il n'y a pas de Rose MacDole ici. Partez. »

Si le maître d'écurie les avait gentiment accueillis quelques jours auparavant, ce garde se montrait extrêmement brusque. Il doutait de parvenir à obtenir la moindre information de sa part. De toute évidence, il n'était pas le bienvenu cette fois.

« Elle est nouvelle. Sa mère m'a dit qu'elle était ici. Elle envisage de prononcer ses vœux. »

« J'ai dit qu'il n'y avait pas de Rose MacDole. Partez tout de suite. Vous pouvez passer la nuit dans la maison que nous réservons aux voyageurs, mais sinon, vous n'êtes pas les bienvenus. » L'homme porta ensuite sa main à la garde de son épée.

Connor lui adressa un bref coup d'œil pour

lui faire comprendre qu'il était hors de question qu'ils passent une autre nuit dans la maison du fantôme, comme il l'avait appelée l'autre jour. Puis il retourna vers l'écurie.

Bouillonnant de rage, Roddy s'efforça de conserver un calme apparent pendant que ses entrailles se tordaient de colère. Il s'assura de retenir le plus d'informations possible concernant l'abbaye, juste au cas où il aurait besoin de faire un geste désespéré. C'était une abbaye banale, pas aussi ornementée que celle de Lochluin, mais elle était fortifiée et remplie de gardes. Il ne fallait pas manquer de talents pour essayer de se faufiler dans l'abbaye de Sona, ou d'en sortir.

À moins d'être un fantôme, pensa Roddy, ce qui lui fit penser à leur cousin. Il avait hâte de revoir Daniel pour lui faire savoir qu'ils avaient vu un véritable fantôme. Mais où diable était-il ?

« Vous en êtes sûr ? » le pressa-t-il. « Elle est sûrement arrivée hier. » Il continua de parcourir les environs du regard, mais il ne vit aucun signe de Rose – ni de quelqu'un qui pourrait l'accueillir avec un peu plus de gentillesse.

« Pas de Rose. Partez maintenant. Nous n'autorisons pas les visiteurs à entrer certains jours. C'est le cas aujourd'hui. »

Encore un détail étrange, à n'en point douter.

Il se retourna pour s'en aller, mais un petit gloussement capta son attention. Il jeta un coup d'œil par-dessus son épaule et aperçut deux jeunes filles en train de le regarder dans une petite zone près de l'entrée. Elles étaient en partie cachées par un épais buisson. Il espéra un instant que l'une d'entre elles eût les cheveux sombres, mais l'une était blonde, et l'autre brune.

« Je serai votre Rose, guerrier. » La jeune femme aux cheveux châtain se lécha les lèvres en poussant un soupir.

Roddy tourna les talons sans leur adresser un autre regard. Le garde était en train de l'observer, aussi continua-t-il de s'éloigner, en se demandant pourquoi ces jeunes filles avaient été autorisées à rester aussi près de la porte principale.

Il doutait que l'abbesse eût connaissance du fait que ses étudiantes essayaient de séduire les étrangers.

Lorsqu'il fut de retour à l'écurie auprès de Connor, il récupéra son cheval en silence, interrompant sa monture en train de déguster de longues herbes vertes. Son impolitesse le fit s'ébrouer, mais le jeune homme l'ignora tout en grimpant sur son dos.

« Nous partons déjà ? » demanda Connor. « Je n'ai même pas eu le temps d'écouter les gens à l'écurie. »

« Ils ont menti. Ils m'ont dit qu'elle n'était pas ici. Les gardes à la porte sont bien différents de ceux que nous avons rencontrés la dernière fois. »

Connor enfourcha son cheval et le suivit. « Veux-tu bien me dire ce qu'il s'est passé, ou es-tu trop en colère pour le moment ? »

Lorsqu'ils se furent suffisamment éloignés sur le chemin, Roddy déclara : « Retournons au château des Muir, en espérant que Braden aura entendu parler de quelque chose. Je dois continuer à enquêter, mais j'ai besoin de renforts. »

« Tu es en train de perdre ton sang-froid, pas vrai ? »

« Oui. Je ne sais pas où est Rose, mais je la retrouverai. »

Comme sorti de nulle part, un hibou fondit vers lui, manquant de faire ruer son cheval. Il observa le volatile, qui atterrit sur un arbre non loin de là, puis se retourna pour le fixer de ses yeux dorés.

Il était convaincu que l'animal était en train de le regarder, et ses yeux perçants accélérèrent les battements de son cœur pendant quelques instants. Puis il détourna les yeux et reprit son voyage.

Pas question de se laisser distraire par un hibou au comportement inhabituel, bien qu'il fût très étrange d'en voir un à cette heure de la journée.

Il devait retrouver Rose.

Chapitre 7

Rose était assise à un bureau dans une petite chambre à proximité de la bibliothèque, Constance à ses côtés. La jeune femme n'était arrivée que depuis quelques jours, mais elle savait déjà que Constance deviendrait son amie pour la vie. En fait, elle était en train de se demander si elle n'allait pas lui dire la vérité à propos de sa prétendue surdité.

Elle se mordilla la lèvre inférieure tandis qu'elle étudiait les lettres inscrites sur la page du grand livre devant elle. Son père lui avait appris à lire toutes les lettres, mais elle ne comprenait pas comment les mettre ensemble pour former des mots.

Constance avait parcouru la bibliothèque pendant un long moment avant de trouver un livre d'images illustrant des mots simples. Elle avait commencé avec les plus faciles. Fille, garçon, lit, chat, chien. C'étaient les mots dont Rose se souvenait de ses leçons avec son père, il y a bien longtemps.

Sa nouvelle amie relut la liste avec elle.

« Celui-ci, c'est 'mère', tu vois, il commence par la lettre M. »

Rose traça le M du bout du doigt, puis répéta l'opération avec les autres lettres du mot. Elle avait pratiqué seule après la mort de son père, en général tard le soir, lorsqu'elle savait que sa mère ne la surprendrait pas.

« Essaie maintenant. Peux-tu lire ces mots ? »

Faisant preuve d'une très grande sagesse, Constance passa à d'autres mots pouvant être utiles à Rose : bon et mauvais, père et abbesse, Dieu, faim, mal, amour et aide.

Elle admirait tellement son amie.

Constance avait déjà fait tellement pour l'aider à communiquer. Elle sentit la culpabilité peser sur ses épaules, mais ce n'était pas cela qui lui donna envie de lui dire la vérité – c'était le désir de se libérer de son secret auprès de son amie. À l'aide des signes qu'elles avaient inventés, elle s'efforça de faire comprendre à Constance qu'elle était bien muette, mais pas sourde.

« Vraiment ? » Constance tapa alors dans ses mains, poussa un cri de joie, puis la serra tellement fort dans ses bras que c'en fut douloureux.

Rose sourit, mais posa un doigt sur les lèvres pour intimer le silence à son amie. Puis elle articula silencieusement le mot 'secret', avant de se tourner vers l'image de son livre représentant la mère.

« Je garderai ton secret, Rose. C'est ta mère qui te force à mentir ? C'est ça que tu essaies de me dire ? »

Elle hocha la tête, mais dès qu'elle vit

l'expression peinée sur le visage de son amie, elle faillit regretter de lui avoir dit la vérité. Constance était une personne au cœur tendre. Rose tendit le bras pour serrer sa main dans la sienne, afin de l'encourager à continuer.

Son amie acquiesça, mais avant qu'elle n'eût le temps de retourner à sa leçon, elle murmura : « Je sais que je suis censée me montrer aimable avec tout le monde, en particulier dans la maison du Seigneur, mais je dois dire que je n'aime pas beaucoup ta mère. »

Les leçons se poursuivirent à un rythme bien plus rapide, maintenant que Constance savait que Rose pouvait l'entendre. Elle avait déjà appris plus de choses qu'elle n'avait jamais espérées.

Lorsque leur leçon fut terminée, Constance déclara : « J'adore voir tes yeux s'illuminer ainsi. Ils sont d'une si belle couleur, et ils deviennent lavande lorsque tu es satisfaite de ton travail. »

Cette nuit-là au dîner, deux nouvelles jeunes filles vinrent manger avec elles : Ada et Euphemie. Ada avait l'air gentille et désireuse de se faire des amies, mais Euphemie semblait nourrir une colère étouffée pour tout ce qui l'entourait. Ses cheveux bruns paraissaient s'assombrir en même temps que ses changements d'humeur.

« Tu t'appelles Rose ? » demanda Euphemie. « Connais-tu un garçon qui t'aime bien, Rose ? Nous avons vu un jeune homme aux portes il y a deux jours, qui disait chercher une fille nommée Rose. Il avait des cheveux dorés et une peau bronzée par le soleil. Tu le connais ? »

Rose ne répondit pas, parce qu'elle en

était incapable. Elle lutta pour contenir son enthousiasme en apprenant que Roddy Grant était venu la voir. Pourquoi ne l'avait-on pas laissé entrer ? Elle était déjà là, il y a deux jours. Elle ne pouvait pas laisser paraître qu'elle avait compris les paroles d'Euphemie, aussi se contenta-t-elle d'arborer un visage impassible tandis qu'elle observait la nouvelle venue.

« Tu ne vas pas me répondre ? » Euphemie pressa les lèvres et inclina la tête tandis qu'elle attendait, les yeux plissés.

Constance intervint : « Elle est sourde et muette, Euphemie. Laisse-la tranquille, s'il te plaît. »

Une étrange émotion passa sur le visage d'Euphemie, puis ses yeux s'illuminèrent et elle haussa un sourcil dans leur direction. « Tu es stupide alors ? Les gens muets ne peuvent qu'être stupides. Mais pourquoi un garçon aussi séduisant viendrait chercher une idiote comme toi ? »

« Euphemie ! » s'éleva une voix dans le hall.

« Oui, sœur Murreall ? » La jeune fille se leva de son siège en adoptant la posture d'une pénitente – les mains croisées devant elles, la tête basse.

« Je t'interdis d'importuner la nouvelle venue. Est-ce clair ? » Sœur Murreall s'avança pour se tenir devant Euphemie tandis qu'Ada se levait derrière elle en jetant un coup d'œil par-dessus son épaule. « Et ça vaut pour toi aussi, Ada. Je vous interdis de tourmenter une personne atteinte d'un handicap que vous ne pouvez pas comprendre. Soyez reconnaissante de ne pas être sourdes et muettes, vous aussi. »

« Oui, ma sœur. Veuillez me pardonner. » Les

paroles d'Euphemie n'étaient pas en phase avec sa posture. La colère semblait raidir son corps de plus en plus à mesure que la nonne restait plantée devant elle, ce qui n'était pas surprenant : la sœur était en train de la réprimander devant toutes les personnes présentes dans le hall.

La nonne tendit la main pour faire apparaître un doigt de sa manche bouffante, qu'elle pointa vers Rose. « Maintenant, tu vas t'excuser. »

Euphemie se tourna et adressa à Rose un regard haineux. Sa voix s'éleva d'un ton aussi doux que le miel, mais l'expression de ses yeux lui indiqua ses véritables sentiments. « Je suis désolée, Rose. »

Sœur Murreall déclara : « Viens avec moi, je te prie. » Puis elle tourna les talons et sortit du hall.

Euphemie se pencha vers Rose. « J'espère que tu pourras lire sur mes lèvres pour comprendre ce que je te dis, parce que ce message est pour toi. » Puis elle enfonça son doigt dans sa poitrine et articula : « Tout. Est. De. Ta. Faute. Et je te ferai payer pour ça. »

Ada la suivit vers la sortie du hall, non sans auparavant hausser les épaules, comme pour s'excuser au nom de son amie.

Rose observa les jeunes femmes tandis qu'elles quittaient la pièce, en se demandant que penser de cette situation.

Constance prit la main de Rose et la lova dans la sienne en la tapotant doucement. « Ne t'inquiète pas. Elle aime se montrer méchante, mais elle met rarement ses menaces à exécution.

Nous allons continuer à faire un peu de lecture ce soir. Oublie ce qu'a dit Euphemie. »

Comme elle aurait aimé pouvoir le faire.

Roddy et Connor avaient passé les deux derniers jours à fouiller les environs, dans l'espoir de trouver des indices à propos de la nouvelle abbaye, des MacDole ou des bateaux dans le loch marin, mais en vain. Au crépuscule, ils étaient en train de se diriger vers le château de Braden, empruntant un chemin étroit dans la forêt, lorsqu'un grognement parvint aux oreilles de Roddy. Il tourna alors la tête pour regarder Connor. « Tu as entendu un sanglier, toi aussi ? »

Des buissons qui se trouvaient devant eux sortirent quatre sangliers, soufflant et grognant tandis qu'ils chargeaient vers eux à une vitesse vertigineuse. Roddy sortit son arc, encocha une flèche et tira, touchant le plus gros. Connor en toucha un autre, mais l'un des deux sangliers restants les contourna avant de percuter le cheval de Roddy. Sa monture se cabra alors, désarçonnant le jeune homme qui atterrit sur son dos au milieu d'une petite clairière.

L'un des sangliers était en train de foncer droit vers lui.

Il se figea.

Les cris de Connor le tirèrent de sa torpeur. « Roddy, dégaine ton épée ou il va te tuer ! »

Roddy sentit la sueur perler sur son front, sur

les paumes de ses mains. Enfin, il tendit la main vers la poignée de son épée, mais pas assez vite. Il fut certain d'être sur le point de mourir, aussi se contenta-t-il de fixer les deux bêtes qui fonçaient vers lui.

« Roddy ! »

La voix de Connor résonna dans la clairière tandis qu'il se précipitait vers son cousin en donnant un coup d'épée à l'un des sangliers.

L'animal restant était sur le point d'atteindre Roddy lorsque quelque chose déclencha enfin une réaction dans son corps. Il dégaina son épée et lui fit décrire un grand arc de cercle, qui percuta le sanglier avec une telle force que non seulement il l'ouvrit en deux, mais en plus il l'envoya voler dans les airs avant d'atterrir en un tas sanglant de l'autre côté de la clairière.

« Bon Dieu de bon Dieu, Roddy. J'ai bien cru que tu n'allais jamais sortir ton arme. Qu'est-ce qu'il t'a pris, enfin ? Je ne t'ai jamais vu comme ça. » Connor nettoya son épée avant de la rengainer, puis se précipita à ses côtés en le saisissant par l'épaule pour le secouer un peu alors que son cousin gardait les yeux rivés vers les buissons. « Roddy ? Tu vas bien ? »

Le jeune homme lâcha enfin son arme et la laissa tomber au sol, puis la ramasser pour la nettoyer et la rengainer. Il se mit ensuite à faire les cent pas, les yeux rivés vers Connor. « Je ne sais pas ce qu'il s'est passé. Je me suis figé. Je ne sais pas pourquoi. Je… » Que pouvait-il dire d'autre ? Ce qu'il craignait depuis si longtemps avait fini par se produire. Il avait eu tellement peur de mourir qu'il s'était retrouvé paralysé.

Sa carrière de guerrier était terminée. Qui aurait envie de le mener à la bataille alors qu'il ne pouvait même pas savoir avec certitude s'il parviendrait à dégainer son arme ?

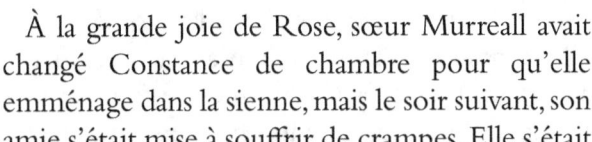

À la grande joie de Rose, sœur Murreall avait changé Constance de chambre pour qu'elle emménage dans la sienne, mais le soir suivant, son amie s'était mise à souffrir de crampes. Elle s'était alors rendue à l'infirmerie, et Rose était toujours seule le lendemain matin.

Elle pouvait le faire. Elle enfila précautionneusement la robe en laine gris foncé fournie aux étudiantes par l'abbaye. Dès qu'elle descendit les escaliers, Euphemie s'approcha pour la saluer, puis se pencha et lui murmura doucement : « Toujours aussi stupide, pas vrai ? Laide et stupide. Je parie que je peux te faire faire quelque chose qui te causera des ennuis, et tu ne te douteras de rien jusqu'à ce que tu te retrouves dans le bureau du père Seward avec sa badine dans les mains. Et alors personne ne pourra t'aider. Pas même ton amie Constance. » À la lueur qu'elle vit dans ses yeux, Rose comprit qu'elle adorait tourmenter les autres.

La jeune femme décida de l'ignorer, prétendant ne pouvoir ni entendre ni comprendre les paroles d'Euphemie. Celle-ci trouva alors un siège au bout de la même table à tréteaux qu'elle, mais Rose se contenta de continuer à l'ignorer. Elle tirait un certain plaisir dans le fait que, sans qu'Euphemie ne le sache, elle entendait toutes les paroles acerbes qu'elle lui adressait.

Elle allait la surveiller de près.

Au milieu de son repas, Rose décida d'ajouter un peu de miel à sa bouillie d'avoine. Elle se leva donc pour se rendre à la table à tréteaux où se trouvaient les condiments pour le repas.

Elle entendit un gloussement dans son dos, mais elle l'ignora, terminant sa tâche avant de retourner à sa table. Puis elle fut forcée de se tourner vers l'origine des gloussements. Euphemie se tenait à côté de la chaise de Rose, dont elle désigna le siège taché de sang.

« Vous voyez ? C'est une idiote. Elle ne sait même pas quand elle saigne. » La voix d'Euphemie porta jusqu'aux autres jeunes filles, et les rires se firent de plus en plus forts. Rose eut envie de se boucher les oreilles, mais elle risquait de dévoiler la supercherie, aussi décida-t-elle de se retenir. Au lieu de cela, elle laissa tomber son bol sur la table et se précipita en courant vers sa chambre, horrifiée de s'être ainsi tachée de sang.

Nul doute qu'elle allait mourir de honte. Euphemie savait-elle que les femmes saignaient lorsque le Seigneur voulait les punir ? Elle avait désespérément envie de parler à Constance. Enfin, pas parler, mais être à ses côtés. Elle avait besoin de se ressourcer dans la confiance qui émanait de son amie, dans le confort qu'elle lui offrait.

Dès qu'elle fut seule dans sa chambre, elle enleva sa robe et trouva des bouts de tissu qu'elle fourra entre ses jambes avant d'enfiler une robe propre. Après avoir jeté le vêtement taché de sang sur le sol, elle s'effondra sur son lit en sanglotant.

Elle pleura pendant la majeure partie de la matinée, sans cesser de repenser aux rires des autres jeunes filles et au visage cruel d'Euphemie. Lorsqu'elle parvint enfin à chasser la scène de son esprit, la voix de sa mère retentit dans sa tête.

« C'est Dieu qui te punit pour ce que tu as fait. *Je t'ai vue embrasser ce garçon. Les jeunes filles n'embrassent pas de garçons avant le mariage, et Il va te le faire payer. Tu saigneras tous les mois jusqu'à ce que Dieu estime que tu t'es repentie de tes péchés. Les femmes ne batifolent pas avec des garçons sans scrupules, elles restent à la maison jusqu'à ce que leur père les marie comme il se doit. Tu dois prier tous les soirs jusqu'à ce que le Seigneur te pardonne tes péchés. Et si jamais je te revois embrasser un autre garçon, je t'enfermai pendant un mois. Tu m'entends ? Un mois !* »

Rose avait essayé de bien se comporter, mais chaque mois elle saignait, et chaque mois sa mère venait la réprimander pour ses péchés et ses actes dégoûtants

Et puis elle l'avait surprise en train d'embrasser Roddy, ce qui n'avait rien fait pour améliorer les choses. D'après sa mère, la seule façon pour elle de s'absoudre de ses péchés était de supplier le pardon du Seigneur à l'abbaye.

Et à présent, toutes les jeunes filles de l'abbaye savaient qu'elle avait commis des péchés. Comment parviendrait-elle encore à garder la tête haute ?

Elle pleura et pleura encore jusqu'à finir par s'endormir.

Lorsqu'elle se réveilla, il faisait presque nuit. Elle resta allongée sur le lit, en repensant à tout ce qu'il s'était passé. Elle aurait voulu que Constance fût avec elle. Son amie saurait quoi faire, elle.

Au lieu de cela, la porte s'ouvrit et le visage d'un homme apparut dans l'encadrement. C'était le père Bernard Seward. « Rose » murmura-t-il. « Il faut te lever et manger quelque chose. J'ai entendu parler de tes soucis. Je t'envoie à l'infirmerie. Ils t'aideront avec tes problèmes féminins. »

Elle s'assit sur son lit et le fixa du regard, en se demandant s'il pensait vraiment ce qu'il venait de dire. Elle le connaissait peu, mais sa gentillesse était inattendue.

« Peux-tu marcher ? Je t'accompagne. Tu pourras passer la nuit à l'infirmerie. Je ne veux pas que tu restes seule ici. » Elle lui dit alors avec des actes ce qu'elle ne pouvait lui dire avec des mots. Elle se leva et le suivit hors de la chambre, puis dans les escaliers. L'infirmerie se trouvait à l'étage du dessus, tout au bout du couloir nord. Le père Seward la guida, et elle fut soulagée de le suivre. Lorsqu'ils arrivèrent, il s'adressa à la nonne à voix si basse qu'elle n'entendit pas ce qu'il dit. Puis il lui tapota l'épaule, lui sourit et s'en alla.

À sa grande joie, la nonne la mena jusque dans une petite pièce avec deux lits, où Constance était allongée sur l'un d'eux. La nonne désigna l'autre lit, puis lui donna une pile de tissus propres à utiliser. Elle rougit, car elle comprit alors que la nonne connaissait son secret honteux.

À l'époque, elle ne savait pas qu'embrasser un garçon était un péché. Ils avaient reçu des visiteurs quelques jours auparavant, des amis de son père qui venaient de temps en temps au château pour respirer l'air frais et se détendre au bord de l'eau. Sa mère n'avait pas voulu qu'ils restent, mais ils avaient insisté pour passer au moins une nuit au château. Elle avait mené le jeune homme jusqu'aux rochers pour lui montrer la superbe vue, et il l'avait surprise en la saisissant par les épaules avant de la tourner vers lui. Puis il avait planté ses lèvres froides sur les siennes, avant de lécher sa bouche de sa langue d'une façon très désagréable.

Elle l'avait alors repoussé, mais sa mère n'avait rien voulu entendre. Dès que les invités étaient repartis, sa mère l'avait réprimandée, arguant qu'elle les avait vus batifoler par la fenêtre. Comme elle avait refusé d'écouter ses explications, la jeune femme avait été envoyée au lit sans dîner, où elle avait pleuré jusqu'à s'endormir.

Environ deux mois plus tard, elle avait commencé à saigner. La vue du liquide écarlate l'avait terrifiée. Sa mère avait remarqué le sang sur ses vêtements, et lui avait alors expliqué que c'était ainsi que le Seigneur punissait les jeunes filles aux mœurs légères.

Elle pria et pria pour que Dieu la pardonne bientôt, car elle était lasse de saigner tous les mois. Puis elle s'assit sur le lit, la pile de tissus sur ses genoux, sans trop savoir quoi en faire. C'est alors que la voix la plus douce qu'elle eut jamais entendue lui murmura : « Tu saignes, toi aussi ? »

CHAPITRE 8

RODDY DONNA UN grand coup de poing dans son sommeil en poussant un grognement, puis il s'assit sur son lit.

« C'était quoi, ça ? » Connor s'assit sur son propre lit, installé contre le mur opposé.

Roddy se frotta les yeux en s'efforçant de chasser de son esprit les images de sangliers sauvages en train de le pourchasser au bord de l'eau, le forçant à y plonger. La surface de l'eau ressemblait à celle du loch près du donjon de Rose – violente et mortelle – et il avait compris qu'il s'y noierait. « Désolé, Connor. J'ai fait un cauchemar. Navré. Tu peux te recoucher. »

Connor se laissa retomber contre son lit et roula sur le côté, avant de s'endormir presque instantanément.

Roddy, lui, ne parvint pas à se rendormir tout de suite. Pas avec cette vision des défenses des sangliers et des eaux tourbillonnantes encore fraîches dans son esprit.

Ses cauchemars devenaient de pire en pire.

Depuis tout petit, il lui arrivait régulièrement

de faire des mauvais rêves, mais ils étaient devenus plus récurrents depuis la bataille durant laquelle son oncle Alex avait failli perdre la vie. Ç'avait été un tel choc pour lui de voir les corps sans vie sur le sol et le sang qui se répandait partout, que ces images ne cessaient de lui revenir en rêve. Elles avaient fini par s'estomper pendant quelque temps, mais elles étaient revenues depuis la bataille de Braden contre les Lamont. Pourquoi ne s'était-il toujours pas habitué à la mort ? C'était le lot de tous les guerriers. La mort faisait partie de la *vie*.

À présent, ses cauchemars impliquaient toujours de l'eau et une noyade. Il luttait pour remonter à la surface, et se réveillait le souffle court.

Quoi qu'il fasse, il ne parvenait pas à faire cesser ses cauchemars. Il avait essayé de prendre des potions spéciales de sa mère, sans pour autant lui dire pourquoi il en avait besoin. Il avait aussi tenté de calmer le fil de ses pensées le soir avant de se coucher, de parler de son problème, mais rien n'avait aidé. Au contraire, ses rêves ne faisaient que s'intensifier, et ces derniers temps, ils tournaient toujours autour de l'eau. À présent, au moins, il avait *aussi* rêvé de sangliers. Comme il aurait aimé les noyer.

Il ne savait plus quoi faire. Comment pourrait-il faire cesser ces cauchemars ?

Il balança ses jambes d'un côté de son lit et posa ses pieds sur le sol, les coudes posés sur ses genoux. Il n'arriverait plus à dormir maintenant.

Se forçant à se mettre sur ses pieds, il se dirigea vers le grand hall, empruntant les escaliers le plus silencieusement possible afin de ne réveiller personne. À sa grande surprise, il tomba sur Braden qui sortait des cuisines, une cuisse de dinde à la main.

Son cousin lui sourit et la lui tendit. « Tiens. J'irai en chercher une autre. » Lorsqu'ils étaient plus jeunes, ils s'étaient forgés la réputation d'avoir un appétit insatiable. Ils trouvaient le moyen d'aller manger dans un cottage, puis se rendaient à un autre en se plaignant qu'ils mouraient de faim. Toutes les personnes qu'ils croisaient marmonnaient des commentaires à propos des garçons en pleine croissance et de leur appétit vorace, mais toujours avec un sourire bienveillant.

« Quelque chose te tracasse » déclara Braden tandis qu'il émergeait des cuisines avec une deuxième cuisse de dinde. Il l'agita vers la cheminée pour lui indiquer qu'ils devraient s'y rendre tous les deux. « C'est pour ça que tu n'arrives pas à dormir, cousin. Tu veux m'en parler ? »

Roddy passa sa main libre sur son visage tandis qu'ils s'installaient au coin du feu, dont les braises étaient encore chaudes. « J'ai encore fait un cauchemar. »

« Sur la mort ? »

« Oui, la mort et la noyade » répondit-il, exaspéré. Il n'avait que très récemment partagé l'objet de sa honte avec Connor, mais cela faisait déjà longtemps qu'il en avait parlé à Braden, lorsque son cousin avait rencontré Cairstine. Il avait tellement eu besoin de le dire à quelqu'un. « Je n'arrive pas à me débarrasser de cette peur de mourir. Je ne la comprends pas. J'aurais pu me faire tuer par ce sanglier aujourd'hui. J'étais paralysé de peur. Le sanglier était prêt à me rompre le cou, et je n'ai pas bougé. » Il mordit avec rage dans sa cuisse de dinde, comme si elle était la cause de tous ses problèmes.

« Mais tu as repris tes esprits et tu as tué cet animal, non ? »

Il soupira, incapable d'expliquer à quel point il se sentait impuissant – et inutile – en cet instant précis. « Oui, mais c'était par pur réflexe. Les choses auraient pu se passer très différemment. Si je ne trouve pas une solution à mon problème, je vais devoir demander à ne plus être envoyé dans les groupes de guerriers itinérants. J'ai bien peur que je ne serai d'aucune utilité à personne. Je ne peux même pas t'expliquer à quel point je me sens impuissant en ce moment. »

« As-tu autre chose en tête qui t'empêche de rester concentré ces derniers temps ? » En voyant la lueur dans les yeux de Braden, il comprit que son cousin croyait déjà connaître la réponse à sa question.

Il prit une dernière bouchée de cuisse de dinde avant de la laisser retomber sur la table devant lui en s'essuyant la bouche du revers de sa manche. « Oui, tu n'as pas tort. Je connais à peine Rose, mais je n'arrive pas à me la sortir de la tête. » Il écarta les mèches de cheveux qui ne cessait de lui tomber devant les yeux.

« Est-ce que tu l'as revue ? » Ils étaient arrivés tard au château de Braden, après que lui et sa famille se furent mis au lit, et les deux hommes avaient été tellement perturbés par l'incident avec les sangliers qu'ils n'avaient même pas songé à réveiller leur cousin. Ils avaient convenu de lui en parler le lendemain matin.

« Non, mais… »

Braden leva une main. « Peut-être que tu pourras m'en dire un peu plus autour d'un bon verre d'hydromel. » Comme il venait de terminer sa cuisse de dinde, il ramena les os de leur collation dans les cuisines avant de revenir avec deux coupes d'hydromel. Il en tendit une à Roddy et se rassit pour l'écouter.

« Elle n'était pas là lorsque nous sommes retournés au château » expliqua Roddy. « Sa mère nous a dit qu'elle l'avait emmenée à l'abbaye de Sona pour qu'elle y prononce ses vœux. » À l'expression qu'il lut sur le visage de son cousin, Roddy comprit qu'il était aussi surpris qu'eux à l'annonce de cette nouvelle. « Oui » poursuivit-il. « Sa mère nous a informés qu'elle s'était rendue à l'abbaye de son plein gré, qu'elle souhaitait devenir nonne. Elle est en formation. »

Roddy se frotta les mains l'une contre l'autre, dans l'attente de la réaction de son cousin.

Braden poussa un sifflement. « Voilà une situation bien compliquée. Mais si tu désires lui parler, tu devrais aller la voir. »

« Nous nous sommes ensuite rendus à l'abbaye, où l'on m'a signifié qu'elle n'était pas là. Mais je crains qu'ils la retiennent contre sa volonté. »

« Alors vous êtes repartis ? » Braden plissa les yeux.

« Que pouvais-je faire d'autre ? Nous devions

terminer notre mission de patrouille dans la région afin de trouver un repaire du canal de Dubh. »

« Laisse-moi t'expliquer quelque chose. J'ai eu un mauvais pressentiment à propos de Greer Lamont et sa femme, enfin celle que je pensais être sa femme. »

« Cairstine. »

« Oui, Cairstine. Je n'ai pas aimé la façon dont il la traitait lorsque je les ai vus ensemble pour la première fois. Et il y avait quelque chose chez Cairstine qui a capté mon attention. Alors je les ai suivis. J'ai attendu que Lamont s'éloigne et je suis allé lui parler. Elle était toujours entourée de gardes, mais c'est là que j'ai compris pourquoi. Steenie était avec elle. Ce garçon avait bien trop de peur dans ces yeux à mon goût. Mais elle a tout de même refusé que je l'aide, et elle est retournée au château des Muir. »

« Mais ça n'a pas suffi pour t'arrêter. » Roddy savait exactement où son cousin voulait en venir avec cette histoire. Greer Lamont contrôlait d'une main de fer Cairstine et leur fils, Steenie. Elle avait trop peur de le quitter – et elle ne voulait pas abandonner son château aux mains de cet homme.

« Non, c'est vrai. Si j'avais ignoré mon instinct, si je m'étais éloigné d'elle, elle ne serait pas devenue ma femme à l'heure qu'il est. Elle serait toujours prisonnière de son propre château. »

« Alors que dois-je faire ? » demanda Roddy en se levant de sa chaise pour faire les cent pas, sans cesse d'écarter ses mèches rebelles du bout des doigts.

« Trouver le moyen d'entrer dans l'abbaye, et la fouiller de fond en comble » répondit Braden. « Daniel m'a envoyé un message pour m'indiquer qu'il arriverait demain matin. Nous l'emmènerons avec nous. Ainsi, nous serons quatre. Nous découvrirons si elle est là-bas, et si ce n'est pas le cas, nous trouverons où ils la cachent. Nous devons absolument récupérer des indices sur le canal de Dubh. Nous n'aurons pas beaucoup de temps, mais nous pouvons faire au mieux pour retrouver Rose. »

« Et si je la retrouve ? Que dois-je faire, l'enlever ? Et si elle ne souhaite pas venir avec moi ? Nous avons un petit problème de communication, tu sais. » Était-il complètement fou de s'être entiché d'une jeune fille qui ne pouvait même pas lui parler ?

« Non, tu ne l'enlèveras pas tant que nous n'irons pas là-bas avec quelques guerriers pour nous protéger. D'abord, tu dois découvrir si on la retient là-bas contre sa volonté. Ensuite, nous devons trouver pourquoi. Il nous faudra également connaître le nombre de gardes à l'abbaye. C'est une maison du Seigneur, nous devons donc faire très attention. Mais cette abbaye et celle qui se trouve au sud sont les deux seules possibilités dont nous disposons pour le moment. L'une ou l'autre est peut-être liée au canal de Dubh, voire les deux. Lorsque nous aurons rassemblé toutes les informations dont nous avons besoin, nous retournerons auprès du clan Grant pour élaborer un plan. Oncle Alex ne t'accordera jamais son soutien si tu n'as pas d'arguments à lui donner. »

Roddy réfléchit à tout ce que son cousin venait de dire, puis hocha la tête en signe d'assentiment. « Oui, tu as raison, Braden. Nous attendrons l'arrivée de Daniel, puis nous y retournerons. »

« Tu te sens déjà mieux, pas vrai ? Maintenant que nous avons pris cette décision. »

Il sourit. « Oui, je me sens beaucoup mieux. »

« Alors suis ton instinct à propos de Rose MacDole. »

Rose fixa son amie dans les yeux. Elle aurait tellement eu envie de pouvoir lui demander ce qu'elle voulait dire. Savait-elle que Dieu la faisait saigner tous les mois ? Savait-elle quel genre de péché elle avait commis pour recevoir une telle punition ?

« J'ai mes règles, moi aussi. C'est pour ça que je suis ici » expliqua Constance, ce qui incita Rose à s'asseoir sur le lit à côté d'elle. « Je souffre de terribles crampes tous les mois. J'en gémis dans mon sommeil. » Elle garda la main de Rose dans la sienne. « Tu as des crampes, toi aussi ? »

Rose fit non de la tête, en serrant la main de Constance pour lui faire comprendre qu'elle était désolée pour ses crampes.

« Je déteste ça, mais c'est ce que doivent subir toutes les femmes. Nous ne pouvons rien faire pour l'en empêcher, même si ça nous fait terriblement mal » dit-elle en se tenant le ventre pour lui montrer où c'était le plus douloureux.

« C'est ici que j'ai mal. Tout le temps. » Puis elle releva les yeux vers Rose. « Mais ce que j'aime le moins, c'est de saigner. C'est vraiment dégoûtant, pas vrai ? »

Rose était tellement enthousiaste qu'elle ne savait pas par où commencer. Elle avait toujours cru sa mère sans jamais se poser de questions, aussi pensait-elle que son saignement était sa punition pour s'être montrée faible et mauvaise.

Avec application, Rose traça le mot 'mère' sur le lit. Puis elle imita un baiser, en espérant que son amie comprenne ce qu'elle voulait dire. Enfin, elle désigna ses parties féminines.

Constance fronça les sourcils en se frottant le front. « Je suis désolée, Rose, mais qu'est-ce qu'un baiser a à voir avec tes règles ? Tu n'es pas mariée, donc je ne pense pas que tu aies déjà fait ce que font les couples quand ils se marient. »

Rose articula le mot 'mal'. Puis elle plissa de nouveau les lèvres pour imiter un baiser.

Constance sourit et murmura : « Je ne pense pas que ce soit mal d'embrasser quelqu'un. Avec la bonne personne, c'est même plutôt agréable. Une fois, j'ai embrassé un garçon que j'aimais bien. Ses lèvres étaient douces et chaudes, et il m'a prise dans ses bras comme s'il ne comptait plus jamais me lâcher. » Ses yeux s'illuminèrent à ce souvenir. « Il était tellement gentil, mais il est retourné en Angleterre. »

Rose articula : « Dieu ? »

Son amie secoua la tête. « Dieu ne pense pas que s'embrasser est une mauvaise chose. Dieu veut que les couples se marient et fassent des enfants.

S'embrasser fait partie des gestes d'amour. C'est une bonne façon de savoir si le garçon que tu apprécies te convient. Qui t'a raconté ça ? »

Elle articula le mot 'mère'.

« Oh, Rose. Es-tu en train de me dire que ta mère t'a raconté que Dieu pense que c'est mal d'embrasser un garçon ? »

Rose hocha frénétiquement la tête, puis désigna à nouveau ses parties féminines.

« Ta mère t'a dit qu'embrasser un garçon te ferait saigner ? » Constance en resta bouche bée.

Rose brûlait d'envie d'expliquer toute la situation à son amie. À qui d'autre aurait-elle pu en parler ? Toute cette histoire qu'elle avait crue provenait d'une personne qui ne l'aimait pas, mais à qui elle aurait dû pouvoir faire confiance.

Rose ramassa un livre à côté de son lit et fit courir ses doigts d'un mot à l'autre, d'une image à l'autre, afin d'essayer de tout expliquer à son amie.

Après avoir observé Rose pendant quelques minutes, Constance finit par l'arrêter en lui saisissant l'épaule. « Rose, es-tu en train de dire que ta mère t'a raconté que tu saignes tous les mois parce que tu as embrassé un garçon ? Qu'embrasser quelqu'un est une mauvaise chose, et que Dieu te punit en te faisant saigner ? »

Rose ferma les yeux et se laissa tomber sur son lit, épuisée. Elle hocha brièvement la tête, soulagée que son amie l'ait enfin comprise. Puis comme elle voulut lui exprimer une dernière pensée, elle se rassit et désigna l'image de l'abbaye sur le mur.

« Et elle t'a envoyée ici parce qu'elle pense que tu es une mauvaise personne ? » dit Constance en poussant une exclamation étouffée. « Et pas parce que tu veux devenir nonne ? »

Rose hocha la tête, des larmes coulant sur ses joues.

Constance la saisit pour la faire se lever avant de la prendre dans ses bras, puis elle recula pour tout expliquer à Rose sans être entendue. Elle murmura : « Non, ce sont des mensonges. Peut-être que tu as mal compris ce qu'elle essayait de te dire, mais ce n'est pas vrai du tout. » Elle désigna des images et des mots en secouant la tête avec véhémence. « Si nous saignons, c'est parce qu'Eve a... peu importe. Je t'expliquerai tout ça plus tard. » Puis elle s'interrompit un moment en prenant les mains de Rose dans les siennes. « Sais-tu comment on fait les bébés ? »

Rose secoua la tête.

« Alors j'ai beaucoup de choses à t'expliquer, mon amie. Mais ça peut attendre un autre jour. Je suis fatiguée. » Elle désigna son lit. « Et si nous dormions maintenant ? » Elle posa ses mains l'une contre l'autre près de sa tête, puis ferma les yeux. « Nous en reparlerons demain, d'accord ? »

Rose hocha la tête. Elle avait besoin de temps pour digérer tout ce qu'elle venait d'apprendre. Elle serra la main de Constance dans la sienne, puis fit le geste qu'elles avaient inventé pour dire 'merci' avant de se diriger vers son lit.

Vingt minutes plus tard, elle ne s'était toujours pas endormie. Elle écouta la respiration douce et régulière de Constance, lui indiquant que son amie dormait profondément. Rose leva les yeux vers le plafond, soudain parcourue d'une sensation inhabituelle, très différente de tout ce qu'elle avait vécu auparavant.

Au lieu de la peur, elle ressentait de la force.

Au lieu du doute, elle ressentait de la confiance.

Au lieu de se sentir anxieuse, elle était calme.

Sa mère lui avait menti. Elle avait inventé une histoire cruelle pour justifier ses mauvais traitements et son séjour forcé à l'abbaye.

Et elle l'avait fait avec le sourire et une lueur de joie dans les yeux.

Lorsqu'elle fut certaine que Constance était profondément endormie, Rose se leva de son lit et s'approcha de la petite fenêtre pour observer la lune presque pleine entourée d'étoiles. Alors elle se fit une promesse.

Elle ne serait plus jamais faible, et elle ne se plierait plus jamais à la volonté de sa mère.

Rose MacDole venait de renaître pour devenir une femme forte et pleine de convictions.

Et elle avait un plan.

Il était temps pour elle d'utiliser son handicap à son avantage. Elle ne comprenait toujours pas vraiment les motivations de sa mère pour l'avoir traitée avec autant de cruauté, mais de toute évidence, elle voulait chasser Rose du château. Et elle découvrirait pourquoi. Elle épierait les moindres faits et gestes lorsque sa mère serait là. Peut-être même qu'elle s'échapperait pendant la nuit et prendrait un cheval pour aller espionner sa mère, ou bien elle se rendrait dans les grottes pour voir si elle apercevait d'autres bateaux.

Il se tramait quelque chose d'étrange près du château des MacDole, et bien qu'elle répugnât à l'admettre, elle suspectait sa mère d'en savoir plus qu'elle ne voulait bien le dire. Du coin de l'œil, elle vit alors quelqu'un entrer discrètement dans les jardins sous sa fenêtre.

Puisqu'elle était sur le point de commencer sa nouvelle mission, elle décida donc de trouver le moyen de sortir en douce de l'infirmerie.

Qui était en train de se faufiler dans les jardins ?

CHAPITRE 9

RODDY PRIT UNE profonde inspiration, les yeux levés vers la lune, en se demandant si l'astre projetait une trop grande quantité de lumière pour leur permettre de passer sans être vus. Daniel était arrivé la veille. Ils l'avaient informé de la situation, puis ils avaient fouillé la région le lendemain matin, et voilà qu'à présent ils étaient de retour à l'abbaye. Daniel avait insisté pour attendre la tombée de la nuit.

Connor et Braden avaient accepté de patrouiller aux alentours de l'édifice, tandis que Daniel se joindrait à lui pour entrer dans l'abbaye. Roddy espérait simplement qu'il ferait honneur à son surnom, Fantôme.

« Passe en premier, Fantôme » dit-il. « Je n'ai pas fait beaucoup de missions d'espionnage. » Il ne put s'empêcher d'afficher un sourire en coin. Peut-être qu'au lieu de devenir un guerrier, il pourrait travailler pour la couronne écossaise, comme le faisaient Maggie et Will. Ils n'étaient pas de véritables espions – leur travail consistait à suivre les instructions du roi Alexander, qui était tellement occupé par des affaires familiales qu'on ne le voyait que très peu ces derniers temps. Au moins, s'il était espion, il n'aurait pas à risquer régulièrement sa vie comme il le faisait en ce moment.

Daniel répondit : « Tu dois imiter le daim – gracieux mais rapide. »

« Oncle Logan est gracieux et rapide ? » demanda-t-il en s'esclaffant. 'Gracieux' était le dernier mot qu'il aurait utilisé pour décrire son oncle. Il ressemblait davantage à un taureau qui chargeait et piétinait tout sur son passage.

« Non, pas comme oncle Logan. As-tu déjà observé tante Gwyneth ? Elle court aussi vite qu'un daim, et aussi gracieusement qu'une danseuse. Oncle Logan ferait un bien piètre espion sans elle. Il faut savoir se déplacer sans être vu ou entendu. C'est ça, l'astuce. »

« Je ferai de mon mieux. Par où commençons-nous ? » Ils se tenaient devant une clôture près de l'arrière de l'abbaye. Le mur d'enceinte ne faisait pas complètement le tour de l'édifice. Leur unique obstacle se composait d'une haute clôture, ce qui leur faciliterait grandement la tâche.

« On peut grimper sans problème ici » dit Daniel. « Ça vaut bien mieux qu'un mur d'enceinte, même si on aura peut-être du mal à passer la haie. Je dirais que les jeunes filles dorment probablement au deuxième étage, et que les moines se trouvent dans l'un des bâtiments séparés. Mais qu'y a-t-il dans le bâtiment à l'extérieur de la clôture ? Tu le sais ? »

« C'est la maison réservée aux invités. Crois-moi, tu n'as pas envie d'y aller. »

« Alors nous allons l'ignorer. On ferait mieux de commencer par les extrémités de l'édifice, avant de terminer par le milieu. Alors comme ça, cette jeune fille ne peut pas nous parler, hein ? Ça ne doit pas être facile pour elle de communiquer. C'est dommage, elle aurait pu nous servir d'espionne à l'abbaye. »

Roddy baissa les yeux vers le bras de Daniel, amputé au niveau du coude suite à une blessure infligée par une épée lorsqu'il était plus jeune. « Tu as appris il y a longtemps à surmonter ton handicap. Ne crois-tu pas qu'elle puisse le faire aussi ? »

« Bien dit, mon ami. Je vais commencer par l'avant, parce que ce ne sera pas facile de passer devant les gardes. Toi, va dans le jardin à l'arrière, et essaie de trouver une fenêtre pour entrer. On se retrouve ici dans une demi-heure. »

Roddy hocha la tête. « Bonne chance à toi. »

Il observa Daniel tandis qu'il s'éloignait prestement sans faire le moindre bruit, ni déplacer le plus petit brin d'herbe. Gracieux comme un daim, en effet. Lorsque Daniel eut disparu de son champ de vision, Roddy traversa le jardin pour se diriger vers un arbre, dans l'espoir de l'escalader afin d'accéder au deuxième étage de l'abbaye. Le jardin, rempli de vignes en fleur, d'arbres fruitiers odorants et de bancs bien ordonnés, devait être superbe durant la journée.

Il venait d'arriver à l'arbre lorsqu'il entendit une porte s'ouvrir non loin de là, bien dissimulée derrière la haie de buissons. Il s'immobilisa, en se cachant du mieux qu'il put, mais sa perspective de devenir espion s'effondra quelque peu – il parvint à peine à se dissimuler tandis qu'une jeune fille passait la porte avant de la refermer discrètement derrière elle.

Rose.

Il reconnaîtrait son profil entre tous. Ne voulant pas l'effrayer, il attendit qu'elle se trouve tout près de lui pour sortir de sa cachette et s'avancer vers elle.

Il la surprit tout de même, mais ses lèvres s'étirèrent immédiatement en un sourire radieux, ce qui lui fit immensément plaisir. Il ne put s'empêcher de sourire à son tour. Il tendit la main vers elle, dans l'espoir qu'elle la prenne, mais au lieu de cela, elle se jeta sur lui et passa ses bras autour de lui pour lui adresser une étreinte maladroite.

Lorsqu'il se recula, il murmura : « Tu vas bien ? »

Elle hocha la tête en lui frottant les bras de haut en bas, comme pour lui montrer à quel point elle était heureuse de le voir.

Il la prit par la main et l'éloigna de l'abbaye pour la mener jusqu'à un banc dans le vaste jardin. Il faisait nuit, mais la clarté de la lune suffit à les guider. Lorsqu'ils furent assis l'un à côté de l'autre, il murmura : « J'ai tellement de choses à te demander. Un jour, je t'enseignerai à lire et à écrire. La plupart de mes cousins ont appris parce que ma tante Maddie a insisté pour nous l'enseigner à tous. »

Tout à coup, une tête ébouriffée jaillit des plantes

près de la porte que Rose venait d'emprunter pour sortir de l'abbaye. Rose n'en fut pas dérangée le moins du monde, et fit même un geste de la main à la jeune femme pour l'inviter à s'approcher. Il lui souleva le menton pour la regarder dans les yeux. « Tu la connais ? »

« Oui » dit l'inconnue tandis qu'elle se rapprochait. « Je suis son amie, Constance. » Elle posa une main sur le bras de Rose pour avoir son attention, puis demanda : « Est-ce qu'il sait la vérité à ton sujet ? »

Rose hocha la tête, les larmes aux yeux.

« La vérité à propos de quoi ? Je suis venu ici car je devais savoir si elle était retenue à l'abbaye contre sa volonté. »

« Laissez-moi vous dire ce qu'elle m'a raconté. D'abord, vous savez qu'elle n'est pas vraiment sourde, n'est-ce pas ? »

« Oui, elle me l'a déjà dit. Mais j'ai beaucoup d'autres questions à lui poser. »

Rose lui tapota la main, tira sur son lobe d'oreille et désigna Constance. Écoute-la. « Racontez-moi » dit-il.

Constance reprit : « Rose nous a rejoints il y a environ une semaine. Je lui ai appris à lire, et nous avons même inventé quelques signes de la main pour nous parler. Je me suis également servie d'un livre d'images pour aider Rose à comprendre les mots. »

Il serra l'épaule de la jeune femme et dit : « Bien. »

« Nous venons d'avoir une sacrée conversation, si vous me passez l'expression. La mère de Rose l'a vue embrasser un garçon il y a quelque temps, et elle lui a fait croire que c'était une mauvaise chose. Elle lui a dit que Dieu allait la punir, et puis… » Elle s'interrompit. « C'est vous, le garçon en question ? »

Rose leva ses deux mains, paumes vers l'extérieur, puis les secoua pour indiquer que ce n'était pas le garçon dont elle lui avait parlé. Il ne put s'empêcher de se demander de qui il s'agissait. Un soudain accès de jalousie envahit son corps. Mais comme ils n'avaient pas beaucoup de temps, il se força à prêter attention à la conversation.

« Quoi qu'il en soit, elle a fait croire à Rose que… » Elle s'interrompit à nouveau et rougit en se tournant vers Rose, qui lui indiqua d'un ample mouvement de la main qu'elle pouvait continuer.

Constance prit une profonde inspiration, puis tendit la main vers celle de Rose avant de reprendre la parole. « Sa mère lui a dit que Dieu la ferait saigner tous les mois jusqu'à ce qu'Il lui pardonne sa transgression. »

Roddy resta silencieux pendant un moment, incapable d'intégrer ce que Constance venait de lui dire. Elle ne parlait tout de même pas des règles, cette expérience commune à toutes les femmes ? Mais ce serait… C'était… Quel genre de monstre irait dire une chose pareille à une jeune femme ? Non. Il avait dû mal comprendre.

« Vous voulez dire qu'elle l'a convaincue du fait que la raison pour laquelle elle saigne tous les mois, comme le font toutes les femmes, c'est parce que le Seigneur est en colère contre elle ? »

« Oui. Et apparemment, elle l'a surprise en

train d'embrasser un autre garçon il y a quelques jours. Elle l'a donc envoyée ici parce que sa mère estime qu'elle a commis un péché, et non parce qu'elle veut devenir nonne. Elle lui a dit que lorsqu'elle arrêterait de saigner tous les mois, cela voudrait dire que le Seigneur l'avait pardonnée, et alors seulement elle pourrait rentrer chez elle. »

Roddy fronça les sourcils. « Cet autre garçon, c'est moi. Rose, je suis tellement désolé... »

Rose secoua la tête avec une telle véhémence qu'il comprit que ce temps qu'elle avait passé loin de sa maison lui avait fait du bien. Elle semblait avoir gagné en confiance. Puis il fut soudain frappé par les implications de ce que venait de lui dire Constance. « Mais alors ça voudrait dire qu'elle resterait ici... »

Constance termina sa phrase : « Oui, ça voudrait dire qu'elle ne rentrerait jamais chez elle. »

Roddy leva les yeux pour croiser le regard de Rose, en s'efforçant de tout son être de dissimuler le mépris qu'il ressentait pour sa mère. Quel genre de personne tordue était capable de mentir aussi honteusement à son enfant ? « Je suis vraiment désolé, Rose. Je suis sidéré. Pourquoi ta mère voudrait-elle te chasser de votre château ? »

Rose fit une série de gestes en articulant quelques mots, mais il ne comprit pas ce qu'elle voulait lui dire. « Constance ? Vous comprenez ces signes ? Vous arrivez à lire sur ses lèvres ? »

Constance secoua la tête, mais il finit enfin par comprendre deux des mots que Rose essayait de lui dire.

'Bateau' et 'nuit'.

Une étrange sensation s'insinua le long de sa colonne. Rose elle-même pensait qu'il y avait un lien entre sa mère et le bateau qu'elle avait vu amarré au quai.

Dès que Rose se mit à pleurer, il dit : « Ça suffit. Constance, je ne veux pas la frustrer plus longtemps. Ces deux mots m'en disent déjà beaucoup. Et si vous retourniez à l'intérieur ? »

La jeune fille lui adressa un regard, puis se tourna vers Rose. « Veux-tu rester un peu avec lui ? »

Rose leva dix doigts.

« D'accord. Dix minutes. Je t'attendrai à l'intérieur, mais je resterai juste derrière la porte. »

Dès que Constance fut partie, Rose s'effondra contre Roddy et éclata en sanglots. Bon sang, il ne savait pas quoi faire, aussi se contenta-t-il de la tenir dans ses bras pendant qu'elle continuait de pleurer. Sa tête reposait sous son menton, et son doux parfum floral le poussa à inspirer plus fort afin de le savourer. Il lui fit penser à la teinte violette de ses yeux. Il écarta les mèches du visage de la jeune femme, puis passa son pouce sur sa joue.

Quelques minutes plus tard, elle cessa de pleurer et s'éloigna de lui, les yeux rougis et les joues trempées. D'une certaine façon, elle était toujours la plus belle femme qu'il eut jamais vue. Elle leva les yeux vers lui et toucha ses lèvres du bout des doigts, avant de les pointer vers sa bouche.

Perplexe, il demanda : « Un baiser ? »

Elle hocha la tête, le regard triste et confus.

« Tu veux que je t'embrasse ? » Il se désigna, puis tourna son doigt vers elle.

Elle hocha la tête, et son expression confuse se changea en espoir.

« Tu as bien compris que le Seigneur ne pensera pas que c'est mal de s'embrasser ? »

Un bref sourire passa sur ses lèvres et elle acquiesça de nouveau.

Roddy prit alors son visage dans ses mains et posa ses lèvres sur les siennes, en la savourant tout doucement afin de ne pas l'effrayer. Il déplaça ses lèvres sur les siennes, et elle lui ouvrit la bouche, juste assez pour qu'il puisse y glisser sa langue afin de la savourer encore plus. Comme il comprit qu'elle était encore inexpérimentée, il s'efforça de faire doucement et d'éviter de lui assaillir la bouche comme il aurait eu envie de le faire.

Rose fondit son corps contre le sien, et il passa ses bras autour de son dos pour l'attirer vers lui. Au début, elle se raidit, mais lorsque son corps entra en contact avec le sien, ce fut comme si une flamme s'était allumée entre eux. Sa passion rencontra la sienne avec la même ardeur.

Il ne se lassait pas de la douce Rose, mais il savait qu'ils devaient arrêter. Il n'avait aucune envie de lui causer d'autres ennuis, d'autant qu'ils se trouvaient dans l'enceinte de l'abbaye, aussi décida-t-il de mettre fin à leur baiser. Elle poussa un petit gémissement, et ce simple son au fond de sa gorge suffit à rallumer son désir.

Il se força à se reculer, puis désigna la porte. « Tu dois y retourner. Constance t'attend. » Il ne put s'empêcher de se demander quel autre type de mensonge tordu sa mère lui avait raconté à propos des relations entre les hommes et les femmes, mais il ne voulait pas la perturber encore plus pour le moment.

Elle prit sa main dans la sienne et le guida jusqu'à la porte qui menait à l'abbaye. Collée contre lui tandis qu'ils marchaient, elle poussa un soupir, ce qu'il vit comme un bon signe. Une fois arrivés, elle se leva sur la pointe des pieds pour poser un bref baiser sur ses lèvres, puis lui fit un signe de la main pour lui dire au revoir.

Il lui demanda : « Quel âge as-tu ? » en désignant sa poitrine.

Constance ouvrit la porte et répondit : « Elle a dix-sept étés, presque dix-huit. » La jeune femme rougit légèrement, preuve qu'elle avait entendu ce qu'ils avaient dit, puis fut sur le point de refermer la porte.

Il se pointa du doigt et dit : « Je reviendrai. »

Elle sourit et rouvrit la porte pour lui adresser un dernier regard par-dessus son épaule tandis qu'elle entrait à l'intérieur. Ce dernier petit coup d'œil à la dérobée lui donna envie de la prendre dans ses bras pour ne plus jamais la lâcher. Il voulait l'aider, l'aider à régler le chaos qui avait mis un tel désordre dans sa vie. Il ne pouvait même pas s'imaginer à quoi elle pouvait être en train de penser.

Qu'y avait-il de pire qu'une mère qui ment à son enfant pour s'en débarrasser ?

Roddy et Daniel retrouvèrent Connor et Braden devant l'abbaye, mais Braden les invita d'un geste à s'éloigner du bâtiment avant de parler. Ils empruntèrent donc un chemin jusqu'à atteindre une clairière près d'un ruisseau bouillonnant, où ils s'arrêtèrent pour abreuver leurs chevaux et partager leurs découvertes.

« Qu'avez-vous appris ? » demanda Braden.

« J'ai trouvé Rose » répondit Roddy. « Et je sais maintenant qu'elle a été envoyée ici de force par sa mère. Cette MacDole lui a dit qu'elle avait péché et qu'elle devait supplier le Seigneur de lui accorder son pardon. »

Daniel en resta bouche bée. « Cette douce jeune fille que j'ai vue courir vers l'infirmerie a commis un péché ? Je n'y crois pas une seconde. »

Roddy bondit de surprise. « Tu es allé jusqu'à l'infirmerie ? »

« Oui, et j'ai vu deux jeunes filles y entrer discrètement. L'une avait des cheveux très sombres, et l'autre des boucles rousses. Et si je puis me permettre, l'une d'entre elles avait l'air d'avoir été embrassée avec passion. » Daniel adressa un clin d'œil à ses compagnons, mais Roddy ne répondit rien.

« Et qu'as-tu appris d'autre ? » le pressa-t-il.

« Oh, qu'il y a environ trente gardes, ce qui est beaucoup pour une abbaye de cette taille. Ça m'intrigue un peu de savoir ce qu'il se passe par ici. Le prêtre et l'abbesse qui s'occupent de l'abbaye ont un grand bienfaiteur qui contrôle la majorité de leurs activités, mais je n'ai pas pu découvrir son nom. »

« Ce pourrait être n'importe qui » fit remarquer Connor.

« J'en saurai plus quand nous y retournerons » dit Daniel, un sourire espiègle aux lèvres.

« On va y retourner ? » demanda Braden.

« Oh que oui. C'est ce que voudra Roddy. » Il adressa à celui-ci un regard entendu. « Et même si ce n'était pas le cas, il se trame sans doute quelque chose par ici. Je l'ai senti dans chaque personne que j'ai vue. Ils ont tous peur de quelque chose. »

« Oui » intervint Connor. « Et ça a quelque chose à voir avec cette abbaye des Anges, sans l'ombre d'un doute. Qui sont vos autres voisins dans la région, Braden ? Tu les connais ? »

« Certains, mais pas tous. Il y a une famille au nord de mon château, mais on ne peut pas dire qu'ils soient très riches. Il n'y a personne à l'ouest, parce que le terrain est trop abrupt. Loki vit à l'est de chez nous, mais assez loin. Et je ne sais pas qui vit au sud. »

« Pourquoi n'as-tu pas encore envoyé de patrouille ? » demanda Daniel.

Les trois autres gloussèrent. « Braden n'a pas encore assez de gardes pour envoyer des patrouilles. Il en a recruté peut-être cinq. Loki envoie parfois des patrouilles pour lui. »

Daniel réfléchit en se caressant le menton. « Hummm. Peut-être que je pourrais rester avec vous pendant quelque temps. Ce devrait être intéressant. »

« Si tu veux séjourner chez moi, tu es plus que bienvenu. J'ai plein de chambres inoccupées au château, et même deux huttes qui n'appartiennent encore à personne » proposa Braden. « Réfléchis-y. »

« Retournons au sujet qui nous intéresse. Rose a parlé d'autre chose qui pourrait nous être utile » dit Roddy.

« Comment ? » l'interrompit Connor avec ironie. « Est-ce qu'elle a soudain appris à parler ? »

« Non. Nous avions une interprète avec nous, en quelque sorte. Elle a étudié avec une autre jeune fille de l'abbaye. Elles ont inventé leur propre système de signes de la main, et elles utilisent également des livres d'images pour communiquer. Constance a pu me raconter la majorité de son histoire, et elle est bien sombre. » Cela attira l'attention des autres, et il dut se forcer à se calmer à mesure qu'une colère bouillonnante l'envahissait. Il s'efforça de rester impassible tandis qu'il leur racontait ce qu'il savait.

« Alors c'est sa propre mère qui l'a envoyée contre son gré à l'abbaye pour le restant de ses jours ? » demanda Connor. « J'avais bien l'impression que MacDole n'était pas une femme très sympathique, mais je ne m'attendais pas à une chose pareille. »

« Oui » répondit Roddy. « Et elle n'a que dix-sept étés. »

Un silence de mort s'installa suite à cette révélation, et il n'en voulut pas à ses cousins. Il lui était tout aussi choquant pour lui de leur raconter cette histoire que pour eux de l'écouter.

Braden secoua la tête, les yeux rivés vers le sol, puis murmura : « Incroyable. »

« Autre chose ? » demanda Connor à voix basse.

« Oui. Je lui ai demandé si elle savait pourquoi sa mère voulait l'éloigner du château, et elle s'est beaucoup agitée à essayer de me dire quelque chose. Constance et moi n'avons pas bien compris ce qu'elle voulait nous expliquer, mais j'ai réussi à comprendre deux mots : bateau et nuit. Je pense donc qu'elle suspecte sa mère d'être impliquée dans ce qu'il se passe dans le loch au pied du château des MacDole. »

Braden dit : « Il doit se passer quelque chose dans le château, et c'est pour cette raison que sa mère a voulu la chasser. Tout ça pourrait bien être lié. Nous devons suivre cette piste. »

« Oui, c'est exactement ce que je pense » convint Connor. « En fait, je crois que nous devrions retourner au château des Muir pour envoyer un message à Will et Maggie. Il faut qu'ils nous rejoignent ici le plus vite possible. »

Les trois autres hochèrent la tête en signe d'assentiment.

Ils reprirent la route à un rythme soutenu. Avec un peu de chance, ils seraient de retour au château de Braden un peu après minuit. Malheureusement, la chance ne les accompagna pas cette nuit-là.

Peu de temps après leur départ, ils furent attaqués.

Huit reivers contre leur groupe de quatre.

CHAPITRE 10

R ODDY FAILLIT S'ÉTOUFFER de peur.
Un cavalier se dirigeait droit vers lui, son
arme levée.

D'un coup d'épée, Connor l'interrompit dans
sa course. « Réveille-toi, Roddy ! » s'écria-t-il.

C'était comme si tout autour de Roddy s'était
accéléré, mais que lui avait ralenti. Comme si l'air
qui l'entourait était devenu plus lourd. Il fixa la
mêlée et leva son épée, mais avec moins d'une
fraction de l'énergie et de la conviction dont il
faisait preuve dans les lices.

Il parvint à désarçonner l'un des reivers pendant
que Braden s'occupait de deux autres. Daniel
enfonça son épée dans le ventre d'un autre de
leurs assaillants. Il ne leur en restait plus qu'un.

Et il était en train de foncer tout droit vers
Roddy.

Le reiver avait compris lequel d'entre eux était
le maillon faible – et ce n'était pas le guerrier
avec une main amputée.

Son assaillant leva son épée sur le côté pour
essayer de couper Roddy en deux, mais celui-ci

bloqua son attaque et plongea son épée dans la poitrine de son adversaire, le tuant sur le coup.

C'était le dernier.

Ses trois compagnons se crièrent des félicitations tandis qu'ils observaient les huit hommes qu'ils avaient abattus, mais Roddy ne parvint pas à se joindre à la célébration.

Quiconque lui aurait jeté un coup d'œil aurait pu croire qu'il était pantelant d'épuisement, mais ce n'était pas le cas. S'il n'arrivait pas à reprendre son souffle, c'était à cause de la peur de mourir qui s'était à nouveau emparée de lui, et il avait dû lutter pour regagner le contrôle.

Quand cela cesserait-il ?

Rose se réveilla le lendemain matin avec un nouvel objectif en tête.

Le baiser de Roddy avait éveillé quelque chose en elle – quelque chose qu'elle avait bien l'intention d'explorer. Non seulement cet homme était bon avec elle, mais en plus, il croyait en elle.

Et sa mère ne l'avait pas découragé.

Elle resterait forte, aussi bien pour elle-même que pour Roddy. Ils méritaient d'avoir l'occasion de découvrir où leur mènerait leur relation. Si seulement elle trouvait le moyen de quitter l'abbaye, alors ils auraient cette chance.

Elle pourrait rejoindre le clan Grant, s'ils voulaient bien d'elle. Elle était prête à tout pour s'éloigner de sa mère.

Elle devait également apprendre à mieux

communiquer. Constance lui avait été d'une aide précieuse, mais elle avait toujours du mal à transmettre certains mots à Roddy.

Elle était épuisée de frustration.

Elle se leva de son lit avec précaution afin de ne pas réveiller Constance, qui était encore profondément endormie. Elle se dirigea vers la pièce des nonnes, puis continua jusqu'aux cabinets d'aisances afin d'effectuer ses ablutions matinales.

Elle avait trois objectifs : terminer d'apprendre à lire, découvrir pourquoi sa mère voulait se débarrasser d'elle, et mieux connaître Roddy Grant. Elle s'était efforcée d'expliquer au jeune homme qu'elle avait un souvenir d'un bateau amarré au quai. Elle s'était alors rappelée que les nuits où le bateau venait, sa mère lui ordonnait de rentrer dans le château. Mais cela ne l'avait jamais empêchée de se faufiler dehors. Elle n'avait jamais vu grand-chose, mais une nuit, elle avait entendu un son étrange provenant des quais.

Des jeunes filles en train de pleurer. Elle n'était pas parvenue à bien identifier ce son cette nuit-là, mais à présent, elle était certaine d'avoir raison. Qu'avaient fait ces hommes à ces jeunes filles ? Et où les envoyaient-ils ?

Et quel était le rôle de sa mère dans cette affaire ?

Elle avait eu l'impression que Roddy et ses cousins étaient les seuls qui pourraient l'aider à trouver la réponse à ses questions.

Lorsqu'elle eut terminé ses ablutions, sœur Murreall s'approcha et lui dit : « Je sais que tu ne peux pas m'entendre, jeune fille, mais brosse-toi les cheveux et enfile une robe plus jolie. Ta mère est là, et je suis sûre qu'elle voudra te voir avant de repartir. » Elle lui prit ensuite la main et ajouta : « Viens avec moi. Je vais te trouver quelque chose à te mettre. »

Rose prit bien garde de ne pas réagir, bien qu'elle aurait aimé pouvoir s'enfuir vers l'infirmerie. Non, elle avait envie de s'échapper de l'abbaye, sans cesser de courir jusqu'à ce qu'elle soit arrivée loin, très loin.

Sœur Murreall la mena dans le couloir, lui choisit une belle robe parmi celles qu'elle avait suspendues dans sa chambre, puis la raccompagna jusqu'à l'infirmerie. « Voilà, ça devrait t'aller très bien. Ta mère est avec l'abbesse pour le moment, donc nul besoin de te hâter. Nos robes habituelles ne sont pas assez belles pour que tu les portes en présence de ta mère. Celle-ci que tu as apportée avec toi met en valeur tes yeux. » La gentille nonne rebroussa chemin dans le couloir en se marmonnant à elle-même : « Je ne sais pas pourquoi je continue d'essayer de parler à quelqu'un qui ne peut pas m'entendre. Je dois commencer à devenir sénile. »

Rose eut envie de la prendre dans ses bras, mais la femme quitta la pièce aussi vite qu'elle était entrée. Constance s'assit alors sur son lit en frottant ses yeux ensommeillés.

« Qu'y a-t-il ? Pourquoi sœur Murreall t'a-t-elle emmenée dans ta chambre pour aller chercher une robe plus jolie ? »

Rose fit le signe de la mère, en traçant un 'M'

dans la paume de sa main, puis désigna le sol de l'infirmerie.

Constance poussa un grognement. « Ta mère est ici. » Elle se laissa retomber sur son lit tandis que Rose retirait sa chemise de nuit et tendait la main vers sa chemise et sa robe en laine. « Qu'allons-nous faire ? »

Rose n'aimait pas mentir à Constance, mais elle craignait que son amie insiste pour l'accompagner si elle lui disait qu'elle avait l'intention d'aller écouter leur conversation.

Pour leur protection à toutes les deux, elle se contenta de dire à Constance qu'elle allait se promener.

Elle descendit l'escalier de derrière, l'oreille tendue pour écouter quiconque serait dans les parages, mais puisque c'était l'heure de la messe, elle ne s'attendait pas à croiser beaucoup de monde. Lorsqu'elle arriva dans le couloir sans être vue, elle l'emprunta en courant pour se diriger vers les chambres réservées au père Seward et à l'abbesse.

Comme il n'y avait personne, elle se faufila discrètement jusqu'à arriver devant la porte de la chambre de l'abbesse. La pièce était silencieuse, aussi continua-t-elle jusqu'à la chambre du prêtre. Là, elle entendit des voix, et elle s'installa dans une petite alcôve pour écouter.

Le père Seward dit : « Elle s'en sort très bien, mais je pense que vous êtes un peu trop dur avec elle, milady. »

Sa mère répondit : « Je m'inquiète beaucoup pour elle. Elle a du mal à gérer sa frustration lorsqu'elle ne parvient pas à communiquer avec les autres. C'est pour cela que je vous ai recommandé de lui attribuer une chambre seule, et qu'on lui apporte tous ses repas dans sa chambre. »

« Je pense que vous en attendez trop d'elle » intervint mère Marion. « Malgré ses handicaps, elle n'est plus une enfant. J'ai demandé à une autre étudiante de l'aider à s'intégrer ici. C'est important pour qu'elle se sente bien accueillie. Elle a vécu une vie recluse, solitaire. N'êtes-vous pas d'accord ? »

« Mais c'est cela qui m'inquiète. Lorsqu'elle est avec d'autres personnes, on se moque d'elle parce qu'elle est sourde. Il vaut donc mieux qu'on la laisse seule. Vous pouvez aussi l'assigner aux cuisines, où elle pourrait couper des légumes toute la journée. C'est trop douloureux pour elle d'être entourée de jeunes filles qui peuvent faire ce dont elle est incapable. Les autres l'ont-elles déjà embêtée ? »

Il y eut un silence, puis mère Marion admit doucement : « Oui, il y a eu un incident. Mais je crains que ce soit simplement dû à son incapacité à communiquer et à son manque d'expérience avec d'autres personnes de son âge. »

« Vous voyez, j'ai donc raison, puisque c'est déjà arrivé » insista sa mère avec arrogance. « Je veux qu'on la tienne à l'écart des autres. »

Le père Seward s'éclaircit la gorge. « Je suggérerais plutôt de lui apprendre à lire. Elle pourrait désigner des mots pour communiquer. Peut-être qu'un jour, elle pourrait même apprendre à écrire. Cela lui donnerait le moyen de parler avec les autres, et d'avoir une meilleure vie. Ainsi, elle pourrait au moins lire des livres. »

« Absolument pas » répliqua sa mère. « Vous allez la bouleverser en essayant de lui inculquer quelque chose qu'elle est incapable d'apprendre. »

Quelqu'un poussa une exclamation étouffée, et l'abbesse dit : « Êtes-vous en train de dire que votre fille n'a pas la capacité mentale d'apprendre à lire ? »

« Je connais ma fille » insista la mère de Rose. « C'est une enfant charmante, mais elle est… Comment l'expliquer sans paraître cruelle ? » Un silence assourdissant s'ensuivit, et Rose dut s'efforcer de garder son sang-froid pour se retenir d'ouvrir la porte à la volée pour crier sur sa mère.

Si seulement elle pouvait crier.

« Stupide. C'est horrible de le dire ainsi, mais elle n'est pas intelligente. Je crains que la lecture soit trop difficile pour elle, et je refuse qu'elle apprenne. J'irai lui rendre visite, si vous le voulez bien. »

Rose comprit qu'elle devait partir pour éviter qu'on la surprenne derrière la porte, mais elle n'avait pas encore entendu les chaises bouger. Elle hésita, car elle voulait continuer d'entendre ce que disait sa mère.

« Elle est à l'infirmerie » répondit le père Seward.

« Pourquoi donc ? »

« Parce que de vilaines filles l'ont ridiculisée dans le grand hall à cause de ses règles. Je me suis donc permis de l'escorter jusqu'à l'infirmerie. Je me suis occupé de la plus méchante de ces jeunes filles. Cela ne se reproduira pas. »

Une chaise grinça contre le sol. « Vous devez la laisser seule dans sa chambre, comme je vous l'ai demandé. Ne la couvez pas ainsi. Je le refuse ! Si vous ne faites pas ce que je vous dis, je réduirai de moitié mes versements. »

Comme sa mère avait dû se lever, Rose se prépara à courir jusqu'à l'autre bout du couloir. La dernière chose dont elle avait envie était qu'on la surprenne dans une telle position.

« Très bien » répondit mère Marion. « Nous allons nous occuper de cette situation. »

« À présent, j'aimerais voir mon enfant. » Sa voix redevint aussi douce qu'elle pouvait l'être. « Je suis sûre qu'elle a besoin du réconfort de sa mère après toute cette histoire. Montrez-moi le chemin, je vous prie. »

Quelqu'un s'éclaircit la gorge. « À propos de ce versement, milady… » dit père Seward.

Rose n'eut pas besoin d'en entendre plus à propos de l'argent que sa mère utilisait pour les soudoyer et la forcer à rester ici contre sa volonté, aussi se précipita-t-elle dans le couloir pour retourner à l'infirmerie.

Une colère monta au plus profond de son ventre, qui ne demandait qu'à être libérée. Si elle pouvait crier, elle ne le ferait que sur sa mère. Elle n'était *pas* stupide.

Sinon, comment aurait-elle pu garder tous les secrets de sa mère ? Aucune personne faible d'esprit n'aurait réussi à tenir aussi longtemps qu'elle.

Combien d'autres jeunes filles auraient été capables de convaincre le monde entier qu'elles étaient stupides alors que c'était faux ? N'importe qui d'autre aurait commis une erreur, tourné la tête en entendant un bruit fort, réagi à quelque chose qu'aurait dit quelqu'un, ou fait quelque chose qui aurait fait comprendre aux autres qu'elle n'était pas sourde.

Mais elle, elle l'avait fait avec facilité, et on n'avait jamais remis sa surdité en question. Comment cette mégère ne voyait-elle pas l'intelligence que cela demandait ? Elle se faufila par la porte de l'infirmerie, hocha la tête en direction de Constance, puis prit place au bord de son lit. Bientôt, elle entendit les voix de l'abbesse et de sa mère, apparemment rejointes par sœur Murreall. Elles se rapprochèrent, mais Rose ne dit rien à Constance, car elle ne voulait pas qu'elle soupçonne où elle était allée.

« Elles arrivent ! » Constance désigna la porte pour lui faire savoir que trois personnes étaient en train de s'approcher de la porte.

On toqua doucement à la porte, mais Rose l'ignora.

L'abbesse les appela, mais seule Constance répondit. Elle se leva alors en croisant les mains devant elle, puis dit : « Entrez, madame l'abbesse. Quelle agréable surprise de vous voir ce matin. »

Rose fit semblant de sursauter lorsqu'elles entrèrent – c'était une technique qu'elle avait longuement pratiquée.

« Oh ma chérie » s'écria sa mère en se précipitant à ses côtés, avant de s'asseoir sur le lit pour la prendre dans ses bras. « On m'a raconté que tu avais eu des problèmes il y a peu. Je suis vraiment désolée que ces filles aient été aussi méchantes avec toi. » Elle serra sa fille contre elle – trop fort à son goût – puis elle s'adressa à Constance. « Si cela ne vous dérange pas, j'aimerais passer un peu de temps seule avec ma fille. Je suis sûre qu'elle l'apprécierait si vous quittiez la pièce un petit moment. » Elle adressa son plus beau sourire factice à l'abbesse et à Constance.

Rien n'était plus éloigné de la vérité.

L'abbesse dit : « Comment allez-vous ce matin, Rose ? » Puis elle se ravisa, se rappelant qu'elle venait de parler à une sourde comme si elle allait lui répondre. Pour se rattraper, elle demanda à Constance : « Est-ce qu'elle va mieux ce matin ? »

Constance répondit rapidement à sa question avant de se diriger vers la porte. « Elle a l'air d'être un peu plus elle-même. Je pense que je peux retourner dans ma chambre aujourd'hui, madame l'abbesse. Puis-je revenir chercher mes affaires un peu plus tard ? »

« Bien sûr, ma chère. Faites comme il vous convient. » L'abbesse lui tapota l'épaule, puis avant de quitter la pièce à son tour, elle demanda : « Avez-vous besoin d'autre chose, lady MacDole ? »

« Non, tout va bien. Je voudrais juste passer un peu de temps avec ma chère fille. Elle me manque beaucoup. » Elle sourit en passant un bras autour des épaules de Rose, puis se pencha comme pour lui adresser une étreinte.

« Très bien. Je m'en vais, dans ce cas. Si vous avez besoin de quoi que ce soit, allez chercher la sœur. Elle vous aidera. » Puis l'abbesse s'inclina brièvement et quitta la pièce en fermant la porte avec un cliquetis bruyant.

Rose regarda sa mère se lever et se diriger vers la porte afin de vérifier qu'elle était bien fermée. Elle ne la quitta pas des yeux, car elle savait ce qu'elle était : une menteuse.

Mais même ainsi, Rose fut complètement surprise par ce que sa mère fit ensuite.

Lady MacDole tourna les talons, fit un ample mouvement de bras en arrière, puis la gifla si fort qu'elle en retomba sur le lit.

Sa mère ne l'avait encore jamais frappée. Elle leva une main pour protéger sa joue cuisante, craignait de recevoir une deuxième gifle.

Mais que pouvait-elle faire pour se protéger ? Elle était coincée dans un bâtiment où l'abbesse, les nonnes et le prêtre étaient sous le contrôle de sa mère. Tous recevaient son argent, apparemment. Elle poussa sur ses coudes et se servit de ses pieds pour se reculer jusqu'au mur, afin de mettre le plus de distance possible entre elle et cette cruelle femme.

La voix de sa mère se changea en le plus vil des murmures, avec un ton rauque et une lueur de furie dans les yeux telle que Rose n'avait encore jamais vue. « Regarde ce que tu as fait ! Je t'ai envoyée ici pour supplier notre Seigneur de te pardonner tes péchés de catin. Visiblement, tu n'as pas fait ce qu'Il attendait de toi, parce que tu saignes encore. J'ai entendu dire que tu avais passé un mauvais moment, c'est que tu as dû Le mettre encore plus en colère. Tu n'apprendras pas à lire. Tu es ici pour demander l'absolution de tes péchés, pas pour te faire des amies. Je refuse que tu te fasses dorloter et que tu passes ton temps avec d'autres jeunes gens. M'as-tu bien comprise ? »

Rose hocha la tête, sans cesser de se protéger le visage.

Sa mère se pencha et lui saisit l'avant-bras en le serrant si fort que Rose aurait crié si elle avait pu. Puis elle lui murmura à l'oreille : « M'as-tu comprise ? Parce que je n'ai pas oublié la promesse que je t'ai faite. Si tu ne te comportes pas de la bonne façon, je t'enverrai sur une île où personne ne pourra jamais te trouver. Je t'y laisserai mourir lentement de faim… ou peut-être que tu seras attaquée par un animal sauvage. Ne pense pas une seconde que je ne le ferai pas. J'en ai plus qu'assez que tu me gâches la vie. Je ne voulais pas de toi quand tu es née, et je ne veux toujours pas de toi maintenant. Fais ce que je te dis, ou tu le regretteras. »

Rose acquiesça. Que pouvait-elle faire d'autre ?

Sa mère se leva, les yeux toujours posés sur Rose. Elle se secoua comme pour reprendre contenance, puis se prépara à partir. « À présent, je m'en vais. Lorsque je reviendrai la prochaine fois, je m'attends à te trouver dans ta chambre seule, en train de prier pour ton pardon. J'ai donné des instructions strictes au prêtre et à l'abbesse pour que tu ne voies plus personne, et on te fera monter tous tes repas dans ta chambre. Tu travailleras dur quatre heures par jour, même quand tu saignes. »

Sa mère se tourna ensuite pour se diriger vers la porte, mais se retourna une nouvelle fois. « Je lis le choc sur ton visage, mon enfant, et je le comprends. » Sa voix était redevenue normale, au cas où quelqu'un écoutait leur discussion. « Tu as été trop gâtée par ton père, mais il n'est plus là pour te protéger. Je suis tout ce qu'il te reste. Ne commets pas l'erreur de me sous-estimer. »

Sa dernière phrase ne fut pas plus haute qu'un murmure. Puis elle se retourna et quitta la pièce.

L'ancienne Rose aurait éclaté en sanglots.

Mais la nouvelle Rose se jura d'obtenir sa revanche, même contre sa propre mère.

CHAPITRE 11

RODDY SE RÉVEILLA avec des sueurs froides, en train de donner des coups de poing dans le vide.

Connor lui cria : « Qu'est-ce qui t'arrive, Roddy, bon sang ? Tu viens de hurler comme un loup face à la lune. »

Le jeune homme s'efforça de calmer sa respiration. La façon dont il avait lutté dans son rêve pour remonter à la surface de l'eau ressemblait presque à un combat contre une bête géante. En fait, il en avait presque mal aux épaules d'avoir nagé encore et encore pour ne pas sombrer dans les profondeurs, sans jamais y arriver. « Désolé, un autre cauchemar. Je vais bien. Je ne voulais pas te réveiller. » Il se leva de son lit et sortit de la chambre qu'il partageait avec Connor dans la maison de Braden.

Connor grommela avant de rouler sur le côté, enfin du moins ce fut ce qu'imagina Roddy. Il avait déjà refermé la porte derrière lui pour se diriger en hâte vers les escaliers. Le rythme qu'il s'imposait était éprouvant, et il se força à ralentir ses pas jusqu'à reprendre une respiration normale. Il essuya la sueur de son front, puis inspira profondément tandis que les détails de son cauchemar lui revenaient en mémoire.

Encore de l'eau. Il était immergé sous l'eau, incapable de remonter à temps à la surface.

Il trouva quelque chose à boire, puis s'effondra dans un fauteuil devant la cheminée. Quelques instants plus tard, il fut surpris d'entendre des bruits de pas qui se dirigeaient vers lui depuis la tour, où vivaient à présent son oncle et sa tante.

Oncle Brodie s'immobilisa dès qu'il vit Roddy au coin du feu. « Tout va bien, mon neveu ? »

Roddy hocha la tête, puis se pencha pour reposer ses coudes sur ses genoux. « Oui, j'ai juste fait un cauchemar. Je n'arrivais plus à me rendormir, alors je suis sorti de mon lit. » Il but ensuite une gorgée de la bière qu'il s'était servie.

Son pouls était pratiquement revenu à la normale. L'eau lui avait semblé si réelle que ses oreilles en bourdonnaient encore, comme s'il avait passé du temps dans les profondeurs d'un loch. Il connaissait bien cette sensation. Après tout, il avait grandi au bord d'un loch.

Oncle Brodie tira une chaise et dit : « Qu'est-ce qui te tracasse ? Quelque chose en particulier ? »

Roddy poussa un soupir. Il savait que son oncle allait lui demander davantage d'informations. Les gens de sa famille prenaient soin les uns des autres.

« Je fais régulièrement des cauchemars où je me noie. Je suis sous l'eau, et je n'arrive pas à rejoindre la surface. »

« Et tu as une idée de la raison pour laquelle tu

as des mauvais rêves en ce moment ? » demanda oncle Brodie tout en se servant un verre de bière.

« Je n'en suis pas sûr, mais ça a peut-être quelque chose à voir avec un autre problème que j'ai en ce moment. » Il s'interrompit, s'efforçant de chercher ses mots avant d'aller plus loin. Il avait parlé de son problème à Rose et à ses cousins, mais il ne s'était pas encore confié à un membre de la génération de leurs parents. S'il en parlait à oncle Brodie, alors tout lui paraîtrait beaucoup plus réel.

« Veux-tu en discuter avec moi ? Mes vieux os ont connu plus de choses que toi, et j'aime à penser que j'en ai tiré une certaine sagesse. » Il adressa à Roddy un sourire en coin.

La dernière chose à laquelle il pouvait penser était que ses oncles ne fussent plus utiles à leur famille. Son père et ses oncles lui avaient tant appris. Peut-être oncle Brodie aurait-il une idée pour l'aider à régler son problème. « Les dernières fois où j'ai dû aller me battre, j'ai paniqué et je me suis figé. » Il jeta un coup d'œil à son oncle pour voir s'il avait l'air choqué, mais il lui fut impossible de déchiffrer son expression. « Ça m'est arrivé lorsque nous avons été attaqués par des sangliers, puis une autre fois avec des reivers. » Il se frotta les mains l'une contre l'autre, un geste qu'il faisait à chaque fois qu'il ne savait pas quoi penser d'une situation. Puis il attendit la réponse de son oncle.

Oncle Brodie demanda : « Mais je croyais avoir entendu dire que tu avais vaincu l'un de ces reivers ? »

« Oui, mais uniquement lorsqu'il était presque arrivé à ma hauteur. J'aurais dû me montrer plus agressif. C'est ce qu'aurait fait n'importe quel homme qui s'est entraîné dans les lices des Grant, mais moi, je me suis figé et je n'ai pas pu bouger jusqu'à ce que mon adversaire soit sur moi. Connor m'a crié de me réveiller. »

« Et c'est pour ça que tu es enfin parvenu à te défendre ? »

Cette pensée le rendit perplexe. Était-ce pour cette raison qu'il avait enfin réussi à manier son arme ? Parce que Connor lui avait crié dessus, le faisant ainsi sortir de sa torpeur ? « Non, je pense que j'ai agi par pur instinct. Me battre ou mourir. »

« Alors je ne m'inquiéterais pas si j'étais à ta place. Ton instinct est toujours là. Tu ne laisseras personne te vaincre. Tu as été bien entraîné et tu as beaucoup pratiqué dans les lices. Ce genre d'entraînement ne s'oublie pas. À présent, parle-moi de tes cauchemars. »

Roddy réfléchit aux paroles de son oncle. Se pouvait-il qu'il eût raison ? Il poussa un profond soupir, puis lui expliqua : « Je rêve que je tombe dans l'eau et que je n'arrive pas à remonter à la surface. J'ai beau lutter, je n'y parviens pas. »

« Est-ce que ça ressemble à la fois où ton père t'a sorti du loch ? »

Roddy posa les yeux sur son oncle, essayant de se remémorer l'incident dont il parlait, mais en vain. « Je ne me rappelle pas... »

« Dans le loch, celui où vous nagez tous les étés. Je me souviens que ton père m'avait dit qu'il avait dû aller chercher plus d'un petit dans ce loch. Tu ne t'en rappelles pas ? »

Roddy eut beau farfouiller dans sa mémoire, il n'avait aucun souvenir d'avoir été sauvé de la noyade par son père. « Non, ça ne me dit rien. »

« Peut-être que tu devrais lui en parler lorsque tu retourneras au clan Grant. Je ne me rappelle pas de tous les détails, parce que je n'étais pas là. Mais je suis certain que ton père s'en souviendra, lui. Moi, je m'en souviendrais s'il s'agissait d'un de mes enfants. »

Roddy passa sa main sur son menton barbu.

De toute évidence, il retournerait bientôt au clan Grant. Il lui fallait des réponses à ses questions.

Plus tard cette nuit-là, Rose emprunta sur la pointe des pieds le chemin éclairé par la lumière de la lune. Sœur Murreall lui avait pris tous ses livres dans la matinée, et elle avait forcé Constance à changer de chambre.

Sœur Murreall leur avait dit en secouant la tête : « Vous ne pourrez plus lire ces livres, toutes les deux. Vous devez vous concentrer sur votre formation pour devenir des servantes du Seigneur. » Pourtant, elle s'était marmonnée toute autre chose à elle-même lorsqu'elle était partie pour se diriger vers le hall. « Je ne vois pas pourquoi c'est si problématique qu'une jeune fille apprenne à lire, surtout une qui est sourde et muette. »

Avant que Constance ne fût contrainte de quitter la pièce, elles avaient eu droit à une minute ensemble. « Je ne comprends pas pourquoi ils ne veulent pas que je continue à te donner des leçons » dit Constance d'un ton amer. « Si nous apprenons à lire, nous pouvons en savoir plus sur la Bible. »

Rose lui fit le signe de la mère.

« Ta mère ? Elle n'est vraiment pas très gentille, n'est-ce pas ? Est-ce pour ça que vous vous êtes séparées ? »

Rose hocha la tête, refusant de pleurer face à cette situation. Elle préféra concentrer toute son énergie à tenter de s'échapper de l'abbaye. Elle ne savait pas trop où elle irait, mais elle devait retrouver Roddy. Il l'aiderait à trouver un endroit où vivre. Peut-être que le clan Grant l'accepterait pour qui elle était, et n'essayerait pas de la changer ou de la punir. Quoi qu'il arrive, Constance ferait toujours partie de sa vie. C'était une personne si douce et généreuse.

« Est-ce que c'est aussi pour ça que tu dois dormir seule ou rester dans ta chambre ? »

Rose hocha de nouveau la tête, mais elle lui indiqua ensuite qu'elle ne comptait pas suivre les règles qu'on lui imposait. Elle trouverait le moyen de s'enfuir, même au beau milieu de la nuit. Elle serra brièvement Constance dans ses bras.

« Euphemie ne va pas être ravie d'apprendre qu'elle ne pourra plus te tourmenter. C'est le seul point positif que je vois à cette situation. Prends bien soin de toi, Rose. Nous serons meilleures amies pour toujours, je te le promets. »

Elle eut beau lutter, elle ne put empêcher les larmes de lui monter aux yeux tandis qu'elle observait sa chère amie qui s'éloignait dans le couloir, les bras chargés de ses affaires.

Elle avait ensuite passé les heures suivantes seule, à réfléchir à tout ce qui lui était arrivé, et la seule solution qui s'était imposée à elle était de s'échapper.

Loin, très loin. À la maison, sa mère la gardait sous son emprise, mais elle avait toujours eu la possibilité de sortir pour s'évader un peu. Ici, elle était enfermée à l'intérieur, et elle ne pouvait pas le supporter. Une fois qu'elle se fut faufilée dans l'escalier et qu'elle eut passé la porte, elle s'arrêta pendant un moment pour humer la fraîcheur de l'air nocturne. C'était une agréable nuit sous le ciel écossais, et les bruits de la nature sauvage étaient aussi doux que de la musique à ses oreilles. Elle continua d'avancer doucement, prudemment le long du chemin dans le jardin, tout en réfléchissant à ce qu'elle devrait faire ensuite, et où elle irait.

Un hibou hulula si bruyamment qu'elle sursauta. Elle tourna la tête de gauche à droite pour observer son environnement, et elle fut ravie de constater que personne n'avait remarqué sa réaction au bruit du volatile.

Lorsqu'elle atteignit la fin du chemin, le hibou vint se poser sur une branche au-dessus d'elle. Il avait des yeux dorés, et ses plumes étaient d'une magnifique nuance de brun, de noir et de gris. Pourquoi les humains n'avaient-ils pas des cheveux avec de si beaux mélanges de couleurs ?

Comme pour lui adresser la parole, l'oiseau ouvrit son bec afin de pousser un petit « hou ».

Rose aurait tellement eu envie de pouvoir communiquer avec cet animal au port royal. Elle observa ses mouvements – sa façon de se tenir bien droit, de tourner sa tête sans bouger son corps. Il pivota sa tête pour regarder un autre oiseau non loin de là, puis se tourna de nouveau pour observer la jeune fille.

Sous son regard doré, elle avait l'impression que son père était avec elle, comme s'il avait trouvé le moyen de communiquer avec elle depuis l'au-delà.

Le hibou tendit ses serres, comme s'il avait envie de se poser sur le bras de la jeune femme, mais elle savait à quel point les serres des oiseaux pouvaient être puissantes. Elle plongea la main dans une poche de sa robe pour prendre le carré de lin qu'elle y avait laissé. Elle le sortit en le secouant pour le défroisser, puis le posa sur son bras avant de s'approcher du hibou pour voir s'il finirait par venir se percher sur son bras.

L'oiseau la fixa, puis détourna les yeux avant de reporter à nouveau son attention sur elle. Enfin, il tendit une serre, lui toucha le bras comme pour en tester la solidité, puis déplaça l'autre serre. Il s'installa alors sur son bras, mais seulement pendant quelques secondes avant de prendre son envol.

Elle l'observa, bouche bée, tandis qu'il étendait ses ailes au-dessus de la cime des arbres. D'un infime mouvement de son corps, il tourna pour glisser gracieusement dans les airs. Elle était tellement fascinée par l'oiseau qu'elle n'entendit pas les bruits de pas qui se rapprochaient d'elle.

« C'est presque trop facile avec une fille sourde et muette. » Une main la saisit par l'épaule.

Lorsqu'elle tourna les talons, elle se retrouva nez à nez avec Euphemie, Ada, et une autre fille qu'elle ne connaissait pas. Les trois jeunes femmes tendirent la main pour l'attraper, l'immobiliser et l'empêcher de s'enfuir. « Personne ne t'entendra, puisque tu ne peux pas parler ou crier » dit Euphemie. « Savais-tu qu'il y a plusieurs moines en visite à l'abbaye en ce moment ? Ils adorent parler jusque tard dans la nuit, et nous avions pensé aller leur rendre une petite visite. Ils ne sont peut-être pas autorisés à nous toucher, mais ils peuvent bien regarder, non ? »

Rose se débattit, donnant des coups de pied de toutes ses forces, mais elle était seule contre trois. Elles la jetèrent au sol, puis lui attachèrent les pieds et les mains à l'aide d'une corde.

La troisième fille demanda : « Pourquoi la détestes-tu à ce point, Euphemie ? »

« Je ne sais pas » répondit celle-ci. « Mais je la déteste. » Puis elle cracha sur la poitrine de Rose comme pour ponctuer sa réponse.

Ada gloussa avant de murmurer : « C'est parce qu'elle est si jolie, alors qu'Euphemie ne l'est pas. »

Le visage de l'intéressée se ferma, et elle donna un coup de poing dans le bras d'Ada. « Ferme-la, ou tu seras la suivante. » La jeune femme fut suffisamment distraite pour que Rose parvienne à lui donner un coup de pied bien placé, droit dans l'entrejambe. Euphemie poussa un juron et dit : « Tu vas le regretter, salope. »

Rose aurait tant voulu pouvoir crier. Malgré ses jambes attachées, elle lutta et se débattit de toutes ses forces. Elle parvint à se redresser suffisamment pour donner un coup de boule à Ada. La jeune fille se recula et dit : « Aïe. Empêche-la de faire ça, Euphemie. Elle m'a fait mal. »

Euphemie tendit la main pour saisir la robe de Rose, la découpa de son couteau, puis la lui retira, la laissant grelottante dans sa chemise. « Oh, regardez-moi ces jolis seins. Je pense que les moines adoreraient la voir d'un peu plus près. » Puis elle attrapa la chemise de Rose en serrant son couteau, prête à le lui arracher, lorsqu'un oiseau fondit sur elle en poussant un cri strident tout près de son visage.

« Va-t'en, oiseau de malheur. » Elle agita le bras pour essayer de frapper l'animal, mais il lui échappa.

C'était le hibou de Rose, venu pour l'aider. Ses yeux dorés étincelèrent dans sa direction tandis qu'il plongeait en piqué sur les jeunes filles en train de l'agresser. Elle sentit que son père lui avait envoyé cette protection depuis l'au-delà.

« Je m'en vais » dit Ada. « Ce hibou est déchaîné. » Elle partit en courant vers l'abbaye, bientôt suivie par la troisième fille, laissant Euphemie seule avec elle.

« Très bien » siffla Euphemie. « Sauvée par un hibou. Je te laisse ta chemise, mais je te retrouverai. Et si tu en parles à quelqu'un, tu le paieras cher la prochaine fois. »

Le hibou poussa un nouveau cri strident, et Euphemie se couvrit le visage avant de se précipiter en courant vers le chemin menant à l'abbaye. Une fois que les trois jeunes filles eurent disparu, le hibou vint atterrir devant Rose, en marchant d'avant en arrière comme pour vérifier qu'elle allait bien. Il donna des coups de bec sur la robe tombée au sol près d'elle, tirant sur quelques fils, puis s'arrêta. Était-il en train d'essayer de la lui rendre pour la couvrir ?

Si c'était le cas, il échoua, mais elle savait qu'elle s'était fait un ami.

Et elle avait bien besoin d'amis, en ce moment.

Allongée sur le sol froid, attachée et incapable de bouger, elle lutta pour se retenir de pleurer.

Quoi qu'il arrive, elle ne laisserait plus personne lui faire du mal.

CHAPITRE 12

À LA GRANDE SURPRISE de Roddy, un groupe de voyageurs arriva au château des Muir le lendemain matin à l'aube. Comme il n'avait pas beaucoup dormi, il arriva aux portes avant qu'ils n'eussent le temps de descendre de leurs montures.

Épuisée, Maggie annonça : « Nous avons essayé d'arriver hier soir, mais nous étions tout simplement trop fatigués. » Will aida Maggie à mettre pied à terre.

Gavin et Gregor s'approchèrent derrière eux. « Espérons qu'il y ait un peu plus d'action par ici, parce que nous n'avons trouvé aucune piste dans les environs, à part les deux abbayes. Avec un peu de chance, nous découvrirons bientôt autre chose. »

« Oh, nous en avons appris bien assez » dit Roddy avec un sourire. « Mais il nous manque encore pas mal de détails. Nous devons continuer les recherches, et vous ne serez pas de trop pour nous aider. »

Cairstine et Braden sortirent pour saluer le

groupe. « Vous devez être affamés. Nous avons préparé plein de bouillie d'avoine. Venez, entrez. »

Steenie passa la porte en trombe, puis descendit à la hâte les marches du hall. « Des visiteurs ! Et des gens que je ne connais pas. Le Fauconnier Sauvage est là ! Tu as entendu ça, Paddy ? Où sont tes faucons, Will ? »

Celui-ci siffla et ses deux oiseaux apparurent en tournoyant vers eux, à la grande joie de Steenie. Il essaya de toucher les volatiles à chaque fois qu'ils approchaient, mais sans succès.

Oncle Brodie émergea du hall et marmonna : « Si seulement j'avais la moitié de l'énergie de ce garçon. »

Puis tous se rendirent dans le hall en bavardant entre eux.

Lorsque les cousins eurent terminé de manger, ils s'assirent à la plus grande table du hall afin de partager leurs informations.

« J'en conclus que vous avez appris quelque chose, vous aussi ? » s'enquit Connor.

Will hocha la tête. « Les parents de Maggie ont entendu parler d'un autre groupe, en Angleterre. C'est la branche principale du réseau. Ils restent bien cachés, et personne ne sait où se trouve leur repaire. Il est fort possible qu'ils en changent régulièrement. »

« Est-ce que ça pourrait avoir un lien avec l'Anglais que nous avons vu à l'abbaye des Anges ? » demanda Roddy.

Will haussa les épaules. « C'est tout à fait possible. Nous tâcherons de garder ça à l'esprit pour la suite. »

« Et si nous nous lancions d'abord à leur poursuite ? » proposa Daniel. « Peut-être qu'ainsi, le reste du réseau sera bloqué. Il semblerait qu'il va bientôt se passer quelque chose par ici, mais il n'y a encore rien eu pour l'instant. Ne sommes-nous pas en train de perdre notre temps ? »

« Attendez. Écoutez-moi » intervint Will en levant une main. « Il semblerait que le troisième groupe, celui situé dans l'ouest des Highlands, a augmenté son activité. Plus d'une demi-douzaine de jeunes filles sont emmenées dans l'estuaire chaque mois. Les familles des victimes se sont rendues auprès du roi pour se plaindre de la disparition de leurs filles. »

« Alors pourquoi n'avions-nous pas encore entendu parler de ça ? » demanda Connor.

« Je pense que ce sera bientôt le cas. Nous devons rassembler nos ressources et s'attendre bientôt à voir quelque chose, s'ils continuent de suivre le même comportement » répondit Will.

« Les clans soupçonnent une nonne ou autre personne du même genre d'organiser la vente des jeunes filles » dit Maggie. « Mais personne n'a encore pu identifier cette femme. Je pense que c'est peut-être l'abbesse de l'abbaye de Sona. »

« Es-tu sûre qu'il s'agit d'une religieuse ? » demanda Roddy. Il avait une autre candidate en tête – une mère peu attentionnée avec sa fille et qui avait accès à un estuaire, mais pour le bien de Rose, il espérait se tromper.

« Oui, des jeunes filles ont disparu de quelques abbayes. L'Église n'autorise pas les familles à venir les voir parce qu'elles sont en formation, mais les gens sont devenus de plus en plus soupçonneux. Vous ne serez certainement pas surpris d'apprendre que de nombreuses jeunes filles ont été envoyées à l'abbaye de Sona. Le roi Alexander nous a donné l'ordre de mettre fin à cette traite d'êtres humains. Il a reçu suffisamment de plaintes à ce sujet pour en parler à la communauté religieuse, mais il veut que notre groupe règle ce problème à la source. Il pense que nous serons probablement plus rapides, et d'après les informations que vous venez de nous donner, je dois dire que je suis d'accord avec lui. Nous sommes tout près de les trouver. » Maggie jeta un coup d'œil à chacun des cousins présents, comme pour vérifier s'ils étaient d'accord avec elle.

« Vous voyez ? » dit Gavin. « Nous allons retourner à l'abbaye, en fin de compte. »

Maggie ajouta : « Nous avons besoin d'un endroit où dormir, car c'est assez loin de chez nous. As-tu assez de chambres pour nous, Braden ? Will et moi pouvons aller dormir à la belle étoile, mais s'il venait à pleuvoir, nous aimerions séjourner dans ton écurie. »

« Ne dis pas de sottises » répondit oncle Brodie. « Nous avons plein de chambres vides au château des Muir. Le père de Cairstine a construit une solide forteresse, et au vu de ce qui se trame par ici, vous risquez de soulever quelques problèmes dans votre sillage, aussi vaut-il mieux que vous bénéficiiez de la sécurité d'un mur d'enceinte. Ces quatre-là sont tombés sur un groupe de reivers avant de revenir de leur mission de recherche. C'est tout à fait inhabituel dans cette région. La rumeur d'une personne transportant beaucoup d'argent a dû se répandre dans les environs. Je resterai ici avec Steenie, Cairstine et Celestina. Quant à vous, vous devrez bientôt vous mettre en route. »

Maggie hocha la tête. « Merci. » Puis elle se tourna vers Roddy et demanda : « Avez-vous découvert quelque chose ? Une activité suspecte au château de Rose ? »

« Oui, en effet. Sa mère vient de l'envoyer à l'abbaye de Sona » expliqua Roddy.

« Quoi ? Pourquoi ? » demanda Maggie

Connor s'efforça de cacher son petit rictus. « Elle a raconté à tout le monde que Rose voulait prononcer ses vœux, mais Rose dit qu'elle l'a envoyée ici pour avoir embrassé un garçon. » Ne pouvant plus dissimuler son sourire, il inclina alors la tête vers Roddy.

Gavin s'esclaffa. « Roddy, espèce de petit démon. Tu as envoyé une jeune fille à l'abbaye à cause de tes mauvaises idées ? »

« Riez tous autant que vous voulez, mais la vérité qui se cache derrière tout ça est plutôt lugubre. » Il entreprit ensuite de leur raconter ce que Jean MacDole avait raconté à sa fille à propos de ses péchés.

Le silence s'installa au sein du groupe tandis que tous réfléchissaient à un tel acte de cruauté.

Maggie murmura ensuite : « Explique-moi pourquoi tu penses que cela risque d'affecter notre mission. »

Roddy répondit : « Elle s'est débarrassée de sa fille parce qu'elle est en train de tramer quelque chose d'illégal au château des MacDole. Rose nous a déjà parlé du bateau qui est parfois amarré au quai, et hier soir, elle m'a dit que sa mère avait peut-être des informations à ce sujet. Et si c'était lié à quelqu'un de l'abbaye ? »

Connor acquiesça. « Oui, et si leur opération venait à devenir trop grande pour seulement pouvoir compter sur l'abbaye de Sona pour la traite de jeunes filles, ils ont peut-être décidé de construire l'abbaye des Anges pour étendre leur commerce – et pour brouiller les pistes. Ainsi, ils peuvent fournir un apport constant de jeunes filles. »

Will intervint : « Je suggère de fouiller la région par groupes de deux aujourd'hui et demain. J'aimerais mieux connaître les environs avant d'élaborer un plan pour mettre fin à leurs opérations. Et puis, je ne veux pas éveiller des soupçons quant au fait que nous avons connaissance de ces activités. S'il n'y avait pas cette possibilité de capturer cet Anglais, nous irions directement à leur poursuite, mais nous devons procéder avec précaution. Il faut les surprendre sur le fait. »

Tandis que les autres discutaient du voyage à venir, Roddy se tourna vers Connor. « Je dois retourner au clan Grant avant de continuer ici. As-tu la moindre raison de passer à la maison ? »

Connor lui adressa un regard scrutateur, mais puisqu'il ne lui donna aucune explication, il répondit : « Je serais ravi de t'accompagner. Nous pouvons partir après le repas, ainsi nous aurons le temps de revenir pour échafauder une stratégie. »

Roddy hocha la tête avant de soumettre leur proposition à Will et Maggie.

Celle-ci répondit : « Allez-y. Vous connaissez la région. Nous, nous avons besoin de mieux la connaître. Vous avez le temps. D'après ce que nous avons appris de vous et de nos parents, tout ceci ne risque pas d'arriver tout de suite. Nous avons le temps de nous préparer. »

Il ne pouvait plus supporter ses nuits peuplées de cauchemars. Il était temps pour lui de découvrir la source de ses mauvais rêves. Sinon, il n'aurait jamais la confiance nécessaire dans sa capacité à protéger Rose.

Elle eut l'impression que deux jours s'étaient écoulés avant que quelqu'un ne la découvre, mais il ne s'était probablement pas passé plus d'une heure. Lorsqu'elle entendit des bruits de pas qui se rapprochaient sur le chemin, elle s'efforça de se placer sous la lumière de la lune.

Elle adressa une rapide prière pour qu'il ne s'agît pas d'Euphemie, et ce ne fut pas le cas.

Le père Seward s'approcha d'elle. « Rose ? » s'exclama-t-il, choqué. « Que fais-tu ici ? Es-tu blessée ? » Il défit les liens de ses mains et de ses pieds, puis saisit la robe déchirée afin de la couvrir du mieux qu'il put. « Qui t'a fait ça ? » Il l'aida à se remettre sur ses pieds, mais elle eut du mal à se tenir debout et faillit trébucher, aussi l'amena-t-il jusqu'à un banc non loin de là.

Le hululement de son nouvel ami s'éleva au-dessus d'eux.

« Je dois m'assurer que tu vas bien, Rose. Es-tu blessée quelque part ? » Il passa ses mains le long de son corps à la recherche de blessures éventuelles. Il claqua de sa langue lorsqu'il vit les écorchures causées par la corde. « Oh mon Dieu. Je dois t'emmener tout de suite à l'infirmerie. Peu importe ce que dit ta mère à propos de ton isolement dans ta chambre. Après ce qu'il vient de t'arriver, je ne peux pas le permettre. »

Rose eut envie de pleurer de soulagement. Peut-être Constance trouverait-elle le moyen de lui rendre visite à l'infirmerie. Au moins là-bas, elle pourrait se laver de la saleté – surtout la saleté mentale – de son agression.

« Peux-tu marcher, Rose ? » Il lui adressa un regard empreint d'une telle sympathie qu'elle osa presque espérer s'être trouvé un nouvel allié. Oserait-il s'opposer à sa mère et la laisser apprendre à lire ?

Elle hocha la tête tout en s'enveloppant de ses lambeaux de vêtements afin de protéger son intimité. Le père Seward marcha doucement à côté d'elle, en veillant à avancer à son rythme.

Ils ne croisèrent personne d'autre en chemin, mais dès qu'il entra dans l'infirmerie, l'une des nonnes se précipita vers eux. « Que s'est-il passé ? Qu'est-il arrivé à cette pauvre jeune fille ? » Ils l'invitèrent à entrer dans la chambre qu'elle avait déjà occupée précédemment, mais l'autre lit était vide cette fois.

« On l'a agressée et attachée. Je ne crois pas qu'elle soit blessée, juste un peu malmenée. »

Il désigna les écorchures sur ses chevilles et ses poignets. « Vous devez la soigner à ces endroits. »

« Qui lui a fait ça ? » demanda la nonne au père Seward.

« Je l'ignore, mais je le découvrirai bientôt. »

« Sa mère va être furieuse. » La nonne posa ses deux mains sur ses joues et secoua la tête avec inquiétude.

« Nul besoin de la prévenir tout de suite. Attendons quelques jours. Je veux trouver qui lui a fait ça et enquêter un peu avant de contacter sa mère. Elle voudra qu'on lui donne des réponses. » Il se mit à faire les cent pas dans la petite pièce.

Rose s'installa sur le lit et se cacha sous le plaid, puis posa sa tête en poussant un soupir. Cette attaque l'avait épuisée.

La nonne se tourna vers elle et dit : « Qui a fait ça ? Un garçon ? Une fille ? »

Rose refusa de répondre. Nul besoin de bavarder – elle prévoyait de régler les choses par elle-même.

« Était-ce Euphemie ? »

Rose ferma les yeux sans répondre.

Le père Seward prononça d'une voix acerbe : « Il pourrait s'agir d'Euphemie ou d'Ada, ou d'une des autres filles. Ou peut-être que c'était l'un des moines itinérants. Quelle honte qu'on lui ait arraché ses vêtements dans la maison de notre Seigneur. Quelle honte. Donnez-lui un tonifiant pour l'aider à dormir s'il le faut, ma sœur. Elle passera le reste de la journée ici. En fait, je ferai venir son amie demain matin pour lui remonter le moral. Pauvre jeune fille. Peut-être que Constance réussira à m'aider à communiquer avec elle. »

Lorsqu'ils furent partis, Rose ferma les yeux et se laissa aller à penser à Roddy Grant. Elle aurait tellement aimé qu'il fût avec elle pour la réconforter. Penser à lui l'avait aidée à supporter le tourment de cette heure passée attachée sur le chemin du jardin. D'une certaine façon, elle savait qu'il l'aurait prise dans ses bras, et qu'il l'aurait même laissée pleurer si elle en avait eu besoin.

Roddy Grant lui donnait envie de croire que la vie avait plus de choses à lui offrir que des journées passées à escalader les rochers et à écouter le bruit des vagues qui s'écrasaient contre les rochers sous la lumière de la lune. Et pourtant, elle ne pouvait pas nier le fait que la mer lui manquait. La force et la puissance des vagues contre les rochers lui avaient toujours donné du courage.

Ses souvenirs les plus heureux étaient ceux qu'elle avait passés avec son père à l'époque où ils se promenaient sur les falaises au-dessus de l'eau. Parfois, il lui tenait la main, et d'autres fois, il la laissait explorer librement les environs, en trébuchant çà et là sur les surfaces glissantes.

Une seule fois, il avait admis que sa mère ne comprenait pas l'âme d'un enfant, mais il avait rassuré Rose en lui disant que sa mère l'aimait toujours, simplement différemment de lui. Son père l'adorait, de cela elle était certaine. Si sa mère l'aimait vraiment, c'était un genre d'amour qu'elle ne comprenait pas.

Elle avait perdu son père, mais elle ne perdrait

jamais son amour et la confiance que cela avait instillé en elle. Une fois, il lui avait parlé du jour où elle rencontrerait un garçon qui l'attirerait d'une manière différente des autres, et il lui avait conseillé de lui ouvrir son cœur lorsque ce jour viendrait.

Il était donc temps pour elle d'ouvrir son cœur à Roddy. Elle pria pour son retour, et s'il revenait bientôt, peut-être aurait-elle le courage de faire le premier pas pour l'embrasser, cette fois. Elle avait besoin de Roddy.

Et elle désirait également apprendre à se défendre. Elle en avait assez de se sentir comme une petite fille impuissante, incapable de faire quoi que ce soit pour elle-même. L'heure était venue de prendre sa vie en main.

CHAPITRE 13

LA NUIT ÉTAIT presque tombée lorsque Roddy et Connor arrivèrent au clan Grant. Ils furent accueillis par les frères aînés de Connor, Jake et Jamie.

« Je vous ai manqué au point que vous soyez les premiers à venir me saluer ? » les taquina Connor dès que ses frères furent arrivés à leur hauteur. « J'en conclus que vous avez désespérément besoin de mes conseils pour assurer la gestion des lices ? »

Jake répliqua : « Oh, c'est vrai que nous *pourrions* avoir besoin de toi dans les lices. Jamie est devenu trop indulgent depuis qu'il a épousé Gracie. »

« J'ai bien le droit de me montrer indulgent une semaine ou deux » rétorqua Jamie.

Roddy fut extrêmement surpris par cette réponse, mais Connor fut le premier à poser la question qui lui était aussi passée par l'esprit.

« Et pourquoi donc ? Je n'avais encore jamais entendu ça venant de toi. »

« Parce que Gracie est enceinte, et je pense que

ce sera un garçon. » Roddy aurait pu jurer avoir vu la poitrine de Jamie se gonfler très légèrement.

« Gracie ? » répéta Roddy. « Félicitations ! Je vais devenir oncle pour la deuxième fois ! Je parie que tante Maddie et ma mère sont ravies. »

« Oui, mère tout particulièrement » répondit Jake. « Kyla aussi est enceinte. Et si vous avez envie de vous amuser un peu, rien de tel que d'écouter Finlay et Jamie se disputer pour savoir qui va devenir le père du premier garçon Grant de la nouvelle génération. »

Jamie s'esclaffa. « Oh, Finlay aime bien nous taquiner sur le fait que Jake et moi n'allons avoir que des filles. Ça lui plaît de croire que Kyla et lui seront les parents du prochain laird du clan Grant. Après Jake et moi, bien sûr. »

Ils continuèrent de se chamailler tandis qu'ils passèrent les portes et laissèrent leurs chevaux aux garçons d'écurie. Peu après, quelqu'un héla le groupe. Toujours aussi sarcastique, la voix de Finlay traversa toute la cour. « Jake et Jamie ! Et si vous alliez à l'intérieur pratiquer la couture avec les jeunes filles pendant que je parle de voyages avec les hommes ? Vous allez devoir apprendre vite pour pouvoir l'enseigner à vos filles. »

Jamie répondit : « Je serais ravi d'avoir une petite fille, mais elle aura un frère avant la fin de l'année prochaine, alors ne te fais pas trop d'illusions, Finlay. »

Apparaissant de nulle part, Finlay se faufila derrière Jamie et fanfaronna : « Kyla et moi aurons déjà deux garçons avant que tu aies pu en avoir un seul, mon ami. » Puis il saisit l'épaule de Jamie et ajouta : « Un jour, je te montrerai comment faire. »

Kyla sortit dans la cour pour les saluer, juste à temps pour entendre les railleries de son mari. « Je t'en prie, Finlay. Cesse de te vanter. Tu me rends malade. Imagine ce que je vais ressentir si dans quelques lunes, tante Caralyn m'annonce que c'est une petite fille et qu'elle ressemble exactement à son grand-père. Mon père aimerait une autre petite fille, et j'ai envie de lui faire plaisir. » Puis elle plissa les yeux et croisa les bras, les yeux fixés sur son époux.

Finlay éclata de rire et adoucit immédiatement ses paroles. « Et tu sais que comme ton père, je serais plus qu'heureux d'avoir une petite fille identique à sa mère. » Il passa un bras autour de ses épaules et l'embrassa sur la joue, en tressaillant très légèrement lorsqu'elle lui donna un petit coup de coude sur le côté.

Roddy déclara : « Félicitation à vous deux. Est-ce que mon père est ici, ou dans notre cottage ? »

« Il a quitté le donjon il y a environ une heure » répondit Jake. « Il a dû arriver chez lui à l'heure qu'il est. Tu souhaites lui parler ? »

« Oui » dit-il. « Connor vous dira ce que nous avons découvert. Moi, je vais aller prendre une tourte à la viande et rentrer chez moi pour la nuit. Je vous verrai demain matin. »

Connor demanda : « Nous repartons à l'aube ? »

« Oui » répondit Roddy en se dirigeant tout droit vers les cuisines lorsqu'ils entrèrent dans le grand hall désert. « À demain. »

Il désirait parler seul à seul avec son père, et étant donné l'heureux événement qui attendait Jamie et Finlay, il était persuadé que les autres avaient l'intention de veiller en discutant au coin du feu.

Deux yeux violets ne quittaient pas son esprit – mais il ne pourrait jamais aider Rose, ni personne d'autre, lui-même inclus, s'il ne parvenait pas à affronter ses peurs.

Il fit avancer son cheval au petit galop, car la nuit était claire et qu'il adorait chevaucher dans la prairie qui séparait le château des Grant du loch. Leur hutte était plongée dans l'obscurité lorsqu'il l'aperçut, mais son père se trouvait devant le porche surplombant le loch, assis dans un fauteuil en bois qu'ils avaient construit ensemble.

« Je n'attendais pas ta venue, Roddy. Quelle agréable surprise. Tout le monde est déjà endormi. Prends un verre de bière et rejoins-moi. La nuit est magnifique. »

« Merci, père. » Il mena son cheval vers le loch pour qu'il puisse s'abreuver, puis le guida jusqu'à leur petite écurie pour une bonne ration d'avoine avant d'aller se chercher une boisson dans la hutte. Il s'assit ensuite sur le porche en face de son père et lui dit : « Je viens d'apprendre que j'allais avoir un neveu ou une nièce. J'espère que Gracie va bien. »

« Très bien. Et tu as aussi appris la nouvelle concernant Kyla ? »

« Oui. Ce sera merveilleux d'avoir deux bébés en même temps. Lequel verra le jour en premier ? »

« Ta mère n'en est pas encore certaine. Elle pense que ce sera Gracie qui accouchera en premier, mais leurs grossesses sont très proches, et tu sais que ce sont les enfants qui décident du jour où ils vont naître. Les hommes peuvent bien dire ce qu'ils veulent, c'est la nature qui règne dans ce domaine. »

Roddy remarqua que les rides au coin des yeux de son père s'étaient approfondies, et que la vieillesse commençait à le rattraper. Il n'avait pas perdu beaucoup de ses cheveux dorés, mais certaines mèches étaient devenues argentées, voire blanches. Il portait sa barbe taillée en ce moment, et sa mère approuvait. Heureusement, il n'avait aucun des problèmes physiques qui affligeaient oncle Alex depuis qu'il était passé si proche de la mort, même si ses jointures le faisaient parfois souffrir.

« Aucun problème pendant ton voyage ? » demanda son père.

« Non, Will et Maggie ont trouvé de nouvelles informations, et nous devons suivre cette piste. Mais il y avait quelque chose que je voulais te demander. Je fais un drôle de rêve en ce moment… un souvenir, peut-être… et oncle Brodie m'a suggéré de venir te parler. »

Pour seule réponse, son père haussa brièvement les sourcils. « Continue. »

Roddy décida de tout lui raconter. S'il ne pouvait pas en parler à son père, à qui pouvait-il bien le dire ? Lorsqu'il était encore jeune et idiot, à environ quinze étés, il était persuadé que ses parents étaient ignorants, mais il avait mûri depuis. Son père détenait une sagesse qu'il pouvait simplement espérer réussir à égaler un jour.

« Dans mon rêve, je suis immergé dans une étendue d'eau et je n'arrive pas à remonter à la surface. Je meurs toujours à la fin. » Il s'interrompit, puis poursuivit d'une seule traite : « J'ai une peur de la mort dont je n'arrive pas à me débarrasser, et cette peur me fige pendant les combats. Je ne sais pas comment résoudre ce problème, mais oncle Brodie m'a raconté se souvenir d'une fois où j'avais failli me noyer. Moi, je ne m'en rappelle pas du tout. Et toi ? »

« Oui, je m'en souviens très bien. » Il s'éclaircit la gorge, puis s'interrompit un instant pour rassembler ses pensées avant de poursuivre : « Gracie et toi étiez sous l'eau. Elle s'est enfoncée dans les profondeurs, et tu es allé la chercher. J'étais en train de revenir des lices lorsque j'ai entendu d'autres enfants crier, alors j'ai plongé pour vous rattraper. Tu ne t'en rappelles pas ? »

« Non. » Il se frotta le front, comme si cela pouvait l'aider à se remémorer ce souvenir, mais en vain. « Où était-ce dans le loch ? »

« Pas très loin. Gracie s'était prise dans un filet, et tu essayais de la libérer. Mais toi aussi, tu t'es retrouvé piégé dans le filet. » Son père se frotta la barbe, les yeux levés vers les étoiles pendant un moment, puis termina : « C'était un vieux filet de pêcheur, il n'était pas à moi. Il était sûrement là depuis des années. Je ne sais pas pourquoi vous ne vous êtes jamais pris dedans, mais c'est vrai qu'il était assez profond. Je t'ai libéré d'abord, puis je t'ai poussé vers la surface. Tu devais être sur le point de manquer d'air, parce que tu es remonté à toute vitesse. »

« Et Gracie ? »

« Gracie était dans une situation beaucoup plus critique. Elle était complètement emmêlée dans le filet. Toi, je n'ai eu qu'à te tirer pour te sortir de là. Mais pour elle, j'ai dû sortir mon couteau pour la libérer. Je l'ai vue pousser son dernier soupir. J'ai vu ses dernières bulles d'air sortir de sa bouche. »

« Quoi ? C'est vrai ? »

« J'ai réussi à la récupérer juste au moment où elle perdait connaissance. J'ai craint que nous l'ayons perdue. Ta mère est arrivée juste à temps pour me voir la sortir du loch. »

« Elle avait cessé de respirer ? » Comment pouvait-il avoir oublié une chose pareille ?

« Oui. Je l'ai sortie de l'eau et l'ai allongée sur le côté dans l'herbe. Puis je lui ai donné quelques grosses claques dans le dos. Elle a craché un peu d'eau, mais ensuite ta mère l'a roulée sur son ventre en pressant contre son dos pour l'aider à évacuer le reste de l'eau. Gracie n'a pas bougé d'un poil pendant un moment, puis elle s'est mise à vomir comme si elle se vidait de toute l'eau de son corps. »

« Et elle a recommencé à respirer ? » Il secoua la tête. « Oui, évidemment, puisqu'elle est toujours avec nous. »

« Après qu'elle ait craché toute cette eau, elle a toussé, a recommencé à respirer, et a appelé votre mère en pleurant. » Son père jeta un coup d'œil à la surface brillante du loch devant eux, ses vaguelettes éclairées par la lumière de la lune. « J'ai eu tellement peur. Je n'avais encore jamais vu une fille vomir comme ça. J'ai cru qu'elle n'arrêterait jamais. Elle avait avalé beaucoup d'eau. » Puis il tourna la tête pour regarder son fils. « Tout ça n'a pas semblé beaucoup t'affecter à l'époque. Tu n'as pas eu peur de retourner dans l'eau le lendemain. » Un petit sourire se dessina au coin de ses lèvres. « Gracie a mis plus de deux semaines à y retourner. Elle a eu tellement peur. »

« Quel âge avions-nous, père ? » Peut-être était-il trop jeune pour s'en souvenir.

Il se frotta à nouveau la barbe avant de répondre : « Ce devait être aux alentours de ton septième été, parce que le corps de Gracie venait de commencer à changer. Elle avait peut-être douze étés. Elle, elle s'en souvient. Si tu la vois avant de repartir, va lui poser la question. Je pense qu'elle pourra t'en dire plus que moi. »

C'était ce qu'il prévoyait de faire.

Le lendemain matin, il prit congé de sa famille avant de se diriger vers le donjon pour retrouver Connor. La pensée de Gracie qui avait frôlé la mort l'avait hanté toute la nuit.

Que serait-il devenu sans sa très chère sœur ?

Gracie avait un cœur d'ange, et il ne connaissait personne au clan Grant pour le contredire. Elle avait toujours eu l'habitude de se lever tôt le matin, aussi espérait-il la voir lorsqu'il entrerait dans le hall.

Il se hâta vers le donjon, en veillant à ne pas claquer la porte afin de ne réveiller personne.

Les murs en pierre faisaient résonner le moindre bruit, surtout quand le hall était désert.

Heureusement, il n'était pas si désert que cela ce matin-là. Connor était assis à l'une des tables à tréteaux en compagnie d'oncle Alex et de Jamie. Il se précipita vers eux, à peine capable de contenir son impatience. « Jamie, est-ce que Gracie est réveillée ? »

« Bonjour à toi aussi, cousin » répondit Jamie en haussant les sourcils. « Elle est dans les cuisines. »

Roddy rougit et adressa un bref « Bonjour » à son oncle et à Connor avant de s'en aller à la recherche de Gracie.

Il la trouva juste derrière la porte des cuisines. « Te voilà, Gracie. J'avais espéré pouvoir te parler avant de partir. »

« Bonjour, Roddy. Comment se passent tes voyages ? » Elle lui adressa son sourire angélique qu'ils connaissaient tous si bien, celui qui rendait fous tous les garçons du clan.

« Très bien, très bien. Notre mission se passe sans problèmes, mais je voulais te féliciter. On m'a dit que Jamie et toi allez bientôt me donner un neveu ou une nièce. »

Elle se tapota le ventre, bien qu'il n'eût pas encore pris beaucoup de volume. « Oui, nous aurons un bébé au printemps, mais je t'en prie, ne lance pas Jamie sur le sujet. Il est absolument certain que c'est un garçon. »

« Je suis très heureux pour vous. » Roddy se pencha pour l'embrasser sur la joue. « Il y a quelque chose que je voulais te demander… J'en ai parlé avec père hier soir. Nous sommes restés assis tard devant le loch, à discuter de notre jeunesse. » Comment diable pouvait-il lui demander de but en blanc si elle se souvenait d'être tombée dans les profondeurs du loch ?

« Nous avons passé de nombreuses journées d'été à nager dans le loch, mais tu y allais plus que moi. La plupart du temps, l'eau était trop froide pour moi. »

« Père m'a parlé de quelque chose qui m'a un peu secoué. Te rappelles-tu du jour où nous avons failli nous noyer, toi et moi ? »

« Nous noyer ? » Elle s'interrompit, pianotant des doigts sur son menton pendant quelques instants. « Tu veux parler de la fois où j'ai vomi toute cette eau ? »

« Oui. » Elle était un peu plus âgée que lui, mais il avait tout de même du mal à croire qu'elle se soit souvenue aussi facilement de cet événement. « Te rappelles-tu quand tu étais sous l'eau ? »

« Humm… vaguement. Je me souviens du filet. Pourquoi ? »

Roddy ne savait pas trop que répondre à sa question, mais il s'agissait de Gracie, et il avait totalement confiance en elle. « As-tu déjà fait des rêves à ce sujet ? »

De toute évidence, Gracie le connaissait mieux qu'il le croyait. Elle le regarda droit dans les yeux et dit : « Raconte-moi tout. J'ai l'impression que tu caches quelque chose. Que veux-tu dire par des rêves ? »

« Rien d'important » mentit-il. « C'est juste que j'ai fait quelques rêves où je me noyais dans le loch. J'imagine que tu n'as rien vécu de tel… »

« Non. » Elle soupira et se pencha vers lui pour le prendre et le serrer dans ses bras. « Mon cher frère, cesse de te torturer ainsi à propos de choses qui sont arrivées il y a si longtemps. Moi, c'est ce que j'ai dû faire. Si tu le fais aussi, tu seras beaucoup plus heureux. »

Gracie connaissait mieux que quiconque la véracité de ces paroles. En effet, ses premières années de vie avaient été bien difficiles.

Ne désirant plus l'importuner, il répondit : « Merci, Gracie. Tu sais toujours me donner de bons conseils. »

Si seulement il parvenait à les suivre.

CHAPITRE 14

QUELQU'UN TOQUA À la porte de la chambre de l'infirmerie, et Constance se faufila à l'intérieur au moment où Rose se levait. Lorsqu'elle aperçut sa très chère amie, la jeune femme bondit du lit pour la serrer fort dans ses bras. Puis elle fit le signe qu'elles avaient inventé pour le mot « heureuse », afin de lui faire comprendre à quel point elle était contente de la voir.

Mais la joie de retrouver son amie s'effaça bientôt lorsque Rose remarqua l'expression troublée de Constance. « Oh, je suis tellement désolée pour ce qu'il t'est arrivé » marmonna Constance. « Tu dois me raconter exactement ce qu'il s'est passé. Les rumeurs qui circulent dans le hall sont plus affreuses les unes que les autres. »

Rose prit les deux mains de son amie avant de s'asseoir en tailleur sur le lit, en invitant Constance à faire de même.

La jeune femme fixa son amie, les larmes aux yeux. « Ta mère est horrible. C'est la personne la plus mauvaise et méchante que je connaisse. Si elle ne t'avait pas forcée à t'isoler des autres, ça ne serait jamais arrivé. »

Rose haussa les épaules car elle n'avait rien à y redire, puis articula les mots : « Parle-moi des rumeurs. »

« Te parler des rumeurs ? Oh, bien sûr. Il paraîtrait qu'on t'a trouvée dehors, toute nue. Les filles prétendent que ce sont les moines qui t'ont fait ça, et aussi qu'ils t'ont battue, mais qu'ensuite on t'avait emmenée à l'infirmerie. Est-ce que c'est vrai ? »

Rose secoua la tête. Grâce à une méthode de communication plus facile que celle qu'elles utilisaient jusqu'à présent, Constance formula une multitude d'hypothèses auxquelles Rose répondait en hochant ou en secouant la tête. Une fois qu'elle eut reconstitué toute l'histoire, Constance déclara, les sourcils froncés : « Euphemie est tellement cruelle. Mais tout de même, je suis soulagée que tu sois à l'infirmerie. Ils ne m'auraient pas laissée te rendre visite dans ta chambre. Que vas-tu faire ? Ils vont probablement contacter ton horrible mère. »

Rose prit le temps de lui transmettre le message : elle devait voir Roddy. Lorsque Constance devina enfin ce qu'elle voulait lui dire, Rose lui demanda si elle connaissait un moyen de lui faire parvenir un message.

Constance secoua la tête. « Non, mais ne t'inquiète pas pour ça. Il t'a embrassée. Il reviendra. »

Comme Rose ne savait pas trop que faire de ce commentaire, elle inclina la tête – sa dernière technique pour indiquer à son ami qu'elle ne comprenait pas quelque chose.

Constance gloussa. « Il t'aime bien. Donc il reviendra. C'est ainsi que fonctionnent les garçons. Tu verras. »

Rose pria pour qu'elle eût raison.

Deux nuits plus tard, Roddy était tapi dans les arbres devant l'abbaye, les yeux fixés sur la haute structure, Connor et Daniel à ses côtés. Le groupe n'avait pas réussi à en savoir plus sur l'Anglais, car celui-ci avait disparu. La veille, ils étaient retournés à la nouvelle abbaye, mais ils l'avaient trouvée vide. Quant au château MacDole, ils l'avaient découvert plongé dans le silence, sans aucune trace d'activité sur le loch marin. Ils étaient donc repartis former une autre patrouille pendant que le groupe de Roddy se rendait une nouvelle fois à l'abbaye de Sona.

Sans trop savoir où aller, ils avaient décidé de retourner à l'abbaye de Sona pour évaluer tout changement éventuel à l'abbaye des Anges, leur seul lien avec celle-ci étant Rose et les novices en formation. Après tout, la première fois qu'ils avaient entendu parler de cette abbaye, c'était lorsque l'une des nonnes qui servaient le repas l'avait mentionnée.

« J'ai un mauvais pressentiment, je ne sais pas pourquoi » dit Roddy, les mains sur les hanches tandis qu'il se tenait à côté de son cheval.

« Je serais heureux d'y aller avec toi » répondit

Daniel. « Je sais exactement où se trouve sa chambre, je t'y mènerai. Connor, tu restes pour faire le guet. »

« Peut-être que je me faufilerai à l'intérieur, moi aussi » dit Connor. « Je pourrais tenter une autre approche. »

Daniel rétorqua : « Non, nous avons besoin de quelqu'un dehors pour préparer les chevaux à notre retour. Nous risquons peut-être de devoir partir très vite d'ici. Si ce qu'a dit Maggie est vrai, et si quelqu'un dans cette abbaye est impliqué dans le canal de Dubh, ils risquent de ne pas trop aimer nous voir fourrer notre nez dans leurs affaires. »

Roddy ajouta : « Et puis, nous n'avons aucune piste ailleurs. Il pourrait y avoir ici un genre d'assemblée sur le canal de Dubh, surtout s'ils prévoient une nouvelle livraison. Nous devons nous montrer très prudents. Mais je suis sûr que nous en apprendrons plus ici. Connor et moi avons tous les deux ressenti une étrange sensation en venant ici. »

Connor renchérit : « Je n'ai pas trop aimé ce qu'il se tramait entre l'abbesse et le prêtre. Au début, je me suis dit qu'ils étaient tous les deux impliqués, mais ils ne s'entendent pas bien. »

« Peut-être que ce n'est que l'un d'entre eux » dit Daniel en haussant les sourcils.

Roddy répondit : « La seule personne que je soupçonne pour le moment, c'est la mère de Rose, mais elle ne semble pas du genre à vendre des jeunes filles. Après tout, elle en a une. »

« Ça ne veut rien dire » objecta Daniel. « Elle

pourrait vouloir en vendre d'autres pour garder la sienne. »

Roddy répondit : « C'est vrai. Mais ne perdons plus de temps. La seule façon d'en savoir plus est d'entrer pour parler avec Rose ou Constance. »

Dix minutes plus tard, Roddy et Daniel se faufilèrent dans le couloir où dormaient les novices, et Daniel jeta un coup d'œil dans chaque chambre, mais Rose était introuvable. Daniel le mena ensuite dans le hall, jusqu'à la chambre où il pensait la trouver. D'un geste, il invita Roddy à entrer en premier.

Tandis qu'ils pénétraient dans la chambre obscure, Roddy sentit son cœur battre si fort qu'il crut qu'il allait exploser dans sa poitrine. Et si on avait déplacé une autre fille dans cette chambre ? Et si elle criait ?

La jeune fille se redressa sur son lit. À son grand soulagement, il s'agissait de son amie Constance.

Elle se souvenait de lui. Elle demanda à voix basse : « Roddy Grant ? »

Il murmura : « Oui. Où est Rose ? »

« À l'infirmerie. J'essayerai de vous mener jusqu'à elle. »

« Que s'est-il passé ? »

« Elle a été agressée, mais elle n'est pas gravement blessée. »

« Je le savais » dit Roddy d'un ton amer, se fustigeant de ne pas être revenu plus tôt. « Mon instinct m'avait dit que quelque chose risquait de lui arriver. »

« Votre instinct ne s'est pas trompé. Pauvre Rose. » Elle tendit la main vers son bras pour l'apaiser, puis ajouta : « Avant d'y aller, je dois vous dire quelque chose. Sa mère est venue et l'a défendue de fréquenter les autres filles. Elle est donc restée isolée dans sa chambre. C'est pour cette raison qu'elle a été agressée. »

Roddy demeura stupéfait, mais il n'était pas surpris. Si Lady MacDole était impliqué dans ce réseau, elle avait tout intérêt à isoler sa fille afin qu'elle ne soit pas enlevée. Et il valait tout aussi bien pour elle que sa fille ignore son rôle dans cette sombre histoire.

« Constance, mon ami Daniel est derrière la porte. Il nous aidera à entrer dans l'infirmerie. J'imagine que ce sera plus difficile que d'atteindre cet étage. »

« Suivez-moi. » Lorsque la jeune fille se leva et saisit sa robe de chambre, Roddy en profita pour ouvrir la porte et attirer Daniel dans la pièce.

« Qu'y a-t-il ? » Il jeta un coup d'œil à la jeune fille et ajouta : « Où est Rose ? »

Roddy répondit : « Elle est à l'infirmerie. Voici son amie, Constance. »

Daniel lui demanda : « Pouvez-vous nous y emmener ? »

« Oui, mais il y a un petit problème. Il y a des nonnes qui surveillent les chambres de l'infirmerie. »

« Très bien, menez-nous là-bas » répondit immédiatement Daniel. « Pourriez-vous prendre sa place dans son lit ? Si vous couvrez votre tête avec les couvertures et vous tournez face au mur, les nonnes penseront que Rose est en train de dormir. Il vous suffira de cacher vos cheveux

roux afin qu'elles ne remarquent pas la différence.
Pourriez-vous faire ça, jeune fille ? Ils vont avoir
besoin de se parler. »

Constance murmura : « Oui, mais qu'est-il
arrivé à votre main ? » en baissant les yeux vers
son bras, amputé par une épée durant un accident
dans sa jeunesse.

Daniel leva son bras, y jeta un coup d'œil,
puis écarquilla les yeux d'un air dramatique et
répondit : « Qu'est-ce qui est arrivé à ma main ?
Oh, où est-elle partie ? Ma main était là il y a une
minute, j'en suis sûr ! »

Constance gloussa de rire, et il lui couvrit la
bouche de son autre main.

« Aidez-nous d'abord à trouver Rose » dit-il.
« Ensuite, je reviendrai vous rendre visite pour
vous l'expliquer. »

Elle hocha la tête en s'efforçant de calmer
son hilarité. « Je peux vous mener jusqu'à
l'infirmerie, mais comment allez-vous entrer ?
Il y a généralement au moins deux nonnes qui
montent la garde. L'une d'entre elles sera peut-
être endormie, mais elles se réveillent facilement. »

Roddy se tourna vers Daniel pour voir s'il
avait une idée. Celui-ci plissa les yeux, puis les
rouvrit grand avec un sourire aux lèvres. « Je
sais exactement quoi faire. Venez avec moi, et
attendez-moi dans l'escalier. Je vais ressortir de
l'abbaye un instant, puis je reviendrai. »

Ils arrivèrent jusqu'à l'escalier sans se faire
repérer. Comme l'infirmerie se trouvait au
troisième étage, il leur fallait monter une

volée d'escaliers. Daniel disparut alors, laissant Constance et Roddy seuls.

Roddy voulait désespérément savoir comment allait Rose. « Que lui est-il arrivé ? Pouvez-vous me le dire ? Ça ira bien plus vite si vous me l'expliquez vous-même. »

Constance se mordilla la lèvre inférieure, mais finit par répondre : « D'accord. Elle a été agressée par un groupe de trois jeunes filles. Elles l'ont attachée et lui ont retiré sa robe, il ne lui restait plus que sa chemise. Il y avait des moines en visite à l'abbaye à ce moment-là, et elles espéraient qu'ils la retrouvent pour la mettre dans une situation embarrassante. Ils ont l'habitude de se promener la nuit. »

« Et qui l'a trouvée ? »

« Le père Seward. Il l'a détachée et l'a ramenée jusqu'à l'infirmerie. Il ne voulait pas qu'elle reste seule tant qu'il n'avait pas découvert qui avait commis cet acte horrible. »

« Y est-il parvenu ? »

« L'une des filles a dénoncé la meneuse. Je ne l'ai pas revue depuis – j'imagine qu'elle est punie dans une cellule. Elles doivent y rester isolées pendant plusieurs jours. »

« Peut-être que j'irai lui parler » dit Roddy d'une voix menaçante qu'il ne prit même pas la peine de dissimuler.

« Non, allez d'abord voir Rose. Elle veut absolument vous parler. Elle doit apprendre à se défendre de ce genre de catin. Pourriez-vous l'aider ? »

Comme ils entendirent une porte se fermer, ils

mirent fin à leur conversation et se préparèrent à courir vers l'escalier si nécessaire, mais la voix de Daniel les arrêta. « Ce n'est que moi. »

Il grimpa les escaliers, et quand il arriva à leur hauteur, il murmura : « Laissez-moi y aller en premier. Où se trouvent exactement les nonnes de l'infirmerie ? Je dois entrer le plus près possible de l'endroit où elles sont. »

« Deuxième porte sur la gauche dans le couloir. Elles sont juste derrière l'entrée de l'infirmerie. Il y a plusieurs portes à cet étage, la plupart mènent à des chambres de nonnes. » Elle adressa à Daniel un regard perplexe, se demandant certainement ce qu'il allait faire et ce qu'il avait en tête, mais Roddy ne dit pas un mot. Il faisait entièrement confiance à Fantôme.

« Parfait » dit Daniel, les yeux brillants et un sourire aux lèvres. Il tendit son unique main vers son sporran et en sortit une souris qui se tortillait.

« Ne criez pas » demanda-t-il à Constance.

La jeune femme écarquilla les yeux, mais elle se mordit les lèvres et ne fit pas le moindre son.

Daniel s'esclaffa : « Qu'est-ce qui vous embête ? Ce n'est qu'une petite souris. »

Roddy rétorqua : « C'est une assez grosse souris. »

« Ça va marcher, je vous le promets » les rassura Daniel. « Gardez les yeux tournés vers la porte, et lorsque les deux nonnes sortiront en courant, il faudra vite passer. »

Il les laissa seuls pendant un instant, puis ils entendirent des hurlements stridents. Daniel attendit que les nonnes sortent en criant vers le couloir pour ouvrir la porte de l'escalier. « La voie est libre. »

Toujours en train de hurler, les nonnes se trouvaient très loin dans le couloir lorsque Roddy escorta Constance à l'intérieur de l'infirmerie. Ils y virent Rose, qui avait déjà quitté sa chambre pour savoir d'où venait ce tapage. Elle se tenait désormais au milieu du couloir, l'air perdue.

Roddy eut l'impression de recevoir un coup de tonnerre dans la poitrine. Il se souviendrait toujours de ce moment comme celui où il avait réalisé que cette jeune femme comptait plus pour lui que n'importe quelle autre, et qu'il ne pourrait jamais se sortir Rose MacDole de la tête.

Rose se tenait au milieu du couloir dans sa chemise de nuit, frissonnant sous la brise provenant de l'encadrement de la porte derrière lui, ce qui attira son attention sur chacune de ses courbes. Ses cheveux sombres lui arrivaient presque aux hanches, et la sensualité qui émanait d'elle le prit par surprise. Son regard violet croisa le sien, mais la peur et l'incertitude qu'il lut dans ses yeux lui donna envie de passer ses bras autour d'elle pour l'aider à oublier toute sa peine, et pour la protéger de toute la cruauté du monde.

Plus que tout, il voulait la faire devenir sienne.

Pour toujours. Ils seraient ensemble pour toujours.

Une autre pensée lui vint soudain à l'esprit. Le fantôme que Connor et lui avaient vu ressemblait exactement à Rose en cet instant précis. La seule différence résidait dans la couleur de ses cheveux.

Constance prit les mains de Rose dans les

siennes et murmura : « Va avec lui. Ils ont fait tout ça pour toi. Je vais me coucher dans ton lit pour te couvrir. » Puis elle la serra brièvement dans ses bras avant de se glisser dans sa chambre.

Roddy tendit la main, et Rose la prit sans la moindre hésitation. Il sourit et l'attira gentiment à lui pour l'entraîner vers la porte, puis s'immobilisa afin de jeter un coup d'œil dans le hall. Daniel apparut soudain et dit : « Partez. Elles sont en train d'aller chercher de l'aide. Je vais essayer de rattraper cette petite canaille de souris, au cas où nous aurions à nouveau besoin d'elle. »

Roddy et Rose descendirent les escaliers à la hâte, puis sortirent dans le noir d'encre de la nuit, empruntant le chemin menant aux arbres et à la périphérie de la propriété. Lorsqu'il s'arrêta enfin, il était haletant mais souriant. Il tourna les talons pour lui faire face et passa ses bras autour d'elle, la soulevant dans les airs.

Il la reposa ensuite et prit son visage dans ses mains. « Tu vas bien ? » murmura-t-il.

Elle hocha la tête, puis l'attira vers elle pour l'embrasser. Il poussa un grognement de délice lorsque leurs lèvres se touchèrent. Elle lui ouvrit sa bouche et il inclina la tête afin de mieux la dévorer, la titillant de sa langue avec un désir qu'il n'avait encore jamais connu. Bon sang, ils n'avaient pas beaucoup de temps, aussi décida-t-il de lui montrer à quel point elle comptait pour lui. Il fit courir ses mains sur son corps, le long des douces courbes de ses hanches et vers ses fesses, qu'il caressa jusqu'à ne plus pouvoir supporter d'être éloigné d'elle. Puis il se plaqua contre elle tandis que leurs langues s'enlaçaient et que leurs respirations s'accéléraient. Il se recula, le souffle court à cause de leur interlude, mais quelque chose sur sa peau douce avait attiré son attention.

Lorsque Roddy remarqua les marques d'écorchures sur ses poignets, il lâcha son visage pour lui prendre la main.

Elle leva ses poignets afin qu'il puisse les voir. Ils étaient tout éraflés à cause de la corde, mais son doigt effleura l'un de ses poignets, à un endroit où il croyait avoir vu autre chose.

Il avait raison. Il y avait une blessure récente, certes, mais aussi une cicatrice plus ancienne. Sa mère semblait l'avoir beaucoup maltraitée. Il sentit dans son ventre une rage qui ne demandait qu'à éclater, mais il s'efforça de l'apaiser, en se rappelant que cela ne ferait rien pour aider la jeune femme en cet instant. Il tendit la main vers sa botte, d'où il sortit une dague qu'il leva à hauteur de ses yeux. « Constance m'a dit que tu voulais apprendre à te défendre. Je t'enseignerai à utiliser cette dague, pour qu'on ne puisse plus jamais abuser de toi. »

Elle hocha vigoureusement la tête et passa ses doigts le long de sa joue. Soudain, un bruit retentit derrière lui et il bondit, tournant les talons avec sa dague dans la main, mais ce n'était qu'un hibou. L'oiseau descendit très près d'eux, trop près pour un animal nocturne ordinaire. Ne voulant pas lui faire de mal, il attendit de voir ce qu'allait faire la créature.

Le jeune homme plaça Rose derrière lui pour la protéger, et l'oiseau répondit avec un hululement strident avant de se poser sur une branche basse non loin de là. « Qu'est-ce que c'est que cet oiseau ? » murmura-t-il.

Rose lui saisit le poignet qui tenait sa dague et secoua la tête tout en se plaçant à ses côtés. Puis elle articula le mot « ami » et tendit la main vers l'oiseau, comme pour le caresser.

« C'est ton ami ? » Il jeta un coup d'œil à la jeune femme pour s'assurer d'avoir bien compris, puis reporta son attention vers l'oiseau de proie, célèbre pour la puissance féroce de ses griffes.

Elle hocha la tête et essaya de lui expliquer autre chose, mais il ne comprit que quelques mots. De ce qu'il parvint à identifier, elle lui dit que cet oiseau était son protecteur. Il se leva et fit face à la créature à plumes, ses yeux dorés étrangement fixés vers lui. « Alors comme ça tu es le protecteur de cette jeune fille, mon ami ? »

Il devait bien admettre qu'il avait déjà entendu plus bizarre que cela.

Le hibou s'avança le long de la branche avant de faire demi-tour. Puis il redressa la tête et répondit : « Hou. »

« Es-tu en train d'essayer de me dire quoi faire ? Tu veux que j'enseigne à cette jeune fille à se défendre ? »

L'oiseau répéta : « Hou. »

Rose tendit la main vers le menton de Roddy afin de le forcer à la regarder. Elle le désigna du doigt, puis le tourna vers elle et plaça ses mains de chaque côté de sa tête, en l'inclinant d'avant en arrière.

« Folle ? Tu pensais que j'allais te prendre pour

une folle parce que tu es devenue amie avec un hibou ? » Il ne put s'empêcher de sourire. « Non, jeune fille, tu es loin d'être folle. Les humains et les animaux deviennent souvent amis. Le fils de mon cousin possède un poney qui n'hésite pas à ruer sur quiconque essaye de lui faire du mal. Le garçon pense que c'est son meilleur ami. Il ne faut jamais essayer de les séparer. »

Rose faisait un signe de la main à chaque fois qu'elle voulait dire « bien » ou « oui ». Elle avait un moyen de se faire comprendre. La façon dont elle était parvenue à surmonter ses difficultés l'émut beaucoup, et un élan protecteur faillit l'étrangler. Il tendit le bras vers elle et prit sa main dans la sienne. « Viens. Nous allons faire plaisir à ton ami. »

Il lui ouvrit la main et plaça dans sa paume la poignée de la dague, puis referma ses doigts. « Si tu veux tuer quelqu'un, le meilleur endroit où frapper est juste sur les vaisseaux du cou. Le sang y gicle en un jet puissant, et la personne peut mourir en quelques minutes. » Il lui montra comment frapper de la bonne façon.

« Mais tu ne souhaites peut-être pas tuer ton agresseur, surtout s'il s'agit d'une jeune fille de l'abbaye. Mais il y a d'autres endroits où tu peux attaquer. Si quelqu'un se trouve au-dessus de toi, tu peux le poignarder dans le bas du dos. » Il se mit dos à elle pour lui montrer exactement où elle devait viser.

La leçon continua ainsi, et il lui montra comment placer son corps avant de frapper afin de donner plus de force à son coup. Il lui expliqua également comment faire mal à un homme en lui donnant un coup de pied dans l'entrejambe.

Le hibou poussa un cri strident et ouvrit ses ailes en signe d'approbation. Le comportement de l'oiseau était vraiment très étrange, presque intelligent – et il semblait extrêmement inquiet du bien-être de Rose. Il se souvint avoir déjà entendu l'une de ses tantes parler des hiboux, et de leur lien unique avec le monde des esprits…

Roddy se tourna vers elle et demanda : « Tu as perdu ton père, n'est-ce pas ? »

Elle hocha la tête, les yeux empreints de tristesse.

« Rose » dit-il doucement. « Je pense que c'est lui qui a envoyé ce hibou pour veiller sur toi. » Il s'avança alors vers l'oiseau perché sur les branches hautes de l'arbre, et lui fit un geste pour l'inciter à s'approcher. À sa grande surprise, il descendit pour se poser sur la branche juste devant lui.

Le souvenir du fantôme que Connor et lui avaient vu dans la maison des voyageurs de l'abbaye lui revint en mémoire, et lui rappela qu'au moins un esprit la protégeait déjà. Il jeta un coup d'œil par-dessus son épaule pour observer la jeune femme innocente qui se tenait derrière lui.

Rose avait-elle été maltraitée au point que les puissances du Ciel avaient décidé d'envoyer un fantôme, puis un hibou pour l'aider ? Il sentit un frisson lui parcourir la colonne, mais il en savait suffisamment pour ne pas ignorer de tels signes.

Il plongea son regard dans les yeux dorés du hibou tandis qu'un autre souvenir lui revenait en mémoire. « C'était toi, n'est-ce pas ? C'est toi qui as volé sur mon chemin lorsque j'ai quitté l'abbaye, l'autre jour. Peu importe. Tu n'as pas besoin de me répondre. Tu essayais d'attirer mon attention, de me transmettre le message que l'on avait besoin de moi ici. J'ai compris ton message, ami de Rose. Je n'ignorerai plus tes avertissements. »

C'était décidé. Il allait écouter les messages qu'il recevrait, que ce soit du hibou ou de l'apparition fantomatique. Roddy ajouta : « Je protégerai Rose autant que je le peux, mais tu devras garder un œil sur elle encore un petit moment, jusqu'à ce que je revienne ici avec des guerriers. D'accord ? »

L'oiseau ouvrit ses grandes ailes avant de les refermer en poussant un doux : « Hou. »

« Bien. » Puis il se tourna vers Rose et dit : « Tu dois trouver le moyen de cacher cette dague. Tu pourrais coudre une poche dans ta robe ou la fourrer dans une botte. »

Elle hocha la tête pour lui indiquer qu'elle avait compris.

« J'ai encore quelques questions pour toi, puis je devrai partir. » Il la mena de nouveau sur le banc, sous le perchoir du hibou. Lorsqu'elle s'assit, il la souleva pour l'installer sur ses genoux.

Le hibou fit deux pas en avant.

Roddy leva les yeux vers son regard doré et lui dit : « Ne t'inquiète pas, je ne lui manquerai pas de respect. »

Rose gloussa avant de poser sa tête contre la poitrine de Roddy.

Il plaça une main sur sa hanche et une autre sur sa nuque pour lui administrer un doux massage.

« La dernière fois que je suis venu, tu as essayé de me dire quelque chose à propos de ta mère et d'un bateau. Est-il possible qu'ils transportent des personnes ? Des jeunes gens ? Des filles ? »

Elle hocha vigoureusement la tête, mais sembla réfléchir pendant un moment avant de commencer à articuler silencieusement des mots pour expliquer ce qu'elle avait vu.

Une nouvelle fois, il fut surpris de réaliser qu'elle ne semblait pas agir comme une personne qui n'avait jamais parlé de sa vie. Quelque chose ne correspondait pas avec l'histoire de son passé. « Rose, pouvais-tu parler quand tu étais plus jeune ? »

Elle lui adressa un regard étrange, comme si elle ne comprenait pas, ou bien était-ce le cas ? Était-elle en train de lui cacher quelque chose ? Avait-elle honte d'un événement de son passé ?

Il lui saisit doucement le menton et demanda : « Veux-tu bien me montrer ta langue ? »

Elle obéit. Il en fut sidéré, mais ce qu'il pensait avoir vu était juste.

Tout comme ce qu'il pensait avoir senti lors de leur baiser.

« Rose » murmura-t-il. « Qu'est-il arrivé au bout de ta langue ? »

CHAPITRE 15

ROSE RÉAGIT SI fort qu'elle ne sut que faire de son propre comportement. Elle bondit des genoux de Roddy, puis balança ses bras comme si elle voulait qu'il la laisse seule. Qu'il s'éloigne loin, très loin.

De quoi parlait-il ? Quel était le problème avec le bout de sa langue ?

Une vision d'une personne en train de crier, de hurler, envahit son esprit – elle, c'était elle. Et la douleur... oh, la douleur. Elle ne savait pas comment empêcher ce souvenir d'affluer dans sa mémoire. Elle se mit à décrire des cercles, la tête dans les mains, désirant plus que tout faire cesser ce tourbillon de souvenirs dans son esprit.

« Rose ! Rose ! » cria Roddy en passant ses bras autour d'elle par-derrière. Puis il lui murmura à l'oreille : « Rose, reviens-moi, je t'en prie. »

Sa voix la calma. Elle prit ses mains, comme pour l'ancrer à nouveau sur le moment présent. Le souffle court, elle sentait son corps tout entier frissonner de peur comme jamais auparavant. « Je suis là, Rose. Je ne te laisserai pas dans cet état. »

Sa sincérité et son honnêteté apaisèrent son âme. Ses joues étaient mouillées de larmes, et elle se laissa aller à s'effondrer contre cet homme qui l'avait tenue dans ses bras en promettant de l'aider.

Dès qu'elle cessa de lutter, il poursuivit : « Je ne sais pas ce qu'il t'est arrivé, mais quoi qu'il en soit, je t'aiderai. » Il s'assit sur le banc et l'installa à nouveau sur ses genoux. Le hibou était en train de faire les cent pas sur sa branche en poussant des cris anxieux, mais Roddy n'avait d'yeux que pour elle. « As-tu eu un accident dans ta jeunesse ? Ou bien… Rose, est-ce que c'est ta mère qui t'a fait ça ? »

Elle secoua la tête d'un air incrédule, tout simplement parce qu'elle ne se souvenait pas d'une chose pareille. Elle ne comprenait pas vraiment le sens de toutes ces bribes de souvenirs qui avaient jailli de sa mémoire, aussi brûlantes et destructrices que des flammes qui lui léchaient la peau.

Elle pleura contre la poitrine de Roddy, et il se contenta de la tenir dans ses bras solides et puissants. Elle ne s'était pas sentie aussi réconfortée, aussi *entendue*, depuis bien longtemps.

Tout en lui caressant les cheveux, il lui dit : « Te souviens-tu ce que je t'ai dit à propos de ma peur de la mort ? Je viens d'apprendre qu'il m'était arrivé quelque chose lorsque j'étais enfant – mais je ne m'en souviens pas du tout. Les cauchemars que j'ai eus ces derniers temps… ils se terminaient toujours par une noyade. Je me réveillais couvert de sueur, haletant, le souffle court. Et je ne savais pas pourquoi.

« Alors j'ai parlé de mes rêves à mon père et à mon oncle, et ils m'ont dit que j'avais failli me noyer quand j'étais petit. J'ai bondi dans le loch pour sauver ma sœur, et nous nous sommes tous les deux retrouvés emmêlés dans un vieux filet de pêche. Mon père a dû couper le filet pour nous sortir de là. Je ne me rappelle toujours pas de l'incident, mais on dirait que mon inconscient ne cessait de me le remémorer dans mes rêves. Peut-être que tu as vécu une chose similaire. »

Elle se calma en réfléchissant à ses paroles, se demandant si elles contenaient peut-être une part de vérité. Était-il possible qu'il lui soit arrivé quelque chose dans sa jeunesse ? Quelque chose de si affreux qu'elle l'avait oublié ? Elle jeta un coup d'œil au hibou et croisa son regard doré. Qu'est-ce que cela pouvait bien vouloir dire ?

Une voix qu'elle reconnut mais dont elle ne parvint pas à se souvenir s'éleva vers eux de l'autre côté du mur.

« Nous devons partir. Il y a des chevaux qui se dirigent par ici. »

Roddy jeta un coup d'œil vers le mur. « J'arrive tout de suite, Connor » dit-il. « Je la ramène à l'intérieur. » Puis il reporta son attention sur elle et planta un baiser sur son front. « C'est mon cousin, qui montait la garde dans les environs. Viens, nous devons rentrer. Je te promets de revenir te chercher. Nous devons retrouver Daniel. »

Elle prit sa dague et la serra fort contre sa

poitrine tandis qu'elle le suivait. Son esprit était toujours rempli de pensées et souvenirs incohérents, aussi prit-elle une grande inspiration afin de se forcer à se concentrer sur Roddy, ce qu'elle ressentait lorsqu'elle se trouvait près de lui, lorsqu'elle humait son parfum de forêt et de grand air. Elle s'efforça de tout enregistrer dans sa mémoire, afin de se remémorer ces souvenirs lorsqu'elle en aurait besoin.

Roddy toqua à la porte près de l'escalier, et Daniel l'ouvrit immédiatement à la volée. « Dépêchez-vous. J'ai trouvé une autre bestiole, mais cette fois, c'est un lapin. Elles n'auront peut-être pas envie de s'enfuir devant un animal aussi mignon. »

Quelques instants plus tard, elle était de retour à l'infirmerie, et Daniel se hâta d'aider Constance à retourner dans sa chambre. Roddy lui adressa un dernier baiser sur les lèvres, doux et sensuel, qui faillit lui couper le souffle. « Tu me crois ? » demanda-t-il à voix basse, désireux de s'assurer qu'elle l'ait bien compris. « Je reviendrai avec des renforts. Nous découvrirons ce qu'il se trame par ici. Sers-toi de ton couteau si nécessaire. »

Elle hocha la tête, réticente à le lâcher.

Roddy comptait plus que tout pour elle.

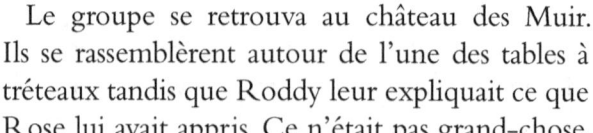

Le groupe se retrouva au château des Muir. Ils se rassemblèrent autour de l'une des tables à tréteaux tandis que Roddy leur expliquait ce que Rose lui avait appris. Ce n'était pas grand-chose, mais ses questions l'avaient bouleversée, et il avait eu besoin de lui enseigner à se défendre.

Maggie lui tapota l'épaule. « Ne t'en fais pas. Nous pouvons y retourner pour que tu puisses lui parler à nouveau, s'il le faut. Tu as fait ce qui était nécessaire. »

Roddy ajouta : « Puisque la plupart d'entre vous semblez croire au lien qui existe entre Steenie et Paddy le poney, je vous informe aussi que Rose semble avoir reçu la protection d'un hibou. Je sais que c'est un peu étrange, mais j'ai vraiment parlé à un hibou aux yeux dorés pendant qu'il marchait d'avant en arrière sur une branche épaisse. Je suis persuadé de ce que je dis. Rose dit qu'il est son ami. »

Maggie répondit : « Je te crois, sans l'ombre d'un doute. »

« Je n'irai pas te contredire » ajouta Gregor.

Braden s'esclaffa. « Si quelqu'un ne croit pas à ton histoire, j'irai lui montrer Paddy le poney. »

Connor demanda : « Et vous autres, qu'avez-vous trouvé ? »

Maggie répondit : « Will et moi sommes partis à la recherche de l'abbaye des Anges, et nous l'avons trouvée sans trop de difficultés. Je dirais qu'il y avait moins de dix personnes qui y vivaient ou y travaillaient ce jour-là. Il y avait encore des traces de travaux de charpenterie. Ce qui me préoccupe le plus, c'est que personne en dehors de l'abbaye de Sona ne sembla avoir entendu parler d'une autre abbaye dans la région. Je doute que l'abbaye des Anges, si c'est son véritable nom, ait le moindre lien avec l'Église. »

« Nous avons trouvé le quai sur le loch marin »
dit Gavin. « Il y a une clairière à proximité, et on
dirait que des tentes y ont déjà été installées par le
passé. Aucun signe d'une utilisation récente, par
contre. Peut-être que ça arrivera bientôt. »

Maggie posa une main sur sa tête, comme si
elle était traversée par une douleur soudaine, puis
reposa sa tête sur ses bras. Ces mouvements lui
rappelèrent les maux de tête dont souffrait sa
sœur lorsqu'elle avait l'une de ses visions. Tout
ceci ajouté aux étranges événements qu'il avait
vécus récemment – le hibou et les esprits – il en
était quelque peu mal à l'aise.

Roddy se tourna vers Will et fronça les sourcils
comme pour lui demander : « Est-ce qu'elle va
bien ? »

Will soupira. « Depuis que nous nous sommes
déplacés un peu plus haut dans les Highlands,
Maggie ne cesse d'avoir des migraines, et ça ne
fait qu'empirer. »

Roddy lui jeta un coup d'œil. « Je peux faire
quelque chose pour vous aider ? »

« Gavin, Maggie et moi allons retourner à
l'abbaye des Anges demain. Toi, Connor et Daniel
retournerez à l'abbaye de Sona. Nous devons
découvrir qui est derrière tout ça. Surtout, nous
devons savoir qui fait le trajet entre les deux
abbayes. Je n'ai pas très envie de vous envoyer
à nouveau en patrouille, mais jusqu'à ce qu'ils
passent à l'action, c'est tout ce que nous pouvons
faire. »

« Maggie peut-elle vous accompagner ? »
demanda Connor.

Gavin se joignit à eux. « Maggie n'a jamais eu les dons de voyance de Molly jusqu'à présent, nous ne savons donc pas vraiment à quoi nous attendre. »

« Quelque chose de puissant est à l'œuvre ici » dit Will.

Le groupe demeura silencieux pendant un moment.

« Tenez-vous prêts » ajouta Will. « Nous partons demain soir, ainsi il y aura moins d'activité dans les abbayes à notre arrivée. Pendant ce temps, je m'efforcerai d'aider Maggie. Reposez-vous. Bientôt, nous devrons peut-être rester alertes et éveillés pendant un long moment lorsqu'ils lanceront la suite de leur plan. Braden a dit qu'il se joindrait à nous si Maggie ne le pouvait pas. »

Will se déplaça vers sa femme. « Je dois ramener Maggie dans notre chambre. » Il la prit dans ses bras et grimpa les escaliers, ignorant les faibles protestations de la jeune femme, puis Gavin les suivit bientôt.

Lorsqu'ils furent hors de portée de voix, Roddy se tourna vers Connor. « Tu viens à l'écurie avec moi ? »

Sa proposition sembla le rendre perplexe, mais il hocha la tête et suivit Roddy à l'extérieur.

« Qu'est-ce qu'il y a à l'écurie ? »

« Je te l'expliquerai dès que nous serons à l'intérieur. »

L'endroit semblait désert, mais lorsqu'ils s'approchèrent de l'écurie, un petit garçon fondit sur eux d'un air frénétique, les yeux écarquillés.

« Steenie ? » s'écria Roddy. « Tout va bien ? »

Le garçon s'immobilisa pour lui répondre : « Oui, mais ma mère m'a dit de venir nourrir mon poney avant d'aller manger. »

Il lui demanda alors de but en blanc : « Est-ce que Paddy se comporte normalement en ce moment ? »

Steenie était déjà en train de se précipiter vers le donjon, mais il ralentit afin de lui expliquer ce qu'il avait vu. « Non, il est comme fou aujourd'hui. C'est pour ça que je m'en vais. Il n'arrêtait pas de me pousser, et puis il s'est secoué la crinière avant de m'acculer contre le mur. Il n'avait encore jamais fait ça. Je pense qu'il voulait que je parte. Il m'a fait peur. »

Roddy et Connor échangèrent un regard. Roddy murmura : « Ou peut-être qu'il voulait que tu ailles chercher quelqu'un. »

« Eh bien, je vous ai trouvés, vous. Vous pouvez aller voir mon poney, s'il vous plaît ? » Puis il tourna les talons et se remit à courir vers le donjon.

En voyant les sourcils froncés de Connor, Roddy comprit qu'il ne voyait toujours pas pourquoi il l'avait fait venir à l'écurie.

« Tu vas voir. »

Lorsqu'ils ouvrirent la porte de l'écurie, ils furent surpris d'entendre un véritable vacarme provenant de la dernière stalle. Il n'y en avait que cinq dans cette écurie, mais l'animal qui se trouvait dans la dernière était en train de remuer de la paille et de montrer son mécontentement avec force et fracas.

S'agissait-il de Paddy ?

Roddy et Connor se dirigèrent vers le fond du bâtiment, en passant devant de grands chevaux de bataille et deux juments avant de s'arrêter dans la dernière stalle. Paddy martelait le sol et poussa un hennissement strident, comme si on l'avait envoyé sans cavalier en plein milieu d'une tempête.

« Du calme, mon grand » dit Connor en tendant la main vers la porte pour essayer de lui tapoter la tête, mais Paddy ne l'entendait pas de cette oreille. Il s'ébroua devant les deux hommes, puis soupira comme pour leur dire de faire ce pour quoi ils étaient venus.

Roddy murmura : « Connor, je vais te demander de ne répéter à personne ce que je suis sur le point de dire. »

« D'accord, mais pourquoi tu parles à voix basse ? » Connor posa les mains sur les hanches, comme s'il remettait en question la santé mentale de son cousin.

« Parce que je ne veux pas que quelqu'un nous entende, d'autant que je ne suis pas vraiment certain d'y croire moi-même. »

« De croire à quoi ? » demanda Connor d'un ton qui indiqua à Roddy qu'il était en train de repenser aux apparitions de l'abbaye.

« Tu ne vois pas ? Le fantôme de l'abbaye, celui auquel tu préférerais ne pas penser, nous a dit que nous devions aider une femme. Maggie, dont la sœur peut voir l'avenir, a une énorme migraine. Rose, qui est surveillée et protégée par un hibou. Et pour finir Paddy qui s'agite et qui a un comportement anormal. Tout cela concerne

Rose. Il se trame quelque chose de vraiment terrible à l'abbaye. »

Paddy poussa un soupir, comme pour dire : « Enfin, quelqu'un qui a compris. »

Connor fit deux pas en arrière pour s'éloigner du poney, les yeux écarquillés. « Je ne comprends pas de quoi tu parles. Nous savons tous ce qu'il se passe certainement à l'abbaye, et puis j'ai un mauvais pressentiment à propos de cet endroit de toute façon, donc je suis d'accord avec toi là-dessus. Mais de là à suggérer que des fantômes et des esprits sont impliqués dans cette histoire ? Non. Je ne te suis pas. » Sur ces mots, Paddy tourna son regard vers Connor, qui ajouta prestement : « Et que vient faire le poney dans tout ça ? »

Roddy poussa un grognement et répondit : « Si tu ne crois pas qu'un genre d'esprit ancien incite cette bête à protéger Steenie, alors tu n'as rien compris. Un esprit a aussi envoyé ce hibou pour protéger Rose. J'en suis sûr. À présent, dis-moi ce dont tu te rappelles à propos du fantôme que nous avons vu, et je ne t'en parlerai plus. »

Du bout de sa botte, son cousin poussa la paille et la poussière en formant des cercles au milieu de l'écurie, puis rebroussa chemin pour se diriger vers son cheval de bataille en train de brouter de l'avoine. L'animal poussa un hennissement et s'approcha pour le saluer, et Connor parvint seulement à pencher sa tête contre le garrot de sa monture, puis à lui caresser la crinière en fermant les yeux.

Roddy ne sut pas trop quoi dire, aussi leur accorda-t-il ce moment d'intimité. Un homme et son cheval partageaient un lien puissant, et il savait que ce qu'il suggérait était à peine croyable, surtout pour quelqu'un d'aussi terre à terre que Connor.

Quelques instants plus tard, son cousin murmura : « Le fantôme nous a dit de l'aider quand elle arriverait. »

Roddy hocha la tête. « Rose. Cet esprit parlait de Rose. Il nous a été envoyé pour aider une jeune fille innocente. Et si nous ne parvenons pas à sortir Rose de cette abbaye, nous nous risquons à bien plus que des hiboux tournoyant au-dessus de nous, des poneys de mauvaise humeur et des maux de tête. »

Paddy s'en retourna vers son avoine avec un profond soupir.

Connor murmura : « Tu as raison. Nous allons l'aider. Mais que ce poney reste loin de moi. Il me fait peur, lui aussi. »

Paddy piaffa en réponse.

CHAPITRE 16

ROSE DORMIT TARD le lendemain matin, mais elle bondit de son lit lorsque la porte s'ouvrit. Un père Seward à l'air gêné était en train de la regarder. Il referma rapidement la porte, ce qui lui donna le temps de se couvrir les jambes de sa robe de chambre avant qu'il n'entre une seconde fois dans la pièce.

Le père Seward lui adressa un petit sourire. « On dirait que tu as dormi tard, Rose. Si tu le peux, pourrais-tu venir à mon bureau dans un quart d'heure ? J'ai besoin de te parler. »

Comme elle fit semblant de ne rien comprendre, sœur Murreall entra derrière lui pour essayer de lui transmettre le message avec des mouvements de ses mains et de ses doigts.

Rose hocha la tête, puis désigna la cruche et la bassine.

Le père Seward referma prestement la porte afin de la laisser commencer ses ablutions, qu'elle s'efforça d'effectuer à la hâte, mais elle avait l'impression de se déplacer avec une lenteur extrême. Elle repensa à tout ce dont elle avait parlé avec Roddy, et toutes les techniques qu'il lui avait apprises. Elle vérifia que sa dague était toujours bien cachée sous le pupitre où trônait la cruche. Dès qu'elle en aurait l'occasion, elle coudrait une poche dans sa robe, comme Roddy le lui avait suggéré.

Lorsqu'elle fut prête, elle se dirigea vers le bureau du père Seward au premier étage. Elle sentit la peur faire battre le sang dans ses veines jusqu'à son cœur – pourquoi l'avait-il convoquée ? Qu'allait-il se passer à présent ? – mais elle se força à continuer son chemin.

Elle ne croisa personne, bien qu'elle eût traversé le grand hall. Il n'y avait aucun étudiant dans les environs, car c'était l'heure de leurs tâches routinières. Chaque étudiant se voyait assigner une tâche ou une autre à l'abbaye.

Elle toqua à la porte, et le père Seward la lui ouvrit. L'expression de son visage était bien plus avenante que ce à quoi elle s'était attendue. De quoi voulait-il donc lui parler ? Une sensation de malaise remonta le long de sa nuque. Il l'invita à s'asseoir devant le bureau avant de refermer la porte.

« Je suis ravi que tu aies pu te reposer ce matin, Rose. Je voulais te faire part de la décision que j'ai prise. Je vais autoriser Constance à retourner dans ta chambre. Je ne veux pas que tu restes seule. Tu ne peux pas entendre lorsque quelqu'un s'approche de toi, et je suis sûr que ces vilaines filles s'amusent à te prendre par surprise. » Il s'interrompit pendant un moment, puis lui jeta un coup d'œil par-dessus le bureau. « Est-ce

que je parle trop vite pour que tu puisses lire
sur mes lèvres ? Tu… peux… rester… avec…
Constance. »

Elle observa ses lèvres, puis fit apparaître sur
son visage le grand sourire qu'elle avait retenu
jusqu'à ce qu'il répète la nouvelle.

« Je sais qui t'a agressée. Ada est venue nous
voir et nous a tout raconté. Comme elle s'est
confessée, elle ne sera pas punie aussi sévèrement
que les deux autres. Je sais que c'était une idée
d'Euphemie. »

Comme elle ne réagit pas, il se pencha vers elle
et répéta : « Euphemie. Punie. » Puis, comme s'il
venait d'y penser, il ajouta : « C'est Euphemie qui
t'a fait ça, n'est-ce pas ? »

Rose hocha la tête, les yeux rivés vers ses mains.

« C'est bien ce que je pensais. Je ferai parvenir
un message à ta mère. »

Rose dut lutter de toutes ses forces pour ne
pas réagir trop violemment à ces paroles. Cela
n'annonçait rien de bon pour elle.

« Ne t'inquiète pas. Je m'occuperai de ta mère.
Je refuse qu'elle continue de me dire comment
gérer mes affaires. C'était une très mauvaise idée
de te laisser ainsi toute seule, et ça n'arrivera
plus. » Puis il s'approcha de la porte et jeta un
coup d'œil dans le couloir. « Constance, très
chère, ramène Rose dans sa chambre, je te prie.
Tu pourras y rester avec elle. Je suis sûr que tu as
dû entendre parler de son agression. Si tu entends
le moindre bruit étrange au milieu de la nuit,
tu devras en informer immédiatement l'un des
gardes. Est-ce bien compris ? »

« Oui, mon père » répondit Constance. Rose remarqua à quel point son amie était heureuse de pouvoir retourner dans sa chambre. « Si je peux me permettre, puis-je continuer à lui donner des leçons de lecture ? »

Le père Seward fronça les sourcils en se caressant le menton pendant un moment, puis répondit : « Je n'y vois aucun inconvénient. Cette jeune fille devrait avoir des activités positives dans sa vie. Je parlerai à sa mère. Vous pouvez y aller, jeunes filles. »

Les deux amies traversèrent le grand hall afin de retourner dans leur chambre. Dès qu'elles furent arrivées, elles se précipitèrent à l'intérieur, refermèrent la porte derrière elles, puis se prirent dans les bras tandis que Constance poussait des cris de joie pour deux.

Roddy s'endormit en rêvant d'une paire d'yeux violets. Après être resté éveillé pendant la majorité de la nuit précédente, il avait bien besoin de repos avant de retourner à l'abbaye le lendemain soir. Lorsqu'ils y seraient, il espérait pouvoir la revoir, bien qu'il se doutât qu'elle ne serait plus à l'infirmerie. Ses blessures n'étaient pas très graves, après tout.

Il dormit bien, mais se réveilla ensuite en sueur. Il avait refait son cauchemar, mais il avait été différent cette fois. Car maintenant, la mémoire lui était revenue.

Dans son rêve, il avait vu Gracie qui se précipitait jusqu'au bout du quai. Elle plongea alors dans le loch, mais ne remonta pas à la surface. Ashlyn, qui se tenait derrière lui, cria : « Mère ! Roddy, fais quelque chose ! »

Comme Ashlyn n'était pas très bonne nageuse à l'époque, Roddy se jeta à l'eau. Il tâtonna pour chercher Gracie mais ne la trouva pas. Il remonta une fois à la surface pour reprendre son souffle, et tout ce qu'il entendit fut les cris terrifiés d'Ashlyn tandis qu'il plongeait à nouveau. Cette fois-ci, il s'enfonça un peu plus profond, et il sentit quelque chose.

Il se souvenait avoir touché le bras de Gracie. Comme elle était en train de se débattre, il lui prit la main et tira dessus, mais elle ne bougea pas d'un pouce. Il prit son autre main, mais il se retrouva alors pris dans le même enchevêtrement de fils qui la retenait prisonnière. Gracie le tira vers elle pour le serrer dans ses bras, et il ne parvint plus à se libérer.

Tout semblait alors s'être passé très lentement : le souvenir de s'être senti impuissant, ses membres qui faiblissaient, son envie de crier de toute la force de ses poumons, de prier pour que quelqu'un vienne les sauver.

À cet instant, il avait compris qu'il allait mourir. Cette peur restait encore vivace en lui, même après toutes ces années.

Son rêve s'était terminé de la même manière que son souvenir : le bras puissant de son père le ramenait à la surface.

Roddy n'était pas mort, et Gracie non plus.

Essuyant la sueur de son front, le jeune homme réalisa qu'il avait le souffle court comme s'il était vraiment allé sous l'eau, même s'il était bien loin du loch.

Il se souvenait de tout – la peur, l'impuissance, l'obscurité. Peut-être sa peur de la mort allait-elle disparaître, maintenant qu'il s'y était confronté.

Peut-être était-ce la fin de ses cauchemars.

La nuit suivante, Rose et Constance descendirent les escaliers sur la pointe des pieds pour se diriger vers une partie cachée de l'abbaye – les sous-sols.

Là, il y avait des tonneaux de bière, des légumes, et bien d'autres trésors.

Mais c'était également l'endroit où l'on retenait les personnes qui avaient été punies. On les gardait ainsi dans le froid jusqu'à ce que le Seigneur, et l'abbesse, leur pardonnent leurs péchés.

Rose avait réussi tant bien que mal à transmettre le message de Roddy – ils devaient en découvrir le plus possible sur l'abbaye. Elle avait convaincu son amie qu'elles n'avaient pas de temps à perdre, parce que la vie de jeunes filles était peut-être en jeu. Elles avaient convenu de fouiller l'abbaye pendant la nuit afin d'essayer de découvrir quelque chose. Voilà pourquoi elles étaient parties en mission dès que le soleil s'était couché. Constance en avait même parlé à un jeune garde, qui avait été plus que ravi de lui partager ses connaissances de l'abbaye, en lui révélant le nombre de gardes et de nonnes.

Elles n'étaient pas parvenues à découvrir l'identité du riche bienfaiteur de l'abbaye, mais Constance soupçonnait la mère de Rose. Celle-ci n'en était pas si sûre – elle avait entendu le père Seward parler d'une sorte de paiement avec sa mère, mais elle n'avait jamais eu connaissance d'une quelconque richesse possédée par sa famille.

Durant la dernière partie de leur exploration, elles étaient donc arrivées dans les sous-sols. D'après Constance, l'une des autres filles s'était faufilée ici la nuit précédente pour aller voir Euphemie. Apparemment, six des chambres étaient occupées de jeunes filles punies. Elle aurait pu simplement donner cette information à Roddy, mais elle voulait d'abord s'en assurer par elle-même.

Rose sentait son cœur battre si fort qu'il résonnait dans ses oreilles tandis qu'elles s'approchaient des petites chambres regroupées tout au fond des sous-sols. Elle s'approcha de l'une des premières portes, se risquant enfin à jeter un coup d'œil par sa petite fenêtre, puis elle tourna les talons pour faire face à Constance.

La chambre était vide.

Elles vérifièrent rapidement les autres chambres, mais elles étaient toutes vides.

Constance prit la main de Rose. « Où sont-elles toutes passées ? » demanda-t-elle.

Rose avait ses doutes, mais elle avait besoin d'une confirmation. Elle pointa du doigt la sortie, puis attira son amie dans cette direction.

Après une recherche approfondie, elles trouvèrent un garde à la langue bien pendue, celui qui avait déjà donné beaucoup d'informations à Constance.

« J'ai entendu dire que quelqu'un avait été puni pour avoir agressé mon amie » dit Constance.

Le garde hocha la tête d'un air important. « Oui, elle a été punie, mais elle et ses amies ont été déplacées. Vous ne les verrez plus jamais, votre amie n'a donc plus à s'inquiéter. »

« Oh », dit Constance. « Mais je voulais lui dire ce que je pensais d'elle. Pauvre Rose. Quelle terrible expérience ç'a été pour elle, et aucun garde n'a été témoin de la scène. Où étiez-vous lorsque c'est arrivé ? »

Le sourire du garde disparut, et il plissa les yeux en direction de Constance. « Vous n'aurez plus jamais l'occasion de lui parler. Jugez-la si vous le voulez, mais ne nous jugez pas, nous les gardes. On nous a ordonné de faire bien plus que vous pourriez le penser. »

Constance battit des cils et laissa son regard s'attarder sur ses bras, comme si elle l'admirait. « Quel genre de choses ? Je ne peux même pas l'imaginer. »

Rose s'efforça de ne pas sourire face à la performance de Constance.

« Parfois, nous devons nous rendre dans l'abbaye voisine. Nous avons des tâches à accomplir dont vous n'avez même pas idée, et vous ne le saurez jamais. » Il croisa les bras et baissa son long nez en direction de Constance. « Ce n'est pas facile. »

Constance ne se laissait pas facilement intimider. « L'abbaye voisine ? De quelle abbaye s'agit-il ? »

« On m'a dit que c'était un plan du père Seward et de madame l'abbesse. On leur a donné beaucoup d'argent pour construire cette abbaye.

Ils ont reconverti les ruines d'un château en un lieu magnifique, mais le roi ne… Peu importe. Vous n'avez pas besoin de le savoir, jeunes filles. »

« Mais où se trouve-t-elle ? »

« Au sud-ouest. Le roi ne lui a pas encore donné de nom, mais ils l'appellent l'abbaye des Anges. Elle servira à accueillir de nombreuses novices, mais le père y a déjà envoyé quelques jeunes filles. »

Rose devait absolument trouver Roddy.

CHAPITRE 17

APRÈS BEAUCOUP DE discussions, il fut décidé que Maggie resterait au château des Muir. Pour la remplacer, Braden et Gregor se joindraient à Will pour retourner à la deuxième abbaye. Gavin irait avec le groupe de Roddy – si Will et Braden risquaient de revenir les mains vides, ils savaient *tous* que l'abbaye de Sona était dangereuse. Il valait donc mieux que ce soit le plus grand groupe qui s'y rende. Roddy s'efforcerait d'aider Rose à s'enfuir de l'abbaye afin qu'elle puisse leur montrer les environs de son château. Il parvint à convaincre les autres que Rose pourrait se montrer utile si elle se joignait au groupe. Il était fort possible que la grotte recèle plus de secrets qu'il n'y paraissait, et il serait peut-être intéressant de l'explorer. Et il avait réussi à en parler sans faire mention du fantôme que Connor et lui avaient vu.

Une fois leurs missions terminées, ils devaient se retrouver près du château des MacDole.

Avant de partir, Maggie les appela. Elle était assise sur un fauteuil devant la cheminée, pétrissant son front de ses mains. « Cette migraine ne cesse d'empirer » dit-elle. « Et je n'arrête pas de faire des rêves avec des bateaux et des jeunes filles. Je crains que nous n'ayons plus beaucoup de temps. »

Personne ne répondit rien.

« Bonne chance à tous. Je resterai ici avec Cairstine, tante Celestina et oncle Brodie. Si nous recevons d'autres messages, nous vous contacterons, oncle Brodie ou moi. »

Une fois leurs instructions reçues, ils se dirigèrent tous vers l'écurie, suivis de près par un petit garçon.

Steenie arriva à hauteur de Will, qu'il connaissait sous le nom de Fauconnier Sauvage. « Est-ce que tu vas emmener tes faucons avec toi ? Lequel est le plus rapide ? Lequel est le plus méchant ? Regarde un peu comme je vais vite. » Puis il tendit les bras pour imiter un oiseau déployant ses ailes et se mit à courir vers la cour, en faisait semblant d'être un oiseau en train de chasser avant de plonger en piquée.

« Ça te plaît, Fauconnier ? » lui demanda-t-il.

Roddy ne put s'empêcher de sourire. Steenie aimait tellement les oiseaux de proie de Will qu'il avait décidé de raccourcir le surnom de Will pour seulement l'appeler « Fauconnier ».

« Regarde ! Voilà tes oiseaux. Je les vois. » Tout en bondissant de haut en bas, il leva les yeux vers le ciel, son regard posé sur le faucon pèlerin et le faucon émerillon, plus petit. « Est-ce qu'ils vont attaquer ? Tu les emmènes ? »

Braden   s'avança   aux   côtés   de

Steenie et passa un bras autour de lui. « Je sais que tu adores Will et ses faucons, mais ne l'embête pas trop. Je pense qu'ils vont nous accompagner dans toutes nos missions. »

Steenie s'arrêta net en faisant la moue. « Mais je les aime tellement. Je ne peux pas les suivre tant qu'ils sont là ? »

Braden jeta un coup d'œil à Will, qui ne semblait pas particulièrement dérangé par le petit garçon. « Bien sûr que si. Allez, pose-moi tes questions. »

Will attendait toujours que Steenie lui pose toutes ses questions avant de lui répondre, probablement parce qu'il aurait été inutile d'essayer d'interrompre le garçon. Lorsque Steenie sembla enfin avoir terminé de parler, Will répondit : « Ils me suivent partout où je vais, Steenie. Ta mission est de rester ici et de protéger les femmes. Occupe-toi de ta maman et de ta cousine Maggie. Elle ne se sent pas très bien. C'est une mission de la plus haute importance. »

Steenie bomba le torse. « Je ferai de mon mieux. Je vais vous chercher vos chevaux. Paddy aime bien croire qu'il est aussi grand que le cheval de grand-père, mais il ne peut pas venir avec vous. »

Comme le garçon les dépassa bientôt pour se précipiter vers l'écurie, Connor en profita pour leur décrire la clairière qui se trouvait non loin du château des MacDole, là où Roddy et lui s'étaient retrouvés auparavant. Ils pourraient à nouveau se servir de cet endroit.

Le groupe de Roddy prit la route quelques minutes plus tard. Ils ne parlèrent pas beaucoup en chemin, puis arrivèrent en périphérie de l'abbaye de Sona. Il était près de minuit, mais ils avaient encore le temps d'y entrer avant de retourner à leur lieu de rendez-vous près du château des MacDole.

« Dois-je y entrer comme la dernière fois ? » demanda Daniel à Roddy.

« Tu lui fais confiance pour t'accompagner ? » s'esclaffa Gavin. « Ce n'est qu'un blagueur, il n'est pas assez sérieux. Je suis mieux placé pour me faufiler sans être vu. » À son grand sourire, tout le monde comprit qui était vraiment le blagueur de la bande.

Connor éclata de rire. « Tu as dû entendre parler de toutes les jeunes filles qui sont ici pour devenir nonnes. Tu as seulement envie de te faufiler à l'intérieur pour les épier. »

L'air choqué de Gavin ne dupa personne. Ils avaient l'habitude des facéties de Gavin et de Daniel. Tous deux adoraient se lancer des piques amicales, au grand amusement de tous les autres cousins.

« Tu pourras blaguer avec lui tant que tu le veux dès que j'aurai sorti Rose de cet endroit » dit Roddy. « En attendant, reste ici avec ton arc. »

Gavin poussa un grognement, mais sans trop s'en offenser car il savait qu'il avait la réputation d'être l'un des meilleurs archers de toute la région, sans compter sa mère et sa sœur. Son objectif était de parvenir à les détrôner, mais ce jour n'était pas encore arrivé.

Lorsque Connor et Gavin furent en place, Daniel et Roddy longèrent le mur d'enceinte jusqu'à la clôture à l'arrière, puis se hissèrent sur la barrière en fer forgé comme ils l'avaient déjà fait la dernière fois.

« Merde, il y a des gardes » murmura Daniel en indiquant à Roddy de baisser la tête.

« Où ça ? » Roddy se tourna vers la droite pour essayer de les localiser, mais Daniel bondit vers la gauche. Quelques instants plus tard, Roddy entendit le gémissement d'un homme que Daniel venait d'assommer. « Bon sang, comment l'as-tu vu ? » Daniel était sacrément doué.

L'air sérieux pour une fois, celui-ci répondit : « Je ne l'ai pas vu. Je l'ai senti. » Puis il désigna un point sur le côté et disparut avant que Roddy n'ait eu le temps de lui demander ce qu'il avait vu exactement.

Un nouveau bruit sourd lui indiqua que Daniel venait d'asséner un coup à la tête d'un autre garde. Il revint vers lui quelques secondes plus tard. « Lui aussi, je l'ai senti. »

« Et maintenant ? » demanda Roddy à voix basse.

« La voie est libre. »

Ils étaient presque arrivés à la porte de derrière de l'abbaye lorsque Daniel leva la main pour intimer à Roddy de s'arrêter.

« Elles sont là » dit-il en hochant la tête.

Et en effet, Rose et Constance apparurent sous la lumière de la lune, en s'approchant aussi discrètement qu'eux.

Roddy sortit de sa cachette non loin d'elles. Dès qu'elle le vit, Rose se précipita vers le jeune homme et se jeta dans ses bras pour le serrer dans les siens. Constance arriva à son tour à leur hauteur. « Nous pourrions avoir des ennuis » dit-elle. « Les gardes sont en train de nous chercher. Nous nous sommes faufilées dans les sous-sols la nuit dernière et nous avons réessayé cette nuit, mais je crois qu'ils ont découvert notre manège. »

Roddy reposa Rose, sans pour autant lui lâcher la main. « Je vais t'emmener loin d'ici. Je n'aime vraiment pas du tout ce qu'il s'est passé ici. J'espérais également que tu pourrais nous montrer ta grotte et tous les chemins qui en sortent. Il doit bien y avoir un endroit pour amarrer les bateaux. Ce pourrait être celui que j'ai vu, mais y a-t-il un endroit à l'intérieur où ils pourraient se cacher ? »

Rose acquiesça.

« Voulez-vous venir avec nous, Constance ? »

Elle hocha vigoureusement la tête en serrant son manteau autour d'elle. « Quoi qu'ils fassent ici, je n'aime pas ça. »

« Daniel, protège-la et aide-la à passer la clôture. » Daniel s'inclina alors et lui offrit son bras, comme pour l'inviter à un bal royal. Constance se mit à glousser.

« Ça suffit, tous les deux » dit Roddy, même s'il ne put s'empêcher de sourire. Daniel savait toujours comment détendre l'atmosphère.

Quelques instants plus tard, ils venaient de passer la clôture lorsque le cri d'un garde attira l'attention vers eux. Il savait qu'il y avait environ trente gardes dans l'abbaye, mais c'était la première fois qu'ils en voyaient plus de deux. Soudain, dix d'entre eux sortirent de nulle part.

Ils se précipitèrent vers l'avant de l'abbaye, en

se baissant pour se cacher dans tous les buissons sur leur chemin. Connor et Gavin étaient déjà à cheval, Connor avec son épée à la main et Gavin avec son arc prêt à tirer. Les deux autres chevaux étaient déjà prêts à partir.

« Partez » dit Connor. « On vous couvre. Emmenez ces jeunes filles loin d'ici. »

Roddy ne se fit pas prier. Il souleva Rose pour la mettre en selle et monta derrière elle, avant de s'éloigner de l'abbaye en élançant son loyal cheval de bataille, qui s'ébroua en hennissant, preuve que l'animal appréciait le défi. Daniel et Constance les suivaient de près. Il partit au galop sans même regarder en arrière pour vérifier s'ils étaient poursuivis, empruntant le chemin qui menait directement au loch et au château des MacDole.

Lorsqu'ils furent à une bonne distance de l'abbaye, et que Connor et Gavin les eurent rattrapés, Roddy ralentit son cheval au pas.

Gavin mena sa monture à hauteur de celle de Roddy tandis que Connor et Daniel chevauchaient devant eux. Constance semblait profondément endormie devant Daniel. Gavin adressa un clin d'œil à Roddy et lui dit : « Maintenant, je comprends pourquoi tu es devenu si croyant, cousin. Elle est très belle. »

Roddy posa une main sur la taille de Rose. « Est-ce que tu dis toujours des choses pareilles devant les jeunes femmes en détresse ? »

Gavin haussa les épaules en jetant un coup d'œil à Rose, puis à Roddy. « Quoi ? Tu as dit qu'elle était sourde. Si elle ne peut pas m'entendre, je ne peux pas l'offenser. Et puis, qu'y a-t-il de mal à dire la vérité ? Elle est magnifique. »

Daniel se retourna avec un petit sourire et Roddy comprit pourquoi, mais pas Gavin. « Que dirais-tu d'autre à propos de cette jeune fille ? »

Gavin répondit : « Je ne sais pas. » Il plissa les yeux en direction de Daniel. « Je pourrais dire beaucoup de choses, j'imagine, mais toi d'abord, cousin. »

Il avait compris qu'on lui tendait un piège, sans pour autant savoir lequel. Daniel, qui savait déjà la vérité, n'eut aucun mal à lui donner une réponse : « Je pense qu'elle est très intelligente. » Puis il adressa à Rose un hochement de tête plein de sollicitude.

« Eh bien moi, je pense qu'elle a sûrement un très beau cul » dit Gavin. « Mais je ne l'ai pas vu. À quoi tu joues, Drummond ? »

Connor s'esclaffa tandis que Roddy rejeta la tête en arrière avant d'éclater de rire. C'était agréable de rire un peu, même si le danger les attendait toujours.

Rose sourit à Gavin. Puis elle tira sur son oreille avant de le pointer du doigt. *Je t'ai entendu.*

Il fixa la jeune femme tandis qu'elle répétait son geste et dit : « Quoi ? Qu'est-ce qu'elle essaie de dire, Roddy ? »

Connor répondit d'une voix traînante : « Qu'elle est plus maligne que toi. » Puis il jeta un coup d'œil par-dessus son épaule, et son petit sourire sembla rendre Gavin nerveux.

Gavin prononça sa prochaine phrase si vite qu'ils éclatèrent tous de rire. « D'accord. Elle n'est pas sourde. Pourquoi diable est-ce que vous ne me l'avez pas dit avant que je me ridiculise devant elle ? »

« Je croyais que tu le savais. Nous en avons parlé au château des Muir » dit Connor.

« Je n'ai pas dû faire attention. »

Daniel s'esclaffa. « Ce n'est pas comme si c'était la première fois. »

Gavin adressa à Rose un regard honteux. « Je suis désolé. Je ne voulais pas vous offenser. »

Rose leva une main et haussa les épaules. Roddy lui traduisit le message : « Elle dit que ce n'est pas grave. »

Comme le groupe dut emprunter un chemin en file indienne, Connor prit la tête du cortège tandis que Gavin se plaçait en dernier, afin de mettre les jeunes filles en sécurité au milieu.

Rose se pencha contre la poitrine massive de l'homme qui se trouvait derrière elle, décidant de mettre ses inquiétudes de côté et de profiter de ce moment avec Roddy.

Sa mère serait atterrée d'apprendre tout ce qu'elle avait fait avec Roddy – les baisers qu'ils avaient partagés, et la façon dont ils pressaient leurs corps l'un contre l'autre. Elle lui dirait de confesser ses péchés.

Mais ce n'était pas un péché.

Elle avait beau être une jeune femme innocente et inexpérimentée dans le domaine de l'amour, elle savait parfaitement ce qu'elle ressentait pour l'homme qui se trouvait derrière elle.

Elle était en train de tomber amoureuse de Roddy Grant, tout comme son père lui avait dit que cela arriverait un jour. Il lui avait également donné un autre conseil : de profiter de ce sentiment le plus longtemps possible, car il pourrait lui être arraché à tout moment. Il avait alors perdu son regard sur la surface de l'eau, et elle s'était demandé ce qu'il avait bien voulu dire, mais à présent, elle le comprenait. Son mariage avec sa mère avait été bien loin d'être parfait.

Son père avait dû finir par voir sa mère pour ce qu'elle était, et non la figure tendre et dévouée qu'elle présentait aux autres. Son père avait dû apprendre la vérité depuis longtemps.

Elle ferma les yeux, tout en écoutant d'une oreille distraite les chamailleries entre les cousins afin de se concentrer sur la sensation des puissantes cuisses de Roddy autour de ses hanches pour la maintenir en place malgré les mouvements de l'animal. Elle avait déjà chevauché avec son père, mais c'était une expérience très différente.

Sentir son corps suivre ainsi le rythme confortable de son protecteur était la sensation la plus sensuelle de toute sa vie. Elle se laissa aller à la réaction brûlante de sa main contre sa hanche, de sa poitrine dans son dos, et du doux son de sa voix à son oreille, son rire résonnant dans toute son âme.

Elle était en train de comprendre certaines des choses que Constance lui avait expliquées à propos des hommes et des femmes, et de la manière de faire des enfants.

Si elle passait beaucoup de temps avec Roddy

Grant, elle deviendrait tellement amoureuse de lui qu'elle risquait de se flétrir comme une fleur s'il venait à la quitter lorsque tout ceci serait terminé. Mais quel homme aurait envie de passer sa vie avec une femme muette ?

Elle ouvrit les yeux lorsqu'elle entendit la conversation des cousins changer de ton. Ils étaient tout près de son château. Cet endroit qu'elle devait normalement considérer comme sa maison lui était devenu si étranger. Comme si quelque chose était sur le point de tout changer.

Lorsqu'ils arrivèrent dans une clairière à une courte distance du loch, mais assez loin du château des MacDole pour ne pas être repérés, Rose leur fit comprendre qu'ils devaient s'arrêter et descendre de cheval. L'odeur de la mer, le chant des oiseaux et le bruit des vagues – tout lui indiquait qu'ils étaient tout près du but. La lumière de la lune était très forte cette nuit-là, leur permettant de discerner le vol d'oiseaux et de chauve-souris.

Rose fit un geste à Roddy et Constance pour essayer de leur expliquer quelque chose. Roddy traduisit : « Le bateau qu'elle a aperçu dans la nuit avait un phare qu'on pouvait voir depuis le château. » Lorsqu'elle tenta de lui dire la suite, elle fit des gestes trop rapides pour Roddy, mais Constance la comprit.

Son amie intervint : « Elle est descendue dans les grottes et n'y a vu personne, mais elle a entendu des jeunes filles qui pleuraient, et on aurait dit que les bruits venaient du quai, le long du rivage. »

Connor demanda : « Nous avons vu ce quai, Rose. Savez-vous s'il y a un chemin qui passe à proximité ? Pourriez-vous nous y mener sans que personne au château ne puisse nous voir ? Y a-t-il un endroit où ils auraient pu cacher les jeunes filles pendant qu'ils attendaient le bateau ? »

Elle articula : « Peut-être, mais je pense à deux endroits en particulier. Je vais vous en montrer un. L'autre se trouve dans la grotte. »

« Êtes-vous sûre que personne ne nous verra ? » s'enquit Gavin. « Nous ne sommes pas équipés pour nous battre. Nous devons simplement obtenir des informations avant de les transmettre à Will. »

« Je peux vous assurer que c'est sans danger » dit Roddy. « C'est l'endroit où nous nous sommes rencontrés. Je l'ai vu sur les falaises et je l'ai suivie jusqu'aux grottes qui se trouvent sous sa maison. Je n'y ai vu que Rose. Elle s'est précipitée dans la grotte, et j'imagine qu'il y a une entrée dedans qui mène au château, parce qu'elle a disparu. Le quai se trouve tout en bas du château. »

Rose hocha la tête.

« Nous vous suivons, milady » dit Connor. « Montrez-nous où ils pourraient cacher les jeunes filles. »

CHAPITRE 18

ROSE SAISIT LA main de Roddy et se mit en route vers la côte, mais il l'arrêta.

« Qui reste ici ? »

« Pas moi » dit Daniel.

« Moi non plus » ajouta Gavin. « Je veux voir les falaises. »

Connor poussa un grognement. « Très bien. Je resterai ici, même s'il y a peu de risques. Cet endroit est très éloigné du chemin principal. En fait, lorsque vous reviendrez, Gavin pourra aller chercher Will et lui dire de nous retrouver ici. »

Tous acceptèrent sa proposition, puis tournèrent les talons pour suivre Rose. Le début du chemin fut facile à emprunter, mais plus ils s'approchaient de l'eau, plus la descente se faisait raide et traîtresse. Roddy tira alors sur sa main, et elle se retourna pour le regarder.

« Ralentis » dit-il. « Nous ne connaissons pas ces chemins, et nous ne sommes pas aussi agiles que toi. »

Elle sourit à son compliment, puis fit attention à prendre son temps, en jetant des coups d'œil en arrière de temps à autre afin de s'assurer qu'ils suivaient le rythme. Lorsqu'ils arrivèrent enfin tout en bas de la côte rocailleuse, ils parcoururent du regard l'étendue d'eau menaçante, dont la surface était encore plus agitée que d'habitude.

Gavin poussa un sifflement. « Je n'avais encore jamais vu un loch aussi impitoyable. »

« Le nôtre n'est pas comme ça, c'est certain » convint Roddy.

Rose pointa du doigt les nuages qui se déplaçaient rapidement au-dessus de leurs têtes dans l'obscurité de la nuit. *Une tempête approche.* Roddy leur fit part du commentaire de la jeune femme, et elle fut sidérée de voir à quel point il la comprenait vite à présent.

Gavin déclara : « Je ne sais même pas si j'arriverais à nager dans cette eau. » Puis il jeta un coup d'œil à Rose et mima le mouvement de nager pour lui demander si elle l'avait déjà fait.

Elle hocha la tête, puis articula : « Je nage bien. »

Roddy lui adressa un regard empli de stupeur et d'admiration. « Moi aussi, j'ai grandi au bord d'un loch, mais je ne suis pas sûr de pouvoir m'en sortir dans des vagues comme celles-ci. »

« Il n'y a aucun navire sur l'eau » commenta Daniel. Puis il se tourna vers le sud et ajouta : « Le quai est désert. Rose, montrez-nous les grottes près du château. Ensuite nous irons retrouver Will pour lui demander ce qu'il a découvert. »

« Le chemin est dangereux » l'avertit Roddy. « J'irai seul avec Rose. Vous, allez à notre point de rendez-vous pour voir si Will s'y trouve, puis retrouvez-nous dans la clairière. »

Le groupe se sépara en promettant de se revoir dans moins d'une heure.

Rose crapahuta le long du chemin qui montait de la côte à son château, se déplaçant avec aisance entre les rochers glissants. Dès qu'elle arrivait à un endroit un peu escarpé, elle ralentissait et lui adressait un signe de la main pour l'avertir. Lorsqu'ils entrèrent dans la grotte marine, elle posa un doigt sur ses lèvres. À partir de cet endroit, ils couraient le risque d'être entendus, même si c'était peu probable par une nuit aussi venteuse. Les deux torches étaient restées allumées, ce qui les aida à trouver leur chemin.

Elle inspira profondément pour humer l'odeur de terre si familière, tandis que l'envahissaient des souvenirs de ses excursions dans la grotte durant son enfance. Son père lui racontait souvent des histoires sur des jeunes filles dotées de nageoires qui vivaient dans la grotte.

Elle adorait admirer la surface lisse au-dessus de leurs têtes, faite de rochers qui brillaient comme de sombres diamants lorsqu'on éclairait le passage avec des torches. Elle brûlait d'envie de partager son amour pour sa terre natale avec Roddy, mais ce n'était pas le moment.

Lorsqu'ils atteignirent la porte menant aux sous-sols du château, elle fit un geste pour indiquer à Roddy de s'arrêter, et qu'elle entrerait seule.

« Hors de question » répondit Roddy. « Je viens avec toi. »

Une fois qu'ils eurent trouvé leur chemin dans le passage les menant aux sous-sols, elle s'arrêta et leva une main pour arrêter Roddy. À partir de cet endroit, elle entendait toujours des gens s'affairer dans le château. Elle savait exactement ce qui se trouvait au-dessus d'eux.

Mais ce soir, tout était étrangement calme.

Où était passée sa mère ?

Roddy avait fouillé le château avec Rose, et à leur grande surprise, celui-ci était désert. Elle lui montra alors le chemin de la sortie, puis ils partirent dans une autre direction sur le grand chemin. Lorsqu'ils atteignirent la zone principale, elle s'écarta de la route et le mena jusqu'à un bosquet d'arbres avant de pointer quelque chose du doigt. Il vit une petite hutte nichée dans la forêt, probablement construite par des pêcheurs qui vivaient non loin de là. Elle pouvait facilement accueillir six à huit jeunes filles. Il y avait plusieurs tabourets à l'intérieur, preuve qu'ils avaient trouvé leur repaire.

Aujourd'hui, il était vide.

Il n'y avait pas grand-chose d'autre, à part quelques étagères remplies de différents outils, de petits couteaux et de divers types de cordes. Tout ce qu'ils trouvèrent pouvait aussi bien être utilisé par des pêcheurs que par des ravisseurs.

« Bien joué, Rose » murmura Roddy tandis qu'il se penchait pour l'embrasser sur la joue. « Nous pourrions nous servir de cet endroit ou de l'autre. » Puis il lui indiqua de lui montrer le chemin pour retourner à leur lieu de rendez-vous.

Dès qu'ils furent de retour, Connor s'approcha d'eux à cheval, suivi de près par les autres, Constance chevauchant toujours avec Daniel.

« Qu'y a-t-il ? » demanda Roddy lorsqu'il lut l'expression empressée sur le visage de son cousin.

« On a eu des nouvelles de Will. Ils pensent que quelque chose est sur le point de se produire dans l'autre abbaye. Ils ont remarqué un phare et s'attendent à voir un bateau arriver près de l'embouchure de l'estuaire. C'est à moins d'une heure de là. »

« L'autre abbaye est-elle aussi près de l'estuaire ? »

« Pas aussi près que celle-ci, mais c'est un bon endroit pour transporter leur marchandise sans être vus » répondit Daniel.

Rose lâcha la main de Roddy et secoua la tête.

Le jeune homme lui jeta un coup d'œil, remarquant son malaise. Elle secoua une nouvelle fois la tête, plus vigoureusement cette fois. « Qu'y a-t-il ? »

Constance intervint : « Elle ne veut pas y aller. Le garde nous a parlé de l'autre abbaye. »

« A-t-il dit autre chose à ce sujet ? » s'enquit Connor.

« Il a dit que les gardes de l'abbaye de Sona y emmenaient de nombreuses jeunes filles en formation pour devenir nonnes. Les méchantes filles, deux de celles qui ont agressé Rose, ont été envoyées là-bas. Elles se trouvaient toujours dans leurs cellules d'isolement l'autre jour, mais maintenant, elles ont disparu. Peut-être que c'est là-bas qu'ils les ont emmenées. »

« Vous voulez dire que c'est un autre endroit qu'ils utilisent pour les punir ? »

« Non, je ne crois pas. Ils sont toujours en train de la nettoyer et de la préparer pour accueillir plus de novices. Je pense qu'on les a envoyées là-bas pour travailler. Cela fait partie de notre enseignement – un dur labeur pour achever l'œuvre de notre Seigneur. »

Roddy avait des doutes, mais il ne voulait pas lui annoncer la triste vérité. Avec un peu de chance, ils parviendraient à empêcher le pire.

« Elle n'est pas obligée d'y aller » dit Connor. « Et vous non plus. Vous pouvez rester ici jusqu'à notre retour. Gavin et Daniel, préparez les chevaux. Tu as cinq minutes, Roddy. Nous n'attendrons pas plus. C'est à toi de décider quoi faire avec les jeunes filles. »

Connor fit tourner sa monture avant de s'éloigner sans attendre les autres. Tout comme son père, lorsque Connor avait décidé quelque chose, rien ne pouvait l'arrêter.

Roddy se tourna vers Rose. « Je ne veux pas te laisser seule. »

« Elle ne sera pas seule » intervint Constance. « Je resterai avec elle, et il n'y a personne ici pour nous importuner. » Daniel l'aida à descendre de son cheval, et elle lui adressa un signe de la main tandis que lui et Gavin s'éloignaient pour rattraper Connor.

Rose hocha la tête, puis essaya de lui dire quelque chose avec des gestes et en articulant des mots. Il en comprit une partie. Les falaises lui manquaient.

« Elle a envie de se promener sur les falaises » dit Constance. « C'est l'endroit qui lui rappelle le plus son père. Je resterai ici avec elle. Revenez dès que vous le pouvez. »

« À une condition » répondit Roddy en regardant Rose dans les yeux. « Si ta mère revient, ne lui parle surtout pas. »

Rose hocha la tête, lui indiquant qu'elles resteraient dans la chambre du sous-sol si quelqu'un revenait au château.

Roddy haussa un sourcil en direction de Constance. « Très bien. Ça ne me plaît pas beaucoup, mais je vous promets de revenir le plus vite possible. » Puis il passa ses bras autour de Rose et l'attira vers lui. Par-dessus son épaule, il demanda à Constance : « Pouvez-vous nous laisser une minute, s'il vous plaît ? »

Constance rougit et tourna les talons, en suivant le chemin qu'avait emprunté Connor pour les rejoindre.

Roddy ne pouvait pas attendre une seconde de plus. Il prit le visage de Rose dans ses mains et posa ses lèvres sur les siennes pour lui adresser un baiser dévorant. Il avait senti ses douces fesses contre lui pendant tout le trajet depuis l'abbaye, et ne pouvait plus résister à la tentation.

Elle lui ouvrit ses lèvres en poussant un soupir, le laissant entremêler sa langue à la sienne dans l'obscurité de la nuit, comme si leurs problèmes n'existaient plus et qu'ils étaient seuls au monde. Puis il posa un sillon de baisers le long de son cou jusqu'à son oreille, en lui murmurant des mots doux à l'oreille. Elle y réagit en inclinant la tête en arrière pour lui offrir un meilleur accès à son cou, tout en faisant glisser ses mains vers lui pour s'agripper à sa tunique. Il lui prit un sein à travers le tissu de son manteau, frustré de ne pas pouvoir toucher sa peau, mais elle se pencha tout de même contre lui pour lui montrer qu'elle en avait autant envie que lui.

« Roddy ! »

Daniel s'approcha derrière lui en tirant son cheval par les rênes. Le jeune homme mit donc fin à leur baiser et lui dit : « Je te promets de revenir aussi vite que possible. »

Il l'embrassa une dernière fois, puis attendit avec elle le retour de Constance. Les seules paroles auxquelles il put penser furent : « Fais attention. »

Il grimpa à cheval et tira sur les rênes. Incapable de se retenir, il jeta un regard en arrière et ne put s'empêcher de sourire. Constance était en train d'attirer Rose vers le château tandis que la jeune femme lui rendait son regard. Elle leva la main pour lui adresser un dernier au revoir avant de se retourner.

Daniel s'esclaffa. « Tu vas me dire merci ou pas ? »

Roddy mena son cheval à hauteur de celui de Daniel et rétorqua : « Pourquoi ? J'aurais préféré que tu mettes plus de temps. »

Daniel lui répondit d'une voix traînante : « Si je ne vous avais pas rejoints, tu l'aurais dépucelée, et j'aurais dû vous emmener tous les deux à l'abbaye pour vous marier. »

Roddy secoua la tête, irrité par ses insinuations. « Parfois, tu es un vrai crétin, Fantôme. Après tout ce que ma mère a enduré, je ne traiterai jamais une jeune fille de cette façon. » Avant de rencontrer son père, sa mère avait été abusée par un homme cruel. Son père lui avait raconté leur histoire lorsqu'il avait été en âge de comprendre.

Daniel haussa un sourcil en direction de Roddy, puis élança son cheval au galop. Roddy l'imita et arriva facilement à le rattraper.

Peu après, un étrange sentiment envahit Roddy. Il leva les yeux vers le ciel, et remarqua des oiseaux qui tournoyaient au-dessus de leurs têtes − les faucons, et un autre. Il ne parvint pas à se défaire de cette sensation, mais il ne savait pas quoi en faire exactement.

Ils aperçurent ensuite quelques chevaux devant eux. Braden et Will avaient mis pied à terre, en pleine conversation avec Maggie, Gregor et oncle Brodie.

Lorsqu'ils furent arrivés à leur hauteur et qu'ils furent descendus de leurs montures, Roddy demanda : « Ta migraine est toujours là, Maggie ? »

D'un regard, elle lui fit comprendre que la raison de sa venue n'était pas une bonne nouvelle. Elle poussa un soupir et répondit : « Je me sens mieux, mais c'est seulement parce que je sais ce qu'il va se produire. » Elle les invita à se rapprocher afin de pouvoir leur parler à voix basse. Même s'il n'y avait personne en vue, il se dit que tout éclat de voix risquait de faire revenir les maux de tête de Maggie. « Je me suis endormie et j'ai rêvé de deux personnes en train de travailler ensemble contre une troisième. L'une d'entre elles appartenait au clergé − homme ou femme, je n'en suis pas sûre. L'autre semblait très riche, et je suis presque certaine qu'il s'agissait d'une femme. Ils étaient en train de discuter de deux envois de nombreuses jeunes femmes. Certaines d'entre elles avaient des habits de nonnes. Et j'ai vu une autre chose étrange. Un oiseau. »

« Penses-tu qu'il s'agissait de l'un de mes faucons ? » demanda Will. Les oiseaux poussèrent alors un cri au-dessus d'eux, comme s'ils avaient compris qu'ils étaient le sujet de leur discussion.

Roddy leva les yeux vers eux − et lorsque l'un d'eux descendit en tournoyant, il réalisa qu'il connaissait le troisième oiseau de proie qui les survolait.

Comme s'il répondait à ses pensées, Braden dit : « C'est un hibou. »

« Bon sang, c'est pas vrai. » Roddy sentit son estomac se contracter en entendant le doux « hou » prononcé par l'oiseau nocturne. Il comprit immédiatement que c'était celui qu'il avait vu à l'abbaye.

« Que veut-il ? » marmonna Braden en s'éloignant du groupe.

« Je l'ignore » répondit Roddy. « Mais je vais essayer de le découvrir. »

« Putain, Roddy ! Est-ce que c'est celui que tu as déjà vu ? » demanda Daniel tandis qu'ils levaient tous les yeux vers le ciel.

Roddy frotta sa barbe de trois jours. « Je pense que oui, mais je n'en serai pas certain avant de l'avoir vu de plus près. Je dois voir ses yeux. »

« Alors nous allons le faire descendre » dit Will

avec confiance tandis qu'il s'avançait vers son cheval. « Tu sais que je ne prendrai jamais à la légère un avertissement venant d'un oiseau. »

Le volatile s'approcha plus près en hululant à plusieurs reprises, comme pour attirer l'attention de l'un d'entre eux.

Will prit quelque chose dans la sacoche fixée à la selle de son cheval, puis l'apporta à Roddy. « Tiens » dit-il en posant un bout de tissu sur son bras. « Essaie de le faire atterrir là-dessus. » Il l'ajusta avec soin, puis recula d'un pas. « Lève le bras. »

« Qu'est-ce qu'un fichu hibou vient faire dans cette histoire ? » demanda Gavin, visiblement désorienté.

Oncle Brodie répondit : « Il y a certaines choses qu'on ne peut pas expliquer, mon garçon. Il faut simplement les accepter, quelle qu'en soit la raison. Éloigne-toi un peu, Roddy. Il a peur de nous. »

« D'accord » dit Will. « Éloigne-toi et lève ton bras plus haut. Je vais dire à mes faucons de partir. » Il fit de grands signes avec ses bras, et les deux créatures s'éloignèrent. Le hibou se rapprocha du jeune homme. « Lorsqu'il atterrira, vous devrez tous garder le silence. C'est entre le hibou et Roddy. » Puis il leur indiqua de se reculer de quelques pas.

Le hibou semblait avoir de grandes oreilles dressées de chaque côté de sa tête, mais Roddy savait qu'il ne s'agissait que de plumes. Il fixa son regard sur lui, émerveillé, tandis qu'il descendait de plus en plus et atterrit presque sur son bras, mais finit par remonter dans les airs, comme pour vérifier que c'était sans danger.

« Ne bouge pas, Roddy. »

Le hibou se mit à émettre des sortes de claquements entre deux cris stridents – des bruits étranges, qu'il n'avait encore jamais entendus chez un oiseau.

« Il ne va pas l'attaquer, n'est-ce pas, Will ? » demanda Maggie.

« Non. Reste bien immobile, Roddy. Il va voler droit vers toi, puis placer ses ailes à la verticale pour ralentir sa descente. Il tendra ses serres vers toi en premier. »

Roddy ne bougea pas d'un pouce, le bras tendu, sidéré tandis qu'il observait le grand hibou s'approcher de lui exactement comme Will venait de le lui décrire. Luttant contre son envie d'échapper aux serres de rapace, il garda son aplomb jusqu'à ce que le grand oiseau vienne atterrir sur le tissu placé par Will pour lui protéger la peau.

« C'est le même hibou, Roddy ? » demanda Daniel, mais Will lui intima de se taire.

Roddy observa l'imposante créature, ses ailes à présent repliées sur les côtés, ses yeux orange dorés posés sur lui. « Bonjour, mon ami. »

Le hibou fit une nouvelle fois claquer son bec à plusieurs reprises, en étendant légèrement ses ailes avant de les replier. Il ne pouvait pas lui parler de manière traditionnelle, mais il parvenait à comprendre son message, tout comme il savait interpréter les gestes et phrases articulées par Rose.

« Rose a des ennuis, n'est-ce pas ? » demanda-t-il. « Tu veux que j'aille la retrouver, c'est ça ? »

Le hibou ferma les yeux, comme soulagé, puis hulula à trois reprises.

CHAPITRE 19

ROSE GUIDA CONSTANCE jusqu'à l'un de ses endroits préférés au sommet des falaises, tout en lui démontrant sa grande agilité sur les rochers. Son amie avait beaucoup plus de mal à grimper, mais ce n'était peut-être pas si surprenant que cela. Les robes qu'on leur avait fournies à l'abbaye ne permettaient pas une très grande liberté de mouvement. Elles étaient en train de traverser un autre groupe de rochers près du bord du loch lorsque Rose remarqua quelque chose du coin de l'œil. Elle leva donc une main en direction de son amie, puis elles s'arrêtèrent, et Rose pointa le loch du doigt.

C'est là qu'elle le vit de nouveau.

Un phare.

Constance poussa une exclamation de surprise. « Je l'ai vu ! » Puis elle ajouta dans un murmure à peine audible : « Est-ce que c'est ça qu'ils cherchent, Rose ? »

Rose traça les lettres du mot « mauvais » dans la paume de Constance.

« Oh, si c'est mauvais, nous devons partir.

Nous pourrions aller chercher Roddy. » Une expression inquiète passa sur son visage. « Non, nous n'avons pas de chevaux, n'est-ce pas ? » Elle tapota sa lèvre inférieure du bout du doigt. « Qu'allons-nous faire ? Nous ferions mieux de nous cacher. Je ne veux pas croiser ta mère. Mais rien ne nous dit qu'elle sera là-bas, n'est-ce pas ? Combien a-t-elle de domestiques ? »

Rose leva trois doigts, puis prit son amie par la main et la ramena dans les grottes. Elles pourraient se faufiler dans le château et rester cachées dans les sous-sols. Là-bas, elles pourraient tout entendre de ce qu'il se passerait, aussi bien dans le château que dans les grottes.

Elles se dirigèrent donc vers les sous-sols du château, puis Rose mena Constance jusqu'à une petite chambre pourvue de deux lits. « Qu'allons-nous faire ? » demanda son amie. « Il y a un bateau qui arrive. Va-t-il amarrer ici ou à l'autre endroit ? Pourquoi ont-ils un phare ? À qui peuvent-ils bien adresser ce signal ? Il n'y a personne ici. Je ne comprends pas. Oh, où sont les garçons ? Nous avons besoin de leur aide. »

Constance avait tendance à parler sans s'arrêter lorsqu'elle était bouleversée, et Rose la laissa faire. Puis elle entendit soudain la voix qu'elle redoutait tant.

Sa mère.

Elle était en train de se disputer avec quelqu'un, mais Rose ne parvint pas à reconnaître l'autre voix.

« Comment as-tu laissé s'échapper cette enfant ? Avec un peu de chance, cette idiote va se perdre dans la forêt avant de se faire dévorer par une meute de loups. Elle n'a jamais fait que me causer des problèmes depuis le jour de sa naissance. »

Constance se jeta en avant pour prendre les mains de son amie dans les siennes. « Je suis vraiment désolée, Rose » murmura-t-elle.

La jeune femme secoua la tête, en essayant de lui expliquer qu'elle n'avait pas à se sentir désolée pour elle. Elle savait que sa mère était une femme cruelle... et pourtant, ses paroles l'avaient blessée. Sa propre mère était en train de souhaiter sa mort.

« Et j'espère que tu ne te montreras pas aussi stupide que Walter. Il n'a fait que couver cette fille, comme si c'était lui qui lui avait donné le jour. »

« Allons, Jean. Oublie ta fille pour le moment. Nous devons d'abord nous occuper de cet échange. Notre dernière tentative a échoué, nous devons donc réussir celle-ci si tu veux gagner un peu d'argent. Ton ami d'Angleterre ne nous enverra peut-être plus de navires si nous ne parvenons pas à mener cette expédition avec succès. Nous nous occuperons de Rose quand elle réapparaîtra, et elle le fera. Pour le moment, tu dois faire ce que je dis. Tu n'as encore jamais traité avec ces hommes, et crois-moi, on ne peut pas vraiment les qualifier d'éthiques. »

Rose et Constance échangèrent un regard, les yeux écarquillés. Constance avait-elle aussi reconnu cette voix ?

« Le père Seward » murmura son amie. « J'ai peur, Rose. »

La voix toujours aussi vindicative de sa mère résonna contre les murs en pierre du château. « Les gardes de ton abbaye sont négligents. Comment n'ont-ils pas remarqué une fille qui s'est faufilée hors de l'abbaye ? Par tous les saints, il y en avait même deux. »

« Je te l'ai dit, elles ont été enlevées par plusieurs guerriers. Mes gardes ont bien essayé de les suivre, mais deux d'entre eux y ont perdu la vie. Je ne voulais pas perdre d'autres hommes jusqu'à ce que nous ayons procédé à l'échange. Nous avons sept jeunes filles. »

« Retrouve ma fille et son amie, et nous les vendrons aussi. »

Constance poussa une exclamation étouffée, puis saisit Rose par le bras, une lueur de peur dans les yeux, mais la jeune femme ne comptait pas laisser sa mère contrôler sa vie une minute de plus. Elle l'empêcherait à tout prix d'obtenir ce qu'elle voulait, surtout avec toutes ces vies en jeu.

Elle tapota la main de Constance et articula : « Ne t'inquiète pas. Les garçons vont venir. » Cela sembla apaiser légèrement son amie, mais elle était toujours visiblement bouleversée. Parviendrait-elle à garder son calme lorsque viendrait le moment d'agir ?

Rose porta la main à sa dague cachée dans la poche cousue dans sa robe. Sans l'ombre d'un doute, *elle* garderait son calme.

Sa mère se mit à arpenter la pièce, et le son de ses pas résonna dans le vieux château plein de courants d'air. « Où ces garçons ont-ils bien pu emmener ma fille et son amie ? »

« Elles ne sont pas ici, ma douce. Cesse de t'inquiéter à ce sujet. En fait, nous avons juste assez de temps pour nous glisser quelques minutes dans tes draps avant l'arrivée du bateau. Il n'y a personne d'autre que ton intendant ici, et il est occupé à les attendre sur le quai. »

« Non. Nous devons la retrouver. Je veux l'envoyer sur ce bateau » répondit sa mère avec une surprenante véhémence.

Le père Seward rétorqua : « Non, nous nous sommes mis d'accord. Elle n'ira pas sur ce bateau. Je veux qu'elle reste. »

« Je le sais, Bernard. Je sais que tu aimes bien ma fille et que tu voudrais la garder dans la nouvelle abbaye, mais j'ai changé d'avis. Je vais la vendre et me faire plein d'argent. Elle est trop suspicieuse, et je n'aime pas ça. Je veux l'envoyer loin d'ici. Et si la mémoire lui revenait ? »

Le ton plaisant du père Seward changea en un instant, et sa voix porta suffisamment loin pour couvrir l'exclamation choquée de Constance. « Je me fiche de ton avis. Nous avions un accord, et tu vas le respecter. »

Les deux jeunes filles échangèrent un regard interloqué.

« Es-tu en train de suggérer ce que je pense, Bernard ? Elle est bien trop jeune pour toi. »

« Tu as dit que tu voulais retourner en Angleterre. Après ton départ, tu n'auras plus jamais à la revoir. Elle vivra à l'abbaye des Anges. Je lui dirai que tu es morte, si tu veux. Mais je refuse qu'on la vende. »

Roddy poussa son cheval jusqu'au bord de l'épuisement, car il craignait plus que tout que Rose eût des ennuis. Il ne pouvait pas supporter d'imaginer qu'il lui était arrivé quelque chose – il n'avait pas réalisé à quel point elle comptait pour lui. Il avait tellement aimé la sentir devant lui sur son cheval, la tenir dans ses bras et l'embrasser sans cesse.

Pourquoi le fait qu'elle fût muette n'avait-il aucune importance pour lui ?

Parce que c'était ainsi. D'autres auraient peut-être pu remettre en question sa décision, voire le traiter de fou, mais elle apprenait si vite, et bientôt elle saurait parfaitement lire et écrire. Ils pourraient communiquer de cette façon.

Daniel et Connor étaient à ses côtés, et son autre ami le hibou volait juste devant eux, comme pour leur montrer le chemin.

Will les appela dans leur dos. Ils venaient d'atteindre le point le plus haut dans les environs du loch, ce qui leur offrait une vue panoramique sur la surface de l'eau. Roddy essaya de comprendre ce qu'il essayait de leur dire, mais il n'y parvint pas, jusqu'à ce qu'il remarque ce que Will lui désignait du doigt.

Le phare venait de passer l'endroit où ils avaient d'abord pensé que le bateau amarrerait dans l'estuaire, et se dirigeait tout droit vers le château des MacDole.

Le cri strident du hibou s'éleva dans les airs.

Roddy refusa de laisser la peur l'envahir.

Le hibou les mènerait tout droit à Rose.

Comme elle ne parvenait plus à entendre leur conversation, Rose ouvrit la porte de leur chambre. Sa mère parlait désormais à voix basse, et elle avait manqué une chose qu'elle avait dite, mais le père Seward lui répondit suffisamment fort pour être entendu jusqu'au loch.

« Tu es une femme cruelle, Jean. Je n'arrive pas à croire qu'on puisse traiter son enfant comme tu le fais avec cette douce jeune fille. Pour l'amour du ciel, elle est sourde et muette. »

« Oh, espèce de hérisson lourdaud. Je t'ai dit qu'elle entendait très bien. Je lui ai simplement fait assez peur pour la rendre muette. Toi aussi, tu m'as aidé à lui faire peur, tu te rappelles ? C'est toi qui l'as attachée et qui l'as tenue. »

« Mais elle était tellement droguée qu'elle ne s'en souvient même pas. N'es-tu pas hantée par ce souvenir ? Je me rappellerai de ses cris d'enfants jusqu'à la fin de mes jours. »

Sa mère se remit à faire les cent pas en marmonnant quelque chose, mais Rose l'entendit à peine. Une horrible sensation était en train de s'insinuer dans tous son corps jusqu'au bout de ses membres. Quelque chose avait attiré son attention, des paroles prononcées par le père Seward. Le fait qu'il l'avait tenue. Pourquoi ? Que lui était-il arrivé ? Elle devait le découvrir. Elle refusait que sa mère continue de garder ce genre de secret.

Elles entendirent un bruit, comme si sa mère venait de faire tomber quelque chose de lourd, mais le son semblait provenir de très loin. « Rose » dit Constance en lui secouant le bras. De toute évidence, elle l'avait déjà appelée plusieurs fois. « Rose ? Qu'est-ce qu'elle t'a fait ? Oh, ma pauvre amie. Comment es-tu devenu une jeune femme aussi douce avec une mère aussi cruelle ? »

Tout à coup, les mensonges et les secrets lui semblèrent trop lourds à porter. Sans même y penser, Rose ouvrit la porte à la volée et monta les escaliers à une vitesse furieuse.

Que lui avait fait sa mère ?

CHAPITRE 20

ROSE OUVRIT LA porte en haut des escaliers, se précipita dans les cuisines et se rendit dans le grand hall, où elle fut surprise de trouver sa mère seule.

Sa mère sauta de son siège de l'une des tables à tréteaux. Elle l'accueillit de manière plutôt appropriée, ou du moins le pensa-t-elle.

« Espèce de catin stupide. Où étais-tu passée ? Je t'ai cherchée partout. Ne m'as-tu donc pas causé assez d'ennuis comme ça ? » Elle courut vers Rose et la saisit par le bras, qu'elle serra assez fort pour lui faire des ecchymoses. Puis elle leva son autre main pour lui donner une claque.

Rose ne se laissa pas faire, profitant de l'avantage de son bon équilibre pour pousser sa mère, ce qui sembla visiblement choquer lady MacDole puisqu'elle tomba contre la table en se cognant violemment la tête.

Constance arriva à ses côtés, les yeux remplis de peur mais aussi de détermination, et dit à sa mère : « Vous êtes une salope cruelle, vous le savez ? Qui traite sa propre fille de cette façon ? »

Sa mère poussa sur ses bras pour se relever de la table et s'approcha de Constance avant de tendre le bras pour gifler son amie, mais Rose fut plus rapide – elle lui saisit le bras et le repoussa. Cela ne suffit pas à calmer la furie de sa mère. Elle contourna la table pour se précipiter vers Constance, l'attrapa par les cheveux et la tira en arrière. « Fais ce que je te dis, Rose, ou je lui ferai du mal. »

Mais comme Rose n'avait plus peur de sa mère, elle transforma la colère qui l'envahissait en une force nouvelle. Elle articula les mots : « Laisse. Là. Tranquille. »

Sa mère éclata de rire. « Je ferai bien ce que je veux d'elle. En fait, il y a un bateau qui vient par ici. Si tu ne fais pas ce que je te dis, je la vendrai aux hommes de ce bateau. Ils me donneront beaucoup d'argent pour elle. Tu vas donc m'écouter, si tu ne veux pas perdre ton amie. » Elle traîna Constance jusqu'au mur, prit une dague de l'une des décorations murales qui contenait des armes, puis la pointa dans le dos de Constance.

Rose posa les yeux sur son amie, qui avait commencé à trembler, en s'efforçant de l'encourager à rester forte.

« Descends les escaliers, Rose » dit sa mère. « Nous serons juste derrière toi. Si tu t'enfuis, je poignarderai ton amie dans le dos. Fais ce que je te dis, et je ne lui ferai pas de mal. »

Rose savait exactement ce que comptait faire sa mère. Elle allait les enfermer dans la chambre au sous-sol.

Mais elle ne pouvait pas la laisser faire. Elle devait l'arrêter avant qu'elles n'atteignent l'escalier. Rose ralentit ses pas, rien que pour l'énerver. Elle détestait quand sa fille ne faisait pas exactement ce qu'elle lui disait. Puis Rose posa les yeux sur ce dont elle avait besoin.

« Cesse de retarder l'inévitable, Rose » dit sa mère d'un ton sec. « Descends les escaliers, et plus vite que ça. »

Pour irriter encore plus sa mère, elle se mit à emprunter un chemin étrange, en allant d'un côté, puis de l'autre.

« Fais ce que je te dis, Rose MacDole ! »

Rose continua de vagabonder à droite et à gauche en balançant des bras, comme pour garder l'équilibre.

« Je te préviens, Rose ! »

Elle balança ses bras d'un côté puis de l'autre et d'avant en arrière pour se donner une grande portée. Puis à la dernière seconde, elle prit deux pommes dans une caisse sur la table et les lança en direction de sa mère, dont l'une la toucha au front. Le choc de l'impact lui fit laisser tomber sa dague, permettant à Constance de se tortiller pour se libérer.

Utilisant l'une des méthodes enseignées par Roddy, Rose saisit sa mère, la fit tourner et la cloua au sol, au milieu des joncs. Puis elle sortit sa dague et la porta à sa gorge.

Sa mère cracha d'un ton haineux : « Tu m'as surprise, pour une fois. Je ne savais pas que tu avais la force de faire une chose pareille. Tu as toujours été si faible. »

Rose ne pouvait supporter les viles paroles qui sortaient de la bouche de sa mère. Elle articula les mots qu'elle avait envie de lui dire, en commençant par : « Te déteste. Cruelle. » Puis elle leva les yeux vers Constance pour lui demander son aide, en articulant quelques mots car elle savait qu'elle transmettrait le message beaucoup plus vite qu'elle.

« Je serai ravie de le lui dire pour toi : Comment avez-vous pu être aussi méchante ? Vous lui avez dit qu'avoir ses règles était sa punition pour avoir embrassé un garçon. Comment avez-vous pu dire une telle chose ? Vous vouliez qu'elle reste à l'abbaye pour le restant de ses jours, pas vrai ? Elle n'aurait jamais cessé d'avoir ses règles, et elle ne serait jamais rentrée à la maison, c'est ça ? Juste parce que vous étiez amoureuse du père Seward ? Que veux-tu que je lui dise d'autre, Rose ? »

Constance se mit à arpenter le hall pendant que Rose réfléchissait à ce qu'elle voulait dire d'autre à sa mère, mais son amie poussa soudain une exclamation de surprise.

« Oh, Rose. Non… »

Rose jeta un coup d'œil à son amie, sans comprendre la raison de son inquiétude. Constance était en train de regarder avec horreur quelque chose posé sur le sol dans un coin, caché par plusieurs tables. Elle aurait tellement aimé pouvoir crier à son amie pour lui demander ce qu'elle avait vu, mais elle en était incapable. Comme toujours, les mots restaient coincés dans sa gorge. La réaction de Constance la désarçonna au point qu'elle relâcha légèrement la pression de la dague sur la gorge de sa mère, ce qui permit à l'odieuse femme de reprendre la parole.

Et elle prononça les mots les plus glaçants qu'elle eut jamais entendus.

« Ton amie est en train de regarder le père Seward. Je l'ai tué. »

Rose reporta son attention sur sa mère.

« Comme je l'ai fait avec ton père. »

L'expression du visage de sa mère lui donna envie de vomir, mais pire encore, sa vision commença à se troubler. Sa propre mère avait tué son cher père, et voilà qu'elle venait de commettre un autre meurtre. Elle leva de nouveau les yeux vers Constance, surprise de la voir se précipiter vers la porte, les yeux remplis de terreur.

Tout ce qu'elle put penser fut : « Cours, Constance. »

Une fois la porte ouverte et son amie disparue, une douleur sourde lui envahit le crâne.

Puis elle sombra dans l'obscurité.

Roddy fut le premier à arriver, au moment où un coup de tonnerre crevait le ciel au-dessus de sa tête, assez lumineux pour éclairer toute la zone. Cette vue lui rappela la nuit où lui et Connor avaient vu le fantôme, et il se demanda ce qui allait bien leur arriver d'autre. Un hurlement déchirant s'éleva soudain dans les airs tandis que les nuages dans le ciel commençaient à relâcher des trombes d'eau. Le cri provenait d'une jeune fille en train de courir à perdre haleine sur le chemin, sans trop savoir où aller, et peu habituée au terrain accidenté. Comme ils étaient encore assez loin du château, il fut surpris de la voir être arrivée jusque-là.

Constance.

Il eut l'impression que son cœur allait exploser dans sa poitrine.

Daniel et Roddy descendirent de leurs montures et se précipitèrent vers elle. Daniel la prit dans ses bras et la serra fort pour qu'elle ne puisse pas s'échapper.

« Calmez-vous, Constance. Qu'y a-t-il ? » s'écria Daniel, mais la pauvre jeune fille ne cessait de hurler, les poings serrés, comme si elle voulait cogner quelque chose.

Ou quelqu'un.

Roddy remarqua la petite hutte que Rose lui avait montrée non loin de là, et il la pointa du doigt pour qu'ils aillent s'y abriter de la pluie torrentielle.

Dès qu'ils furent à l'intérieur, Roddy tendit la main vers celle de Constance et demanda : « Où est Rose ? »

Elle posa les yeux sur lui, une expression de peur si évidente sur son visage qu'il sentit de nouveau son cœur palpiter. Que diable était-il donc arrivé à Rose ? Arrivaient-ils trop tard ?

Will, Maggie et les autres les rejoignirent à l'intérieur de la petite hutte, qui pouvait à peine les accueillir tous. Constance ne cessait de secouer la tête en marmonnant des paroles incohérentes.

Daniel s'assit sur un tabouret dans un coin et posa Constance sur ses genoux. Puis il prit doucement son visage dans son unique main et tourna son regard vers lui. « Constance, regardez-moi. C'est Daniel. Vous vous souvenez de moi ? Je vous ai aidé à l'abbaye, vous et Rose. Roddy et moi sommes venus vous chercher. Nous avons amené des amis avec nous. Vous vous souvenez de moi ? »

Constance plongea son regard dans le sien et hocha la tête en déglutissant.

« Bien. Rose. Où est Rose ? » Sa voix était d'une douceur que Roddy n'avait encore jamais entendue de la part du jeune homme turbulent au sens de l'humour aiguisé.

Après avoir avalé plusieurs fois sa salive, Constance finit par expliquer : « La mère de Rose. Elle a tué le père Seward. » Elle serra le bras de Daniel. « Je l'ai vu. Je me suis éloignée de Rose et je suis passée devant quelques tables, et il était là, sur le sol. Il y avait du sang tout autour de lui, et un couteau non loin de là. Nous les avions entendus parler d'un phare sur le loch et d'un échange, et Rose avait voulu se confronter à sa mère. Elle avait son couteau sous sa gorge. La mère de Rose… Elle a avoué avoir tué le père de Rose il y a bien longtemps, et Rose en a été troublée. Un homme est arrivé derrière elle et lui a donné un coup sur la tête. Alors je me suis enfuie, mais je ne sais pas où ils l'ont emmenée, et… Roddy, sauvez Rose, je vous en supplie. »

Le jeune homme était déjà en train de faire les cent pas dans le petit espace de la hutte, prêt à partir au pas de course. Il brûlait de la retrouver.

« C'est arrivé il y a combien de temps, jeune fille ? » s'enquit Will.

« Un petit moment. Peut-être un quart d'heure ou une demi-heure ? »

Maggie prit la parole : « Roddy, peux-tu nous mener jusqu'aux grottes et au quai ? »

Celui-ci acquiesça.

« Qui est le meilleur nageur ? » demanda Will.

Gavin, Daniel, Connor et Braden désignèrent Roddy.

Maggie leur fournit ses instructions. « Constance va me mener jusqu'à l'endroit où elle a vu le père Seward. Nous irons voir si Rose est à l'intérieur. Si nous ne la trouvons pas, nous vous rejoindrons lorsqu'elle se sera un peu calmée. Connor, Braden et Roddy, vous descendez aux quais. Will et Gavin, montez le plus haut possible et préparez vos arcs. Oncle Brodie, peux-tu aller faire le guet dans la grotte avec Daniel ? » Lorsqu'il hocha la tête, elle poursuivit : « Est-ce que quelqu'un a vu un bateau que nous pourrions utiliser pour rejoindre cette galère ? »

Daniel répondit : « J'ai vu une barque près du quai. »

« Gardez ça à l'esprit. Constance, nous pensons qu'il s'agit d'un commerce de jeunes filles. Avez-vous entendu autre chose au sujet de leur plan ? Peut-être le nombre de jeunes filles ? »

Elle hocha la tête en tremblant. « Sept. Sa mère voulait aussi faire monter Rose et moi sur ce bateau. » Et avec une main sur la gorge, elle ajouta : « Elle était prête à vendre sa propre fille. »

Rose se réveilla avec un horrible mal de tête, pieds et poings liés, ce qui lui rappela de mauvais souvenirs. Des voix masculines résonnaient autour d'elle, mais elle les ignora pour essayer de se concentrer sur l'endroit où elle se trouvait.

Elle ne mit pas longtemps à sentir le roulement des vagues, et elle comprit qu'elle était sur un genre de bateau. Elle leva brièvement la tête pour regarder autour d'elle, mais la laissa bien vite retomber contre la surface dure sous son corps au moment où un élancement de douleur lui envahit le crâne. Malheureusement, elle était tout de même parvenue à discerner une chose.

C'était un grand bateau avec beaucoup de rameurs, et ils étaient très loin de la côte.

« Il y en a une qui s'est réveillée » s'écria une voix. « Qu'est-ce qu'on fait d'elle ? »

Une autre voix lui répondit : « Rien. C'est celle qui est muette. Ne t'en fais pas. »

Elle parcourut les environs du regard. Il y avait plusieurs autres jeunes filles attachées et endormies autour d'elles. Elle crut reconnaître Ada et une autre fille qui mangeaient toute seule en silence, mais elle avait du mal à se concentrer entre le roulement du navire, sa migraine et les coups de tonnerre dans le ciel. Une tempête de pluie et d'orage s'abattait sur le bateau. Le vent s'engouffrait dans les voiles, secouant l'embarcation. Le navire ressemblait à ce que son père appelait un birlinn, et les jeunes filles se trouvaient dans un espace de stockage avec une bâche destinée à les protéger de la pluie, mais elle était tout de même trempée et grelottante.

Elle leva une nouvelle fois la tête, en s'efforçant de ne pas se faire mal, et poussa un soupir de soulagement en réalisant qu'au moins, Constance n'était pas sur le bateau.

Peut-être avait-elle réussi à s'enfuir ? Elle priait de tout son cœur pour que ce fût le cas. La dernière chose dont elle se souvenait était d'avoir vu son amie courir vers la porte, puis elle avait senti un coup à la tête.

La dague qu'elle avait mise sous la gorge de sa mère avait certainement disparu. Malgré ses liens, elle parvint à atteindre son autre dague cachée dans sa botte. À son grand soulagement, on ne la lui avait pas confisquée. Elle avait encore une chance.

Sa mère. Elle avait brûlé d'envie de tuer l'horrible femme qui avait assassiné son père, mais elle ne l'avait pas fait. Des larmes se mirent à couler sur ses joues avant de tomber sur la coque du navire, mais elle ne pouvait pas se laisser submerger par ses émotions. Elle devait rester forte pour Roddy et Constance.

Et pour elle-même.

Sa mère, la maléfique sorcière, avait tout manigancé avec le père Seward. Cet homme, qui s'était montré si gentil avec elle, était en fait une mauvaise personne. Il avait eu envie d'elle plus qu'il avait désiré sa mère, et c'était ce qui avait mis lady MacDole en colère au point de le tuer. Mais ils avaient parlé de son passé…

Une sensation sombre et horrible s'insinua le long de sa nuque. Il y avait là quelque chose de trop horrible à comprendre.

Elle sentit soudain sa langue enflée et étrange dans sa bouche. Elle se remit alors à penser à ce que Roddy lui avait demandé à propos du bout de sa langue.

Quelqu'un la lui avait coupée.

En un instant, elle se retrouva sur la table il y a des années de cela, les pieds et les mains liées, essayant de donner des coups de pied aux deux hommes qui l'avaient attachée, deux hommes qui avaient travaillé pour sa famille pendant des années. Elle avait crié et hurlé et donné des coups. Le père Seward se rappelait encore de ses cris.

Elle avait eu une voix.

Sa mère avait dû crier par-dessus ses hurlements pour se faire entendre. « Je vous ai dit de la tenir. Que peut bien vous faire une petite fille ? »

Elle avait vu le couteau s'approcher d'elle, et les mains qui tenaient sa tête en arrière de chaque côté.

Et soudain, elle se souvint de tout.

Elle était dehors par un jour de tempête aussi, ce soir-là. Elle et son père étaient allés sur les falaises lorsque l'orage s'était transformé en déluge. Ils étaient restés là à observer l'éclair dans le ciel, mais au bout d'un bref instant, son père avait insisté pour qu'ils retournent au château.

Elle accepta, parce qu'elle n'aimait pas trop les orages. Mais plutôt que de retourner à la maison par la porte d'entrée, elle prit l'autre chemin, celui qui passait par les sous-sols. Juste avant d'entrer dans les grottes, elle entendit la voix de sa mère.

Lorsqu'elle regarda en arrière, elle vit sa mère qui se tenait du côté opposé à son père, en train de lui crier dessus. Elle le poussa et il faillit perdre l'équilibre, mais au lieu de crier sur sa femme, il fit preuve de sagesse et se retourna pour s'éloigner vers le chemin menant aux grottes. Il ne prononça pas le moindre mot face à toute la violence de sa mère.

Rose ferma les yeux, car elle n'aimait pas voir ses parents se disputer. Lorsqu'elle les rouvrit enfin, il était trop tard pour avertir son père. Sa mère le poussa très fort dans le dos, le forçant à passer par-dessus le bord des falaises jusqu'à trouver la mort en contrebas.

Un cri sans fin s'éleva de la gorge de Rose. Son père bien-aimé était mort. Elle avait vu sa propre mère commettre un meurtre. Elle hurla et hurla, sans se souvenir de ce qu'il se passa ensuite, jusqu'à ce qu'un autre homme se dirige vers elle – leur intendant.

Sa mère était furieuse contre elle.

En état de choc, elle ne chercha même pas à se débattre lorsque l'intendant la souleva et la porta jusqu'au grand hall, avant de la poser sur la table pendant que sa mère aboyait des instructions à tout le monde. Elle essaya de lutter lorsqu'il l'attacha, mais en vain, et du sang se mit à couler de son bras à vif à cause de la corde.

Sa mère s'approcha d'elle, écumant de rage, et cria à l'homme derrière elle : « Tiens-lui la tête. »

Elle tendit alors le bras, tira la langue de Rose à l'aide d'un étrange instrument, puis en coupa le bout avec un couteau.

Rose se mit à hurler de la douleur à la fois physique et émotionnelle.

Sa mère la laissa attachée sur la table pendant toute la nuit, paralysée de peur par la lumière des éclairs.

Le lendemain matin, sa mère descendit dans le grand hall et lui montra le bout de sa langue sanguinolent, puis déclara : « Si jamais tu parles un jour de ce que tu as vu, je te couperai le reste de ta langue et tu ne pourras plus jamais parler. Je t'emmènerai sur une île et je t'abandonnerai là-bas. Tu es un monstre, je te le jure. »

Elle ne se rappela plus de grand-chose après cela. Elle s'était retranchée dans son monde intérieur, sans parler à personne car tout le monde s'était retourné contre elle. Harold, l'intendant de sa mère, avait participé à cette cruauté. Il y avait aussi un autre homme – et elle reconnaissait à présent sa voix comme étant celle du père Seward.

À seulement douze hivers, elle n'avait pas pu comprendre la vérité qui se cachait derrière cette histoire. Son père avait surpris sa mère avec un autre homme, et elle avait préféré le tuer plutôt que de payer les conséquences.

Cette tragédie avait été trop dure à supporter pour elle.

Elle était devenue une enfant modèle, complètement muette, qui ne faisait jamais le moindre bruit et qui passait le plus clair de son temps dehors. Jusqu'à aujourd'hui, le souvenir de cette nuit était resté profondément enfoui dans sa mémoire, caché dans son inconscient.

Il était temps de mettre fin à cette mascarade. Elle ne laisserait plus sa mère faire tout ce qu'elle voulait, et ne croirait plus jamais la moindre parole qui sortirait de sa bouche tordue de mensonges.

Rose sortit le couteau de sa cachette et coupa ses liens. Puis elle frappa la bâche pour se faire de la place et lui permettre de s'asseoir. Heureusement, l'équipage l'ignora. Les hommes avaient du mal à maîtriser les voiles et à canaliser l'énergie des vents violents, aussi ne lui accordèrent-ils aucune attention. Elle se dirigea vers le bord du bateau et ouvrit la bouche, mais aucun son n'en sortit.

Elle n'avait pas du tout perdu l'usage de la parole. Elle l'avait simplement enterré au plus profond de son esprit pour survivre, mais cette époque était terminée. Elle se montrerait forte pour Roddy, pour son père, mais surtout, pour elle-même.

Des larmes lui montèrent aux yeux, mais elle les ravala et se força à réessayer. Elle ouvrit la bouche et usa de toutes ses forces pour produire un son, mais en vain. Elle se dit qu'il valait mieux commencer doucement et tenta de fredonner, mais elle parvint à peine à produire le petit grognement qu'elle avait toujours réussi à faire.

Elle se pencha contre le bord du bateau, puisant dans ses forces pour projeter le son de sa voix.

Quelqu'un finit par la remarquer, car elle entendit un homme crier : « Allez la chercher. Clouez-la au sol, attachez-la. Faites quelque chose ! »

Deux hommes fondirent droit sur elle, mais un hibou plongea en piqué dans une bourrasque et passa devant elle. Au moment où l'un des bâtards tendait la main pour l'attraper, le volatile donna un coup de ses puissantes serres sur la main de son agresseur.

Son nouvel ami. C'était le hibou qu'elle avait rencontré à l'abbaye, celui que son père avait envoyé pour l'aider.

Elle le ferait aussi pour lui.

Elle ferma les yeux, gonfla le ventre et ouvrit la bouche. À sa grande joie, le cri le plus puissant qu'elle eut jamais entendu s'échappa de ses cordes vocales.

« Roddy ! » Elle était tellement heureuse d'avoir réussi qu'elle se mit à rire et à crier en même temps, car c'était bien sa voix mélodieuse.

« Roddy, Roddy ! Aide-moi ! »

Rose pouvait bel et bien parler.

Chapitre 21

RODDY, CONNOR ET Braden se dirigèrent tous à pied vers le quai après avoir laissé leurs chevaux en hauteur, sur le chemin des falaises. À sa grande surprise, le hibou s'éloigna d'eux et fondit droit sur l'eau. Tandis qu'ils approchaient du loch, Roddy sentit une sensation étrange s'insinuer dans ses entrailles. Sa peur de la mort était revenue.

La peur de ne pas faire le nécessaire pour sauver Rose faillit le faire chavirer, mais il ne la laisserait pas l'arrêter.

Il sauverait Rose. Il l'aimait.

La vérité ne s'était jamais imposée aussi clairement dans son esprit. Il était amoureux de Rose MacDole, et cet amour était assez fort pour surmonter ses peurs, quelles qu'elles soient. Il ferait tout ce qui était en son pouvoir pour empêcher qu'on l'envoie sur un bateau.

La tempête continuait de s'abattre sur eux, et les vagues étaient si violentes qu'ils avaient du mal à s'entendre. Roddy baissa sa main vers la poignée de son épée tandis qu'il cherchait le quai.

« Il n'y a pas de bateau. Il n'est pas encore arrivé » rugit-il par-dessus le vacarme de la tempête.

Connor et Braden arrivèrent à sa hauteur, parcourant du regard les eaux agitées et la côte à la recherche de tout signe trahissant la présence d'un bateau ou de personnes.

Rien.

Connor désigna alors le centre du loch en criant : « Là-bas ! Un birlinn. »

« Bien » répondit Braden. « Nous arrivons à temps. Nous les prendrons par surprise à leur arrivée, et nous mettrons un terme à tout ça. Mais où sont les hommes sur la côte ? »

« Merde ! » s'écria Roddy en laissant tomber son épée au sol. Puis il se mit à tirer sur son plaid et sa tunique, ne s'arrêtant que lorsqu'il se retrouva simplement vêtu de son pantalon.

« Mais enfin, qu'est-ce qui t'arrive, Roddy ? » demanda Connor, sidéré. « Qu'est-ce que tu fais ? »

« Le bateau est en train de *s'éloigner* de nous. Il est trop loin. »

Il retira une de ses bottes tandis que Braden répondit : « Tu ne peux pas aller à sa poursuite. Il a hissé les voiles, et il avance bien trop vite pour que tu puisses le rattraper à la nage. En plus, les vagues sont si hautes qu'elles t'entraîneront dans les profondeurs. Nous devons trouver cette barque. »

Roddy enleva son autre botte en répliquant à son cousin : « Alors allez trouver un bateau et rejoignez-moi. J'y vais à la nage. »

« Réfléchis une seconde, Roddy » intervint

Connor. « Le tonnerre pourrait te tuer en un instant. Et tu ne sais même pas si Rose se trouve sur ce bateau. Elle pourrait toujours être au château. »

Il s'interrompit, envisageant la possibilité soulevée par Connor, mais à cet instant précis, ils entendirent une voix, aussi claire qu'un son de cloche.

« Roddy ! »

Sans l'ombre d'un doute, il était certain de connaître cette voix. « C'est Rose » dit-il, estomaqué. « J'y vais. Allez chercher de l'aide avant de nous rejoindre. Je ne pourrai pas ramener toutes les jeunes filles. »

« Tu ne réfléchis pas clairement » dit Connor en le prenant par le bras. « Rose est muette, tu te souviens ? »

Comme pour contredire Connor, la voix l'appela à nouveau. « Roddy, Roddy, aide-moi ! »

« C'est Rose. Je reconnaîtrais sa voix entre toutes. » Il ne s'était jamais senti aussi sûr de quelque chose de toute sa vie. Son âme avait reconnu sa voix, mais comment pouvait-il l'expliquer ?

Braden déclara : « Bonne chance. Nous irons chercher de l'aide, mais tu en as déjà. »

Roddy plongea dans l'eau, sans même laisser à Braden le temps de finir sa phrase, mais il entendit quelques secondes plus tard sa voix s'élever au-dessus de l'eau. « Le hibou, Roddy. Il est venu jusqu'ici depuis les quais, et maintenant il se dirige droit vers le bateau. Nous allons trouver cette barque. »

Le jeune homme referma la bouche et concentra toute son attention sur ses brasses.

Rose avait besoin de lui.

Et sa douce Rose pouvait parler.

Rose se rassura en se disant qu'elle était aussi forte qu'on pouvait l'être. Elle avait enduré la torture, le lavage de cerveau, et bien plus encore. Elle trouverait le moyen de s'échapper de ce bateau.

Le hibou s'était éloigné, comme invoqué par quelqu'un d'autre, mais elle était parvenue à arrêter ses deux assaillants. Elle en avait frappé un d'un coup de pied à l'entrejambe, comme Roddy le lui avait montré, et avait donné un coup de poing dans les testicules de l'autre. Comme un autre homme s'avançait vers elle, la jeune femme saisit la dague qu'elle avait utilisée pour couper ses liens et le toucha à la jambe, tachant de sang son pantalon. La brute s'éloigna alors en hurlant.

Une voix l'appela depuis les profondeurs noir d'encre de l'estuaire. « Rose ? J'arrive. »

Roddy. Oh, elle l'aimait tellement.

Et elle avait tellement hâte de le lui dire avec sa voix retrouvée.

Deux autres hommes fondirent sur elle, et à sa grande joie, le hibou réapparut dans son champ de vision. Il blessa l'un d'entre eux avec ses serres, tandis que le faucon atterrissait sur la tête de l'autre pour lui donner des coups de bec. La grosse brute se mit à crier comme un petit garçon.

« Qu'est-ce qui ne va pas chez ces oiseaux ? »
s'écria quelqu'un d'une voix remplie de peur.
Un nouvel oiseau descendit en piqué, blessant
un autre homme au bras. Puis le volatile fonça à
nouveau vers lui, l'effrayant au point de le faire
sauter par-dessus bord. Des hommes cessèrent
de ramer pour aller se battre contre les créatures
en train de les attaquer depuis les airs. Les deux
faucons et son cher hibou continuèrent de
plonger vers les hommes, les poussant à sauter
dans l'eau pour leur échapper. Le hibou atterrit
sur le gréement de la voile et essaya de le détacher,
mais il n'y parvint pas. Rose tendit alors la main
vers sa dague et coupa la corde, faisant s'effondrer
un côté de la voile pour ralentir le bateau.

L'homme qui se tenait à l'avant du bateau cria :
« Espèce de sale idiote. Je me fiche de l'argent
que je pourrais me faire avec toi, tu vas passer
par-dessus bord. »

Trois hommes fondirent sur elle. Elle cria
et leur donna des coups de pied pour s'en
débarrasser, mais un homme parvint à lui saisir
la gorge. Elle le mordit pour se libérer, et l'un de
ses compagnons croassa : « Vous ne pouvez pas
maîtriser cette petite sorcière ? Elle est trop forte
pour vous ou quoi ? »

Une grande vague vint s'écraser sur le bateau,
catapultant les deux hommes par-dessus bord, ce
qui la sauva et lui permit de se précipiter vers
l'avant du navire. S'accrochant au bastingage,
elle enjamba les jeunes filles toujours attachées
et endormies. Lorsqu'elle atteignit l'extrémité

de cet espace, elle remarqua Euphemie qui se trouvait tout au bout.

Elle s'était réveillée et était assise, une expression choquée sur son visage. Comme son bâillon l'empêchait de parler, elle fit un geste pour demander à Rose de le lui retirer.

La jeune femme hésita à rendre ce service à la jeune fille qui s'était montrée si cruelle avec elle, mais personne ne méritait d'être vendu comme un objet. Pas même Euphemie. Rose tira sur le bâillon et le jeta sur le côté, puis continua son chemin.

« Rose ! » l'appela Euphemie.

Rose s'accrocha au bord du bateau pour se relever, puis se tourna pour faire face à l'autre jeune femme.

« Tu n'es ni sourde, ni muette » dit-elle, signalant l'évidence. Puis elle s'interrompit et ajouta : « Pourquoi es-tu gentille avec moi ? »

Rose réalisa qu'à présent, elle devrait parler à tout le monde. « Parce que je ne suis pas du tout comme toi. » Puis elle se retourna et continua son chemin jusqu'à l'avant du bateau.

« Je suis désolée, Rose » lui cria Euphemie. « Je me suis trompée sur ton compte. »

Rose l'ignora, car elle ne savait pas trop si elle devait ou non la croire, mais peu importait. Elle devait rester concentrée pour se tirer de ce mauvais pas.

Elle atteignit le bout du bateau et ne pouvait pas aller plus loin. Baissant les yeux vers les profondeurs de l'eau, elle envisagea brièvement de sauter par-dessus bord, mais l'homme qu'elle pensait être le capitaine l'attrapa par-derrière et serra ses mains autour de sa gorge pour essayer de l'étrangler. Le souffle court, elle le griffa et lui donna des coups de pied, mais elle était en train de perdre la bataille. Sa vision se troubla tandis qu'il augmentait la pression contre sa trachée.

À sa grande surprise, une silhouette immense passa sur le côté du bateau et plongea sur le capitaine, lui faisant perdre l'équilibre.

Roddy Grant était arrivé.

Luttant comme un possédé, il abattit ses poings sur quiconque se trouvait à sa portée, mettant au tapis les quelques hommes restants. Puis il se tourna vers Rose, un sourire aux lèvres.

Avait-elle déjà vu quelque chose de plus magnifique dans sa vie ?

Une autre vague s'écrasa contre le navire et l'envoya dans les bras du jeune homme. Il la serra contre lui et murmura : « Tu peux parler. »

Et juste au cas où elle perdait soudainement sa nouvelle capacité, elle lui confia la pensée qui occupait toute la place dans son esprit.

Elle lui sourit et dit : « Je t'aime, Roddy Grant. »

CHAPITRE 22

RODDY AIDA ROSE à monter sur le bateau que Braden et Connor avaient trouvé avant de ramer pour les rejoindre. La pluie s'était calmée et n'était plus qu'une fine bruine.

« Daniel et oncle Brodie ont trouvé un plus grand bateau dans la grotte » déclara Connor. « Ils sont en chemin pour nous aider avec les autres. Will a dit qu'il chercherait un troisième bateau. »

« Bien. J'ai jeté l'ancre, et je me suis débarrassé des quelques corps qui traînaient. Certains de ceux encore vivants étaient en train d'essayer de nager jusqu'à la côte, mais ils allaient dans la mauvaise direction. La plupart des jeunes filles sont encore endormies à cause d'un genre de potion qu'on a dû leur donner. Deux hommes sont encore en vie, mais nous les avons attachés, en espérant que Maggie et Will puissent leur soutirer des informations. »

Braden jeta un coup d'œil à la galère qui se balançait sur l'eau. Il n'y avait aucun mouvement à l'intérieur. « Tant mieux, je ne sais pas si nous aurions pu en transporter plus de deux. Je ne veux pas alourdir davantage ce petit bateau. Je n'ai aucune envie de chavirer dans des vagues pareilles. Nous allons vous ramener, puis nous ferons venir d'autres personnes pour nous aider à ramer pour ramener cette galère sur la côte. »

Roddy s'assit au centre de l'embarcation et passa ses bras autour de Rose, qui s'installa sur ses genoux.

Tandis qu'ils se dirigeaient vers la côte grâce aux bras puissants de Braden et Connor, celui-ci déclara : « Je voulais vous amener un plaid sec, mais je n'en ai pas trouvé. »

Levant les yeux vers Roddy, Rose répondit : « Je n'ai pas trop froid pour le moment. »

« Vous avez retrouvé votre voix, jeune fille » dit Braden. « Nous l'avons entendue qui s'élevait au-dessus de l'eau. Bien joué. Je n'avais encore jamais vu Roddy agir sans réfléchir comme il l'a fait. »

Connor ajouta : « Oui, toutes tes peurs se sont envolées en un instant, pas vrai, cousin ? Tu as plongé dans le loch sous la tempête, sans même te soucier de te faire frapper par la foudre. »

Roddy jeta un coup d'œil aux vagues qui agitaient leur bateau tandis qu'ils retournaient vers la côte, remarquant seulement leur taille et leur violence contre la petite embarcation. Il tourna ensuite son regard vers Braden qui se tenait devant lui. « L'eau était un peu agitée, mais ce n'était pas si terrible. » Sa peur de la mort s'était abattue sur lui lorsqu'ils avaient descendu le chemin escarpé menant à la côte, mais voilà qu'à présent elle l'avait quitté sans jamais revenir.

Braden marmonna : « Je n'ai jamais vu mon père faire les cent pas comme ça. Il disait que ton père risquait de le tuer pour t'avoir laissé aller dans l'eau. »

Roddy ne put s'empêcher de glousser, car il savait que rien n'aurait pu l'arrêter. « Il n'aurait jamais pu me convaincre d'attendre. J'étais porté par le son de sa petite voix sur l'eau. »

« Sa petite voix ? » répliqua Connor en faisant claquer sa langue. « Tu veux plutôt dire une voix puissante. »

Lorsqu'ils furent tout près de la côte, une autre voix s'éleva vers eux. « Rose ? Tu vas bien ? Rose. C'est vrai dis-moi, tu peux parler ? » Constance les attendait au bord des rochers. Son corps faillit se secouer de sanglots.

« Je ne me suis jamais sentie aussi bien, Constance. Ne t'inquiète pas » s'écria Rose tandis qu'une vague d'applaudissements suivit sa déclaration.

Lorsqu'ils atteignirent la côte, Daniel et Will vinrent les aider, mais ils furent repoussés par la chère amie de Rose, qui était venue la rejoindre dès que Roddy l'avait posée sur le côté. Constance la serra dans ses bras en pleurant sur son épaule. « Heureusement qu'il pleut et que tu es déjà mouillée. » Elle s'interrompit pour essuyer ses larmes. « Tu veux bien me dire quelque chose ? »

Rose répondit : « Tu es la meilleure amie dont j'aurais jamais pu rêver. »

« Oh, Rose » s'écria Constance d'une voix stridente en serrant de nouveau son amie dans ses bras. « Tu es trempée. Allons nous sécher dans la hutte. Maggie est allée au château et a trouvé des vêtements secs pour nous deux. »

Constance la guida sur le chemin menant à la hutte au sommet des falaises, déjà entourée de gens.

Roddy n'aurait pu être plus fier de ses cousins pour avoir réussi à accomplir une chose aussi importante.

« Combien il y en a, Roddy ? »

« Huit jeunes filles que tu as sauvées, Maggie. »

« Que *nous* avons sauvé. »

Une voix sévère s'éleva jusqu'à eux. « La voilà. Ma chère fille. Elle vous dira que je n'ai rien à voir avec cette histoire. Elle est muette, mais elle n'est pas sourde. Posez-lui des questions, et elle vous le dira. » Elle leva ses mains liées à la vue de tous. « Elle était là. C'est un témoin. Détachez-moi, que je puisse prendre ma douce fille dans mes bras. Le père Seward a essayé de me tuer. Me tuer ! C'était de la légitime défense. »

Roddy tourna les talons et posa les yeux sur sa cruelle mère. Il brûlait d'envie de la prendre et de la jeter tout en bas du chemin pour la faire rebondir sur le gravier, mais c'était l'occasion pour Rose de parler enfin avec sa mère. Il ne voulait pas lui enlever ce moment. « Vous revoilà. Rose, si j'étais toi, je l'ignorerais et je m'en irais. Elle ne mérite même pas ton attention. »

Rose serra fort sa main dans la sienne, le visage traversé par une expression de rage. « Oh, mais c'est faux. Elle mérite mon attention. »

Rose avait été si heureuse de revoir Roddy qu'elle n'avait même pas réfléchi à ce qu'elle comptait faire lorsqu'elle reverrait sa mère. De nombreuses idées lui traversèrent l'esprit, mais une en particulier sembla la satisfaire.

Elle s'avança vers sa mère tandis que le silence s'installait sur le groupe. « Non, mère. Tu as bien tué le père Seward, et tu as aussi tué mon cher père. Tu m'as fait tellement peur quand j'avais douze étés que je n'ai plus osé parler pendant cinq ans. Mais c'est terminé. Je sais maintenant qui tu es vraiment. » Puis Rose se tourna vers Maggie et Will. « Cette femme a poussé mon père du haut de la falaise il y a cinq ans, et elle vient de tuer le père Seward. Elle mérite qu'on la jette en prison. »

La seule réponse de sa mère fut d'éclater de rire. Le son de l'hilarité de cette femme l'irrita au plus haut point – c'était un bruit glaçant, et elle n'aurait pas hésité à la gifler pour la faire taire, mais elle refusait de se salir les mains en la touchant. Lady MacDole était si vile et déviante qu'elle ne la laisserait plus jamais avoir le moindre pouvoir sur elle. Pas même le pouvoir de la haine.

Rose secoua la tête. « Tu ne mérites pas mon attention, finalement. Je ne veux plus rien avoir à faire avec toi. » Roddy posa la main sur le bas de son dos, et son autre main contre sa hanche pour la soutenir.

Sa mère rejeta la tête en arrière et se remit à caqueter d'un air sauvage, mais cette fois, son rire s'arrêta brusquement. Elle poussa alors un hurlement, redressant la tête en un instant, une expression de pure horreur sur son visage. Elle cracha et cria, puis articula enfin : « Tue ce sale oiseau, Harlord ! Regarde ce qu'il m'a fait. »

Elle leva les yeux au ciel, juste à temps pour voir un hibou aux grandes oreilles plonger en piqué avant de laisser tomber une nouvelle fiente sur le visage de sa mère.

Tout le groupe se mit à éclater de rire tandis que le hibou descendait une nouvelle fois vers l'horrible femme, la poussant à baisser instinctivement la tête pour esquiver l'oiseau. « Harold, Harold ! Arrête cette bête ! Ma fille, tu as intérêt à le faire arrêter, ou je… je… »

Rose s'avança et fourra un chiffon sale dans la bouche de sa mère. « Tais-*toi*, ou je te couperai *ta* langue. »

Puis elle s'éloigna à grands pas vers l'entrée de son château.

Elle ne jeta pas un seul regard en arrière.

Roddy suivit Rose jusqu'à son château, mais à sa grande surprise, elle lui fit traverser les sous-sols avant de ressortir vers les falaises. Ils y restèrent un moment au-dessus de l'eau – il avait rapidement compris que c'était l'endroit préféré de la jeune femme.

Il s'approcha derrière elle et passa ses bras autour de son corps avant de lui murmurer à l'oreille : « À quoi penses-tu, mon amour ? »

Elle se tourna et passa ses bras autour de son cou, puis se mit sur la pointe des pieds afin de poser un bref baiser sur ses lèvres. Ensuite, elle se recula légèrement et répondit : « Je suis en train de penser à quel point je t'aime, Roddy Grant. Merci d'avoir cru en moi et de m'avoir soutenue durant cette épreuve. » Les larmes lui montèrent aux yeux.

« Si tu m'aimes à moitié autant que moi je t'aime, alors peut-être que tu envisageras de m'épouser » murmura-t-il.

Rose leva les yeux vers lui, bouche bée.

« Humm, ça n'a pas l'air de te plaire, Rose. Est-ce un non ? »

Elle continua de le regarder, mais cette fois-ci, il remarqua les larmes qui se formèrent au coin de ses yeux.

« Ne pleure pas, je t'en prie. Je t'aime de tout mon cœur. Nous pourrions vivre où tu le voudras. Je serai heureux de te protéger pour toujours. Tu n'auras plus jamais à t'inquiéter de ce qu'on te fasse du mal. » Il l'embrassa une nouvelle fois sur les lèvres. « Parce que je serai toujours là. » Il s'interrompit un instant, puis ajouta : « Si tu as besoin d'y réfléchir, je peux attendre un jour ou deux pour avoir ta réponse. Tu as vécu tellement de choses difficiles au cours de ces deux dernières semaines. » Bon sang, il sentit qu'une boule s'était progressivement formée dans sa gorge dans l'attente de sa réponse. Il n'avait aucune idée de ce qu'elle pouvait bien penser.

« Oui, Roddy » murmura-t-elle. Puis elle serra sa prise autour de son cou et sauta dans ses bras. « Rien ne me ferait plus plaisir. »

« Tu m'as fait une peur bleue, Rose. J'ai bien cru que tu étais sur le point de refuser. » Elle lui adressa le plus grand sourire qu'il eut jamais vu sur son magnifique visage. « Oh, tu es si belle, jeune fille. »

« J'avais peur que tu finisses par changer d'avis. » Elle s'interrompit, puis ajouta : « Je dois admettre que je crains de ne pas me sentir à ma place ailleurs qu'ici. J'ai bien peur de ne pas savoir comment vivent les autres. Constance m'a appris tellement de choses. Veux-tu bien te montrer patient ? »

« Sans l'ombre d'un doute. Tu as vécu l'enfer pendant si longtemps. Mais sais-tu que le clan Grant est un véritable paradis sur Terre ? Il y fait un peu froid en hiver, mais tu vas adorer mon clan, si tu veux bien venir y passer un peu de temps. Mais nous pourrons revenir ici, si tu préfères. Ce château te revient de droit. »

« Non. » Elle tourna les talons avant de poser les yeux vers la mer. « Je n'ai pas envie de vivre ici, mais je voulais monter sur les falaises une dernière fois. Le souvenir de mon père restera toujours dans mon esprit, c'est là qu'est sa place. »

Elle inspira profondément avant de se retourner vers le loch pour en admirer une dernière fois la beauté. Le vent faisait voler ses cheveux sombres autour de son visage. « J'ai beaucoup de souvenirs précieux de mon père ici, mais mes autres souvenirs sont si horribles que je ne sais pas si je pourrais le supporter. Je voudrais m'en aller très loin de tout ce qui me rappelle ma mère. Penses-tu que je suis faible ? »

« Faible ? Pas du tout, bon sang. Je connais peu de personnes qui auraient supporté les mauvais traitements que tu as endurés sans perdre la raison. Tous ces mensonges. Ces abus. C'est ta mère. *Ta mère* ! Tu es sûrement la personne la plus forte que je connaisse. Ne pense plus jamais cela de toi. »

« Merci. » Elle se tourna à nouveau vers lui, leurs mains toujours entrelacées. « C'est toi qui m'as aidée à surmonter tout ça. »

Roddy leva les yeux vers le ciel avant de relever la tête. « Tu as de la visite. »

Elle tourna les talons et aperçut son cher ami le hibou.

Roddy déclara : « Je ne sais pas si tu crois aux esprits ou à ce genre de choses, mais moi, oui. J'ai oublié de te dire que ton hibou m'a suivi sur le chemin du loch à l'abbaye des Anges. C'est pour ça que nous sommes revenus si rapidement. Cet oiseau t'a peut-être bien sauvé la vie. »

Elle lâcha la main de Roddy et s'avança vers la créature tandis qu'elle se posait sur la saillie rocheuse devant elle. « Bonjour. Tu t'es montré assez vilain tout à l'heure, mais ma mère a mérité tout ce que tu lui as fait. Je sais exactement pourquoi tu l'as fait. »

Le hibou tourna la tête vers la droite, puis de nouveau vers elle.

« Ne fais pas comme si tu ne savais pas de quoi je veux parler. Tu l'as fait pour moi. Tu voulais me faire passer l'envie de la frapper. Tu savais que si je le faisais, j'aurais dû vivre avec ça pour le reste de ma vie. Malgré tout ce qui est arrivé, elle reste ma mère. » Elle cligna plusieurs fois des yeux, puis toucha l'une de ses serres. « Et ça a marché. Ce que tu as fait a bien plus humilié ma mère que les coups que j'aurais pu lui donner. Elle a un cœur de pierre. Merci beaucoup. Je ne ressens aucune culpabilité. » Puis elle leva les yeux vers le ciel.

« Je suis tellement désolée pour ce qui est arrivé à père. J'aurais tellement aimé l'avoir dans ma vie pour toujours. Je n'avais aucun souvenir du jour où mère l'a tué. » Elle s'approcha du hibou, sans jamais le quitter des yeux. « Je ne sais pas si tu es l'esprit de mon père ou s'il t'a envoyé jusqu'à moi, mais je voudrais que tu lui transmettes un message pour moi, parce que je veux qu'il comprenne. Je sais que cela ne te fera peut-être pas plaisir, mais je ne souhaite plus vivre ici. Mère m'a fait tant de mal. Je veux m'éloigner le plus possible de cet endroit. » L'oiseau la fixa de ses grands yeux, devenus soudain plus orange que dorés. Roddy aurait pu jurer que l'animal avait compris chacune de ses paroles – et que son père l'avait également entendue. Puis, comme s'il venait de recevoir un message du ciel, le hibou leva l'une de ses serres et l'agita – comme pour dire *Vas-y* – avant de la reposer sur la saillie rocheuse. Ensuite, il se pencha en avant et posa son bec sur l'épaule de la jeune femme.

« Merci. J'espère que tu viendras avec moi sur les terres des Grant. »

Le hibou se repencha en arrière, posa les yeux sur elle et inclina la tête. Puis il ouvrit ses ailes et s'éleva dans les airs.

Connor l'appela depuis les grottes. « Roddy ! »

Comme ils se trouvaient sur le point le plus haut des falaises au-dessus des grottes, ils durent se rapprocher pour entendre ce qu'il avait à leur dire. « Will et Maggie vont aller voir un magistrat avec la mère de Rose et son intendant afin d'essayer de leur soutirer des informations. Ils emmènent également les hommes qui se trouvaient sur le bateau. Avez-vous quelque chose à lui dire avant qu'elle parte, Rose ? »

« Non, j'ai dit tout ce que j'avais à lui dire. Merci. »

« Constance va retourner à l'abbaye pour chercher ses affaires » ajouta Connor. « Daniel, Gavin et Gregor vont l'accompagner. Y a-t-il quelque chose que vous voudriez récupérer là-bas ? » Connor grimpa le chemin pour aller à leur rencontre afin qu'ils n'aient plus à crier pour s'entendre. Il poussa alors un sifflement. « Quelle belle vue d'ici ! »

« Non, je n'ai besoin de rien. Constance me ramènera mes affaires. Merci. » Elle se pencha contre Roddy, toujours incapable de croire qu'ils allaient se marier.

Roddy demanda : « Et les autres ? »

« Je pense qu'il faudra environ une heure pour ramener les autres jeunes filles à l'abbaye. Oncle Brodie, Braden et moi les y accompagnerons lorsqu'ils seront prêts. Est-ce que vous comptez rester ici, Rose ? »

Elle secoua la tête en passant ses bras autour de la taille du jeune homme. « Non, Roddy vient de me demander en mariage, et j'ai accepté. Je serai bientôt prête à partir. Peut-être dans une heure ? J'aimerais changer mes vêtements trempés. »

Connor saisit Roddy par les épaules et leur dit

à tous les deux : « Félicitations ! Alors pourriez-vous nous retrouver à l'abbaye dans environ deux heures ? »

« Oui, ça me donnera le temps de rassembler toutes mes affaires. »

« Si vous en avez beaucoup, nous pouvons les répartir entre plusieurs sacoches à fixer à nos selles. Nous avons plein de chevaux. Voulez-vous que nous vous en laissions un ? »

Rose secoua la tête. « La majorité de mes affaires se trouvent à l'abbaye. Ça ira. »

Connor leur adressa donc un geste de la main avant de s'en retourner vers les grottes menant au château.

Lorsqu'il fut parti, Roddy demanda : « Et si nous allions rassembler tes affaires ? »

« Oui, mais j'aimerais aussi beaucoup que nous devenions mari et femme. »

Il fit un pas en avant en passant le dos de ses doigts le long de sa joue. « Rose, sais-tu ce que font les couples mariés ? Sais-tu comment sont conçus les enfants ? »

Rose rougit, de la teinte rosée la plus foncée qu'il eut jamais vue. Il allait devoir se montrer extrêmement doux avec sa petite tourterelle.

CHAPITRE 23

ROSE SENTIT LE rouge lui monter aux joues et sur tout le reste de son corps, mais elle ne laisserait pas son incertitude changer sa décision. Elle aimait cet homme de tout son cœur, et elle souhaitait s'unir à lui. Elle n'avait connu aucune expérience plus plaisante que de se trouver dans ses bras.

« Constance me l'a expliqué. Je n'ai pas tout bien compris, mais je te fais entièrement confiance, Roddy. Oui, j'en ai envie. J'ai envie de *toi*, et pour notre première fois, j'aurais envie de le faire ici. Je pense que personne ne nous dérangera. Ma mère et Harold ont été emmenés loin d'ici. Qui peut-il bien y avoir d'autre ? »

Roddy prit une profonde inspiration et répondit : « Nous devrions aller vérifier pour nous en assurer lorsque nous serons à l'intérieur. Je comprends ton raisonnement, mais si c'est ce que nous décidons de faire, j'aimerais que nous nous mariions rapidement à l'abbaye. Je n'ai aucune envie de mettre en péril ta réputation.

Mon honneur de guerrier Grant ne me le permet pas. »

« Je suis d'accord, si c'est ce que tu désires. »

« Oui, je veux que tu sois mienne le plus vite possible. » Puis il la prit par la main et lui indiqua d'un geste de mener la voie.

Rose l'aida à parcourir les falaises et la grotte, puis le guida jusqu'au donjon et à sa chambre. Lorsqu'elle traversa le hall, c'était comme si elle s'était mis un masque pour se couvrir le visage, car elle ne voulait pas voir ce qu'il s'était passé ici – les ténèbres qui s'étaient abattues sur l'endroit qui avait été sa maison.

Roddy déclara : « On a déjà enlevé le corps du prêtre, jeune fille. »

Lorsqu'ils furent dans sa chambre, Roddy alluma un feu dans la cheminée. Comme il n'était pas en train de la regarder, elle trouva le courage de passer rapidement sa robe par-dessus sa tête. Ensuite, elle retira sa chemise et grimpa sur son lit en se glissant sous les couvertures avant qu'il n'ait eu le temps de la voir. Elle était un peu mal à l'aise à l'idée qu'un homme pose les yeux sur elle quand elle était nue, même si cet homme était sur le point de devenir son mari, bien que Constance eût insisté sur le fait que c'était ainsi que faisaient les couples. Elle lui avait également bien dit que l'expérience risquait d'être douloureuse pour elle la première fois. Mais ensuite, elle lui avait promis que ce serait agréable.

Elle lui avait également expliqué à quel point les hommes aimaient ça.

Elle priait pour que Constance eût dit la vérité. Elle serait plus qu'heureuse de supporter un peu de douleur, si cela pouvait faire plaisir à Roddy.

Allongée sur le dos, elle releva les couvertures jusqu'à son menton, les mains posées sur son ventre. La chambre était toujours plongée dans l'obscurité, mais le soleil se lèverait bientôt.

Lorsque Roddy eut terminé d'allumer le feu, il se retourna pour la chercher, et elle remarqua qu'il fut surpris de la voir déjà dans le lit. Mais ensuite, l'homme qu'elle aimait entreprit de retirer lentement ses vêtements, comme si c'était la chose la plus naturelle du monde et qu'ils étaient déjà mariés depuis des années.

Elle ferma les yeux par pudeur, mais lorsqu'elle lui jeta un coup d'œil, il était sur le point de la rejoindre dans le lit. Elle s'était attendue à avoir peur de le voir nu, mais au lieu de cela, elle se sentit absolument ravie.

L'homme qu'elle aimait était le plus séduisant qu'elle eut jamais rencontré, mais à présent elle pouvait apprécier ce qu'il avait gardé caché sous sa tunique et son plaid. La poitrine de Roddy était toute en muscles, recouverte d'un duvet de poils qui sillonnait jusqu'à son ventre plat et ses jambes. Comme elle n'avait encore jamais vu le sexe d'un homme, elle ne parvint pas à en détacher les yeux.

Roddy lui adressa un petit sourire lorsqu'il la surprit en train de le fixer. « Je te demanderais bien si tu apprécies ce que tu vois, mais je crains que tu ne sois un peu choquée. Tu as vécu une vie très isolée de tout. Je te promets que nous

nous accorderons très bien. C'est mon devoir de m'en assurer. Ne t'inquiète donc pas pour ça. »

Elle leva les yeux pour croiser son regard. Comment avait-il deviné que c'était ce à quoi elle pensait ? « Je te fais confiance, Roddy. »

Il souleva le couvre-lit et s'allongea à ses côtés. « Une autre fois, j'aurai envie d'admirer toute ta beauté, mais je respecte ta pudeur pour ce soir. Tu es toujours certaine que c'est ce que tu veux, Rose ? »

« Oui, plus que tout au monde. J'ai envie de sentir notre amour. C'est ainsi que me l'a expliqué Constance. » Elle s'efforça de dissimuler son léger tremblement, mais elle craignait qu'il ne l'ait remarqué.

« Si jamais tu changes d'avis, tu n'auras qu'à m'arrêter et nous cesserons. »

« Je préférerais que tu m'embrasses. »

Il passa ses doigts dans ses cheveux et se pencha vers elle en posant ses lèvres sur les siennes. Sa bouche était douce et chaude, et elle lui ouvrit la sienne dans l'espoir qu'il vienne la titiller du bout de sa langue, comme ils l'avaient fait l'autre jour. Oh, elle aimait tellement se sentir si près de lui.

Il lui faisait se sentir spéciale, aimée et désirée – toutes ces choses qu'elle n'avait presque jamais connues dans sa vie.

Il inclina sa bouche sur la sienne et approfondit le baiser, sa langue cherchant celle de la jeune femme, et elle la lui offrit. Il releva la tête, puis posa un sillon de baiser le long de sa joue jusqu'à son cou. « Rose, j'ai envie de sentir tes seins, de les goûter » murmura-t-il. « N'aie pas peur. »

Il prit sa poitrine dans ses mains avant d'en titiller un mamelon du bout de son pouce, ce qui provoqua d'étranges sensations dans son corps. Elle se sentit perdre le contrôle et réagir à ses caresses d'une façon totalement inattendue, se cambrant vers lui. Un étrange gémissement s'échappa de sa gorge, et Roddy poussa un grognement.

« Rose, as-tu la moindre idée de l'effet que me fait le son de ta voix ? Ces doux sons m'indiquent que ma Rose est une jeune femme passionnée. » Il prit un sein dans sa bouche et le suçota tandis qu'elle s'agrippait à lui en criant son nom. Il passa ensuite à l'autre sein jusqu'à la sentir tressaillir dans ses bras, sans trop comprendre ce qui lui arrivait.

« Que veux-tu que je te fasse ? Dis-le-moi, mon amour. »

« Je ne sais pas » répondit-elle d'une voix rauque. « Fais quelque chose qui te donne du plaisir. J'en veux plus, mais je ne saurais pas te décrire quoi ni comment... »

Il gloussa et fit glisser sa main jusqu'à son intimité entre ses jambes. « Tu es prête pour moi, Rose » dit-il d'une voix sensuelle. « Ça va d'abord te faire mal, mais ensuite ça ira mieux. Tu me fais confiance ? » Il s'arrêta pour plonger son regard dans le sien, et elle se perdit complètement dans l'amour qu'elle lut dans ses yeux. Le désir d'aller plus loin était en train de la consumer, et elle ne put répondre que par un hochement de tête.

Roddy la saisit par les hanches et s'installa entre ses jambes. Elle sentit contre elle son membre déjà dur, dont la peau si douce titillait son entrée. Il en glissa l'extrémité à l'intérieur, et elle ouvrit les jambes pour le sentir plus près encore. Dès qu'elle s'ouvrit à lui, il la pénétra et elle sentit un petit pincement.

Il s'arrêta en respirant lentement pour se contrôler. Son front était ruisselant de sueur, mais il ne la lâchait pas, et elle sentit sa peau partout contre la sienne d'une façon qu'elle trouva si sensuelle, si primale, qu'elle n'avait aucune envie qu'il s'arrête. « Désolé, Rose. »

Elle bougea vers lui pour le déplacer en elle et répondit : « Moi, pas. Continue, Roddy. »

Le jeune homme ferma les yeux et poussa un gémissement, puis lui saisit les hanches avant de plonger en elle, s'abandonnant à son plaisir à son grand ravissement. Il prit ensuite un rythme qui fit monter en elle une sensation qui la submergea et menaça bientôt d'exploser en elle. Elle se tortilla légèrement afin d'ajuster parfaitement l'angle de ses assauts, et au bout de quelques va-et-vient, elle retint son souffle et explosa de plaisir, plongeant dans un abysse dont elle ignorait jusqu'alors l'existence. Roddy cria son nom en poussant à son tour un grognement de plaisir.

Elle s'agrippa à lui, sidérée par ce qu'ils venaient de partager, et l'amour qu'elle portait à cet homme. Il l'embrassa sur le front et demanda : « Est-ce que je te fais encore mal ? »

« Non, Roddy, tu ne pourrais jamais me faire du mal. » Elle passa son doigt le long de la ligne de sa mâchoire, dont elle sentit la rugosité de sa barbe de trois jours aux reflets dorés, et elle adora cette sensation. « Je crois que nous allons vivre une merveilleuse vie ensemble. »

Lorsqu'ils arrivèrent à l'abbaye, Connor et Daniel les accueillirent en leur expliquant que les autres étaient retournés au donjon de Braden. Puis ils les informèrent de tout ce qu'il s'était passé.

Connor déclara : « Il y a un prêtre itinérant qui est venu les aider pour les deux semaines à venir, le temps qu'ils en trouvent un nouveau. Toutes les jeunes filles sont revenues et nous sont reconnaissantes de les avoir sauvées, même si nombre d'entre elles étaient restées endormies pendant leur enlèvement. Lorsque nous leur avons expliqué où ces hommes les emmenaient, elles en ont été terrifiées. L'abbesse prétend n'avoir eu aucune connaissance de toute cette histoire, et que tout a été organisé par le père Seward à l'abbaye des Anges, où elle n'était pas la bienvenue. Rose, elle a bien confirmé que votre mère était la généreuse bienfaitrice qui donnait de l'argent au prêtre afin qu'il puisse construire la nouvelle abbaye sur laquelle il aurait eu un contrôle total, ce qui l'enthousiasmait grandement. L'abbesse ne savait rien sur cet Anglais, malheureusement. Nous avons également questionné certains des moines, mais ils ne connaissaient pas son nom et disent qu'il a disparu.

« De toute évidence, l'abbesse n'était pas de mèche avec le père Seward – elle a été horrifiée d'apprendre ce qu'il a fait à certaines jeunes filles. Je suis sûr que Maggie et Will prévoient de tout passer en revue avec le magistrat. Ils iront probablement voir le roi pour lui dire ce qu'ils auront appris. »

Rose demanda : « Est-ce que Constance est là ? Je dois la voir. »

« Oui » répondit Daniel. « Elle est là, et elle a choisi de rester. Nous avons bien essayé de la convaincre de venir au clan Grant avec nous, mais elle a refusé. Peut-être qu'elle vous écoutera plus que nous. »

Rose se tourna vers Roddy et demanda : « Ça ne te dérange pas si je lui parle en privé ? »

« Pas du tout, vas-y. » Il lui prit la main pour la serrer dans la sienne. « Je vais aller chercher ce prêtre. »

« Pourquoi ? » s'enquit Daniel, les sourcils froncés.

« Rose et moi allons nous marier, et tout de suite. Je ne veux pas attendre. »

Connor hocha la tête. « Je pense que c'est une excellente idée. Tout le monde risque de vous retarder au clan Grant. » Puis il se tourna vers Rose. « Enfin, si c'est ce que vous voulez tous les deux. »

Rose se mit sur la pointe des pieds et planta un baiser sur les lèvres de Roddy. « Je n'ai jamais autant voulu quelque chose de ma vie. »

« Venez » dit Daniel. « Je vous emmène voir Constance pendant que Connor accompagne Roddy jusqu'au prêtre. Après tout ce qu'il s'est passé, ils nous laissent nous déplacer librement dans l'abbaye pour les deux jours à venir. Beaucoup de choses vont changer ici. »

Ils trouvèrent Constance qui venait de sortir de la chapelle dans un état étrange.

Dès que les jeunes filles se saluèrent, Daniel dit : « Je vais aller voir ce prêtre. »

Rose remarqua les joues mouillées de sa chère amie et comprit qu'elle avait pleuré. « Constance ? Qu'est-ce qui ne va pas ? Tu n'es pas contente de ce qu'il s'est passé ? »

Constance se jeta sur elle et la prit dans ses bras. « Rose, tu sais que je suis très heureuse pour toi. Tu n'es pas sourde, et au final tu n'es pas non plus muette, et je t'adore. Tu as tout ce dont j'aurais pu rêver – un homme qui t'aime, un nouveau clan. J'ai énormément de peine pour tout ce que ta mère t'a forcé à faire. Quelle horrible femme. » Elle poussa un soupir assez fort pour repousser une boucle de cheveux qui pendait devant ses yeux. « Ma mère a toujours été submergée de travail parce que nous étions très nombreux, mais je n'ai jamais douté de l'amour qu'elle me portait. »

« Ne t'inquiète pas pour moi, Constance. Je suis amoureuse de Roddy, et il vient de me demander de l'épouser. Veux-tu bien te tenir à mes côtés lorsque nous nous marierons demain ? »

Son amie lui prit la main et se mit à bondir de joie. « Oh, Rose. Je suis tellement heureuse pour toi ! Bien sûr, je ne manquerais ça pour rien au monde. »

« Viens au clan Grant avec nous. J'aimerais que tu te joignes à nous, que tu trouves un nouvel endroit pour repartir de zéro. Peut-être même que tu rencontreras quelqu'un là-bas. Que tu te marieras, et que tu fonderas une famille. »

Constance poussa un profond soupir, puis prit la main de Rose avant de l'emmener vers l'arrière de la chapelle. « Je ne peux pas vraiment expliquer pourquoi, mais tout à coup, mon cœur me dit que je devrais peut-être prononcer mes vœux. Lorsque je pense à tout le mal qui existe en ce monde, et à toutes les jeunes filles comme toi qui viennent ici après avoir subi des mauvais traitements, je ne peux pas m'empêcher de me dire que peut-être, je pourrais me montrer utile ici. » Elle posa les yeux sur l'autel, puis reporta son attention sur son amie. « Je n'en suis pas encore tout à fait sûre, c'est pourquoi j'aimerais rester ici quelque temps. Mais si je finis par changer d'avis et que j'ai l'impression que ma place n'est pas ici, je viendrai te rendre visite. »

« Promis ? »

Constance prit son amie dans ses bras. « Oui, promis. Mais d'abord, j'aimerais aller voir Daniel pour qu'il m'explique ce qui est arrivé à son bras. Il me l'a promis. »

Daniel passa la tête dans un angle de la pièce et dit : « Non. Je ne vous dirai rien si vous ne venez pas au clan Grant. » Puis il sourit à Rose. « Comme ça, elle sera obligée de venir vous rendre visite. »

Puis Daniel disparut et Rose murmura à son amie : « Tu dois venir. Je pense que Daniel t'aime bien. »

Les larmes aux yeux, Constance répondit : « Ça ne fait aucune différence pour moi. »

Rose se demanda ce que voulait dire son amie, mais c'est alors que Roddy apparut pour l'emmener rencontrer le prêtre.

Elle ne le saurait probablement jamais.

***

Roddy et Rose se marièrent devant l'abbaye le lendemain matin, près de la clôture à l'arrière de l'édifice. Connor et Daniel se postèrent aux côtés de Roddy, tandis que Constance se tint auprès de Rose.

Juste après le début de la cérémonie, le couple fut ravi d'apercevoir un hibou tournoyer dans le ciel avant d'atterrir sur la branche au-dessus du banc.

Le prêtre demanda : « Est-ce que ce hibou vous dérange ? »

Ils secouèrent la tête à l'unisson, puis Roddy répondit : « Pas du tout. Continuez, je vous en prie. »

CHAPITRE 24

LORSQU'ILS ARRIVÈRENT ENFIN au clan Grant, Roddy sentit de légers tremblements secouer le corps de Rose. Il lui pressa donc gentiment la taille et murmura : « Tu vas adorer vivre ici. Tu verras. »

Quelques chevaux étaient en train de se diriger vers eux. Bientôt, ils furent rejoints par Jamie, Jake, Padraig et Magnus. Roddy murmura : « Je ferai les présentations lorsque nous arriverons à l'écurie. »

Ils descendirent de leurs montures près de l'écurie, avant d'être accueillis par plusieurs membres du clan Grant : Roddy présenta Jake et Jamie à Rose comme étant les lairds de son nouveau clan, et ils lui offrirent un accueil chaleureux. Les autres s'attardèrent pour faire le chemin avec eux en les aidant à porter leurs affaires.

Le père de Roddy mit rapidement Rose à l'aise avec ses manières douces. « Bienvenue, Rose » dit-il. « Nous sommes ravis de vous avoir ici avec nous. Voici Padraig, le frère de Roddy, et Magnus, le mari d'Ashlyn. » Si oncle Alex pouvait parfois se montrer intimidant, son père et oncle Brodie étaient toujours très sympathiques.

Lorsque Roddy vit que Rose était en train de fixer les bras de Magnus, il déclara : « Personne n'est plus grand que Magnus, mais il a le cœur aussi doux qu'une jeune fille. Ne laisse pas sa taille t'impressionner. » Magnus fit semblant d'adresser un regard acerbe à Roddy, mais il ne put se retenir très longtemps. Il lui adressa alors un sourire chaleureux et dit : « Bienvenue, Rose. »

Le père de Roddy lui adressa une accolade dans le dos. « Ta mère nous attend dans le donjon. » Une fois arrivés, Roddy présenta sa mère à Rose. « Je suis tellement ravie de vous voir » dit-elle. « Je veux que vous sachiez que moi aussi, je suis arrivée toute seule dans ce clan avec mes deux filles, et que j'ai eu une peur bleue de tous ces hommes imposants. Mais tout le monde a été adorable avec moi. Vous allez adorer cet endroit. »

Roddy leur adressa un regard penaud et dit : « Père, mère, j'ai quelque chose à vous avouer. Rose et moi sommes tombés amoureux, et puisque nous étions à l'abbaye, nous avons demandé à un prêtre itinérant de nous marier. »

Ses parents semblèrent momentanément sidérés, mais se reprirent bien vite et les prirent dans leurs bras en souriant.

« Je suis désolée » dit Rose. « Mais j'ai une amie qui m'est très chère qui a décidé de rester à l'abbaye, et je voulais l'avoir à mes côtés pour notre mariage. »

Sa mère répondit : « C'est tout à fait naturel.

Je suis un peu surprise, mais aussi ravie pour vous. Roddy et vous semblez très heureux. Venez, entrez vous asseoir près du feu. Nous allons vous apporter quelque chose à manger. »

« Eh bien » intervint son père. « Nous allons devoir vous trouver un endroit où vivre. J'imagine que vous pouvez rester avec nous pendant quelque temps, mais vous aimeriez avoir bientôt votre foyer à vous. J'irai en parler à nos lairds. » Sa mère s'éloigna avec lui afin de leur trouver de la nourriture.

Gracie se précipita pour descendre les escaliers avant de se diriger tout droit vers eux. « Roddy ! Je suis tellement heureuse de te voir ! Et on dirait que tu as amené quelqu'un avec toi. Je t'en prie, fais-nous les présentations. »

« Voici ma femme, Rose. Nous avons décidé de vivre au clan Grant, et nous espérons que tout le monde nous réservera un bon accueil. »

« Toi, Roddy, tu t'es marié ? Je suis drôlement surprise, mais aussi très heureuse pour toi. » Puis elle prit Rose dans ses bras pour lui adresser une brève étreinte avant de lui dire : « Mon frère est un homme merveilleux. Vous avez très bien choisi. Je suis ravie d'avoir une nouvelle sœur. »

« Je dois admettre que je suis un peu nerveuse » dit Rose. « J'ai eu une vie très différente de celle de Roddy. »

Fidèle à son prénom, Gracie répondit : « J'ai tellement hâte que vous m'en racontiez plus, mais veuillez m'excuser un instant. Je suis inquiète pour mon frère. Roddy, est-ce que tu fais toujours des cauchemars ? »

Roddy tira une chaise pour Gracie afin qu'ils puissent s'asseoir ensemble tous les trois. Tandis qu'elle se mettait à l'aise, il jeta un coup d'œil à Rose. Il n'y avait pas beaucoup pensé dernièrement, mais il se rendit soudain compte qu'il n'avait plus fait de cauchemars depuis un moment. « Non, je ne fais plus de mauvais rêves depuis que j'ai plongé dans le loch pour aider Rose. »

« Bien, j'en suis ravie. J'étais inquiète quand tu es parti. Je suis désolée de ne pas t'en avoir parlé davantage. Père m'a dit que tu ne te souvenais de rien. Peut-être que je peux t'aider. »

Roddy répondit : « J'ai mis du temps à me souvenir de ce qu'il s'était passé. Quelques bribes me sont revenues en mémoire, mais pas tout. Je me rappelle quand je t'ai trouvée sous l'eau. Mais comment t'es-tu emmêlée à ce point dans ce filet ? »

Gracie haussa les sourcils. « Tu ne t'en souviens pas ? »

« Non. Je me rappelle quand père nous a sauvés, mais je ne me souviens pas de la façon dont les choses ont commencé. »

Gracie tendit la main pour la poser sur son avant-bras. « Je vais te le dire, mais c'est uniquement pour t'aider à comprendre tes cauchemars. C'est toi qui m'as poussée. Nous étions en train de nous amuser à nous pousser dans l'eau, comme nous le faisions très souvent. Tu es sorti du cottage en courant et tu m'as poussée si fort que j'ai plongé dans une direction inattendue. »

Roddy n'aurait pu être plus choqué par une

telle révélation. Il n'avait absolument aucun souvenir de l'avoir poussée. Pas étonnant qu'il eût fait des cauchemars sur cet incident pendant si longtemps.

C'était de sa faute.

Sa chère sœur aurait pu mourir à cause d'un acte stupide qu'il avait commis.

Gracie dut lire ses émotions sur son visage. « Roddy, je t'ai déjà pardonné il y a très longtemps. Nous étions jeunes, et c'était ainsi que nous jouions dans le loch. En fait, c'est à cause de moi que tu as cette petite cicatrice au-dessus de l'œil. N'y pense plus, je t'en prie. » Elle se leva et se pencha pour l'embrasser sur le front. Puis elle tendit la main pour serrer celle de Rose dans la sienne. « Bienvenue dans la famille, Rose, et mes félicitations à vous deux pour votre mariage. Je vous souhaite tout le bonheur du monde. »

« Au fait, Rose. Tu deviendras bientôt la tante du bébé qu'attendent Gracie et Jamie pour le début du printemps. » Roddy reporta ensuite son attention vers sa sœur. « Tu feras une merveilleuse mère, Gracie. »

« Merci, petit frère. » Puis elle leur fit un signe de la main avant de se diriger vers la porte d'entrée.

Roddy se tourna vers Rose et prit ses deux mains qu'il serra dans les siennes. « De la culpabilité. Tout ça, c'était de la culpabilité. »

Rose ajouta : « Et tu as réussi à la surmonter pour me sauver. Je doute que tes cauchemars reviennent un jour. »

Rose se tenait au bout du loch, les yeux posés sur leur nouveau cottage. « C'est magnifique, Roddy. Je l'adore. Ton clan l'a construit si rapidement. Je leur en suis tellement reconnaissante. »

Elle se souvint du jour où ils étaient arrivés au clan Grant.

Rose avait été tellement stupéfiée par la vue du château des Grant qu'elle en avait eu les larmes aux yeux. Le donjon comptait au moins six tours, et le mur d'enceinte avait les parapets les plus impressionnants qu'elle eut jamais vus. Elle avait été surprise par le nombre de villageois qui étaient venus les accueillir en leur faisant des signes de la main et en leur souhaitant un bon retour chez eux. Comme la majorité de ces terres étaient rocailleuses et vallonnées, il n'y avait pas beaucoup de champs, mais ceux dont ils disposaient étaient très bien entretenus.

Des fleurs aux couleurs vives abondaient à proximité de toutes les maisons, et les nuances de l'automne la prirent par surprise. On avait tressé ou tissé des feuilles et des branches sur les portes des maisons et du château, ce qui lui avait semblé presque aussi accueillant que les sourires sur les visages des membres du clan.

Elle avait été terrifiée à l'idée de ne jamais réussir à s'intégrer au sein d'un lieu aussi majestueux, mais elle avait eu tort de s'inquiéter. Tout le monde l'avait accueillie à bras ouverts, et à présent ils avaient leur maison bien à eux.

Roddy s'approcha et passa ses bras autour d'elle en penchant sa tête contre la sienne tandis qu'ils admiraient leur nouveau foyer. « Nous n'avons pas des falaises aussi magnifiques que chez toi, mais j'adore l'idée de vivre au bord de l'eau. Nous pourrons élever nos enfants ici, et leur apprendre à nager. »

« Oui, comme mon père l'a fait avec moi. »

« C'est un endroit parfait. Mes parents n'habitent pas très loin, ma sœur Ashlyn et sa famille sont juste en bas de la colline, et la zone de baignade construite par mon oncle se trouve juste de l'autre côté. »

Elle inclina la tête en arrière et lui embrassa le menton. « Plus de cauchemars, plus de culpabilité. Ni pour toi, ni pour moi. »

« Non, pas depuis que je suis tombé amoureux de toi, Rose » dit-il. « Tu es la meilleure chose qui me soit jamais arrivée. »

Ils observèrent leur nouvelle maison pendant encore quelques instants, puis Roddy la relâcha et dit : « Attends ! J'ai oublié quelque chose. Je l'ai fabriqué pour toi. Je reviens tout de suite. »

Il se précipita vers le bâtiment qui leur servait à la fois d'écurie et d'espace de stockage. Après avoir récupéré un drôle d'objet, il rebroussa chemin et dit : « Il nous restait un peu de bois, alors j'ai fait ça pour toi. »

Rose observa sa création en forme de T, désireuse de partager son enthousiasme, mais elle ignorait complètement de quoi il s'agissait. « Je vois que tu y as consacré des efforts, Roddy, mais je ne sais pas ce que c'est. »

Roddy leva un doigt pour lui demander d'attendre, puis trouva une pelle et creusa un trou avant de planter le long poteau dans le sol et de le recouvrir de terre fraîchement retournée. La section en forme de T saillait au sommet.

Elle attendit patiemment, dans l'espoir de finir par comprendre l'utilité de l'objet, mais en vain. Elle dut admettre qu'elle était dans le flou total. « Qu'est-ce que c'est ? » demanda-t-elle, navrée de ne pas comprendre.

Il fronça les sourcils et répondit : « C'est un perchoir. »

Puis il leva les yeux vers le ciel et ajouta : « Attends encore quelques minutes. » Puis il vint à ses côtés et désigna le ciel.

Bientôt, un hibou apparut au-dessus de leurs têtes, volant librement sous le vent. Puis il se dirigea tout droit vers eux et atterrit directement sur le nouveau perchoir.

Rose déclara : « Bonjour, mon ami. »

Le hibou leva une fois ses ailes et répondit : « Hou. »

ÉPILOGUE

Printemps 1285

ALEXANDER GRANT SE tenait devant l'imposante cheminée du grand hall du château de son clan, les mains sur les hanches et les yeux posés sur les armes fixées au mur au-dessus du feu.

Son frère Robbie le rejoignit. « C'est peut-être le grand jour, mon frère. »

« Oui, c'est vrai, Robbie. Plus que tout, je prie pour que ce soit un jour heureux, où tout le monde sera en bonne santé. Ou devrais-je dire, une bonne semaine. Ce sont les enfants qui décident, comme tu le sais déjà. Ils arriveront lorsqu'ils seront prêts, et pas avant. »

« Je ne l'aurais pas mieux dit moi-même. Père serait fier de nous. »

Un sourire passa sur le visage d'Alex tandis qu'il repensait à leur père bien-aimé. Il s'était montré strict avec ses fils, mais ils avaient toujours su que cet homme au ton rude avait le cœur le plus généreux de tous, surtout en ce qui concernait leur mère.

« J'aime beaucoup la façon dont Jamie et Jake ont agencé les armes au mur » commenta Robbie, les yeux posés sur le grand foyer en pierre. Le tour de cheminée était recouvert de bougies parfumées au milieu de feuilles et de baies séchées, soigneusement nouées avec des rubans par Maddie et Celestina. Plusieurs dagues, épées et couteaux étaient fixés au mur. Une tapisserie était ornée d'illustrations du château au cours des quatre saisons – sa mère l'avait tissée il y a bien longtemps, et elle décorait toujours le long mur du hall. Leur château s'était agrandi depuis, car ils avaient ajouté des tours et un troisième étage, mais ils avaient conservé de nombreuses parties de l'édifice d'origine.

« Oui, ils ont fait du bon travail. Père serait heureux de voir les plus fines lames exposées ici à la vue de tous. Si seulement Maddie n'avait pas insisté pour que j'en nettoie le sang » dit Alex avec une pointe de regret.

« Ton épée a sa place au-dessus de toutes les autres. Penses-tu que le garçon destiné à porter cette arme puissante va naître aujourd'hui ? »

Alex saisit son frère par l'épaule. « J'espère simplement que le bébé sera en bonne santé et nous apportera beaucoup de joie. »

Une voix de femme s'éleva dans son dos. « Tu ne trompes personne, mon cher frère. Tu veux une autre petite-fille à sangler à ta poitrine » dit Brenna, la sœur d'Alex.

Alex l'attira vers lui pour l'embrasser sur le front. « Que ta journée soit bonne, ma sœur, et que le Seigneur guide tes mains expertes. »

Lorsqu'il avait appris que les bébés devraient naître à peu près en même temps, Alex avait convoqué ses sœurs, toutes deux de célèbres guérisseuses, afin d'aider Caralyn lors des accouchements. Peu après que Brenna fût arrivée avec son mari Quade, leur sœur Jennie, qui était la petite dernière de leur fratrie, passa à son tour les portes du château en compagnie de sa famille. Bientôt, Alex avait ensuite convoqué les membres de sa génération dans le solarium afin de leur annoncer la nouvelle.

« Mes sœurs » déclara-t-il, luttant pour rester impassible. « J'ai des informations à vous donner, dont seules quelques personnes ont connaissance pour le moment. Maddie et Caralyn le savent déjà, ainsi que quelques autres, mais je ne souhaite pas que la situation s'ébruite davantage jusqu'à ce que l'heure soit venue. »

Jennie avait adressé un regard perplexe à Brenna, mais elles avaient attendu qu'Alex leur raconte toute l'histoire.

« Comme vous l'auriez sûrement appris bientôt, Jamie et Finlay ne cessent de se disputer pour savoir lequel d'entre eux aurait le premier garçon de la nouvelle génération de mes héritiers. Ils sont tellement obsédés par cette histoire que Gracie et Kyla les ont interdit d'en parler devant elles. »

Aedan et Quade éclatèrent de rire presque au même moment.

« Ce doit être quelque chose de les voir dans les lices » commenta Aedan.

Jennie fit taire son mari en posant sa main sur la sienne. « J'aimerais entendre ce qu'Alex voudrait nous dire d'autre. Je pense qu'il nous a fait venir ici pour une bonne raison. Après tout, nous sommes à présent trois guérisseuses pour s'occuper de deux femmes qui ne vont peut-être même pas accoucher en même temps. »

Jennie inclina la tête en observant l'expression d'Alex. « Dis-nous tout, grand frère. » Alex avait été comme un père pour Jennie, et il cédait souvent à ses demandes, même encore à leur âge.

« C'est bien vu de ta part, Jennie. En raison de cette compétitivité entre eux, Jake nous a tous fait promettre de garder son secret. »

Les deux sœurs poussèrent une exclamation de plaisir en même temps. Leur enthousiasme et incrédulité était contagieux.

Brenna tendit la main pour serrer celle de Quade dans la sienne. « Trois bébés ? Aline est enceinte, elle aussi ? »

Alex ne se donna même pas la peine de cacher son enthousiasme à cette nouvelle. Il avait bien appris à dissimuler ses émotions quand c'était nécessaire, mais cela, il ne pouvait pas le contrôler.

Il hocha lentement la tête en haussant les sourcils dans leur direction. « Caralyn a dit que les trois bébés devraient naître à peu près en même temps. »

Comme il se l'était imaginé, Jennie poussa un cri strident, puis elle s'assit et murmura : « Ce sont les bébés qui décident le moment de leur naissance. C'est vrai que ce serait merveilleux de les voir naître au même moment, mais les chances sont très faibles. »

Alex hocha la tête. « Je le sais, mais je ne voulais pas prendre le moindre risque. Je vous demande de garder le secret de Jake et Aline jusqu'à ce que le moment soit venu. Sinon, Jamie et Finlay vont devenir encore plus insupportables, et je n'ai pas envie de contrarier une femme pendant son dernier mois de grossesse. Aline a fait de son mieux pour se cacher en prétendant qu'elle était malade, et porte des robes amples depuis quelque temps maintenant. Personne ne se doute de rien pour le moment. »

Cette réunion avait eu lieu il y a six jours, et voilà que le moment était enfin venu. Gracie éprouvait des douleurs depuis quelques heures, et Kyla avait demandé à sa mère et à Caralyn de venir l'examiner. On les avait toutes les deux placées dans des chambres donnant accès au balcon surplombant le hall, au cas où elles auraient besoin de quoi que ce fût.

Visiblement, la rumeur s'était rapidement répandue, car les portes du donjon ne cessaient de s'ouvrir et de se fermer au beau milieu de la nuit. Roddy et Rose furent les derniers à arriver.

« Gracie est prête à accoucher ? » demanda Roddy à son père tout en aidant Rose à retirer son manteau.

« Nous pensons que oui, et peut-être aussi Kyla. »

Alex était ravi d'avoir tant de membres de son clan rassemblés dans le donjon.

Il est vrai que certaines des naissances qui avaient eu lieu ici avaient été difficiles, mais aujourd'hui, il avait un bon pressentiment. Un merveilleux pressentiment.

Alex et Robbie donnèrent leurs instructions afin de faire porter à boire et à manger, puis d'allumer un feu dans les deux cheminées, tandis que Quade Ramsay s'installait à un fauteuil pour observer tout ce chaos, un grand sourire aux lèvres.

Ensuite, leur rassemblement se changea en grande célébration. Alex prit une bière et examina le groupe en pleine conversation animée dans le hall, leur enthousiasme contagieux. Quoi qu'il arrivât cette nuit-là, ils étaient prêts, mais Alex ressentait tout de même une certaine tension chez Caralyn, la femme de Robbie. Était-ce parce que sa fille était sur le point d'accoucher, ou parce que son bébé pourrait devenir l'héritier de son titre de laird ?

Alex essaya d'apaiser sa belle-sœur. « Brenna est déjà là-haut avec Gracie, Caralyn. Prends ton temps. Elle a dit que ça prendrait encore un moment. Tu sais comment sont les choses parfois avec les nouvelles mères. Kyla prétend que le bébé est sur le point d'arriver, mais je pense que Maddie n'est pas encore inquiète à son sujet. Sinon, elle serait déjà sur le balcon en train de me donner des ordres. »

Caralyn éclata de rire. « C'est une première pour vous deux. Le premier petit-enfant, et le deuxième au même moment. » Elle roula des yeux pour indiquer à Alex qu'elle n'avait pas non plus oublié le troisième petit-enfant, celui dont l'existence était encore gardée secrète.

À cet instant précis, Finlay se précipita contre la balustrade à une vitesse qui attira l'attention de tout le monde. Il s'écria alors : « Tante Brenna, j'ai besoin de tante Brenna ! »

Le groupe qui se trouvait dans le grand hall s'immobilisa pour observer le futur père paniqué au-dessus de leurs têtes. Seule Caralyn eut la présence d'esprit de réagir. Elle monta les escaliers à la hâte et demanda : « Que se passe-t-il, Finlay ? »

« Kyla dit que le bébé est en train d'arriver. Que dois-je faire ? »

Cette complication inattendue sembla apaiser Caralyn au lieu de la sidérer. « Brenna est occupée avec Gracie. Je vais aller voir Kyla. » Puis Caralyn termina de monter les escaliers et raccompagna un Finlay blême jusqu'à sa chambre.

À cet instant, la petite femme d'Alex, toujours aussi belle que le jour où ils s'étaient mariés, s'avança sur le balcon au-dessus du hall. Elle croisa son regard et lui adressa un hochement de tête presque imperceptible pour lui faire comprendre que Kyla allait bel et bien accoucher.

Il leva les yeux vers cette femme qu'il adorait, et un millier de pensées lui traversa l'esprit tandis qu'il se dirigeait vers l'escalier sans quitter Maddie des yeux. Heureusement, elle le vit arriver et l'attendit, un sourire nerveux aux lèvres.

Il l'avait déjà vue sourire ainsi le jour de leur mariage, le jour où elle avait lutté pour donner naissance à Elizabeth, et le jour où elle s'était assise à ses côtés sur le sol glacé après qu'il ait reçu un coup d'épée qui avait bien failli le tuer. L'amour n'était pas un terme assez fort pour décrire ce qu'il ressentait pour cette femme. Après toutes ces années, il savait exactement ce que signifiait ce sourire – elle était inquiète à propos de ce qui était sur le point de leur arriver. Leurs trois premiers enfants étaient sur le point de devenir parents à leur tour, et elle craignait que quelque chose tourne mal. Il gravit les escaliers pour lui apporter tout le réconfort dont il était capable.

Lorsqu'il fut à ses côtés, elle lui adressa un léger hochement de tête. « Je pense que c'est pour aujourd'hui, Alex. »

Il remarqua une larme au coin de l'œil de sa femme au cœur tendre. Il passa ses bras autour d'elle et la souleva au-dessus du sol, provoquant un petit cri qu'il avait déjà entendu tant de fois auparavant. Il planta un baiser sur ses lèvres, en se demandant comment elle pouvait devenir plus délicieuse de jour en jour. Il ignora le petit rugissement de la foule dans le hall sous leurs pieds, mais comme toujours, il décida de ne pas insister, car il savait que lorsqu'il la regarderait, il verrait que son visage aurait pris une teinte rose foncé jusqu'à son cou. Il la reposa donc en la faisant glisser le long de son corps tandis qu'elle murmurait : « Ils sont tous en train de nous regarder, Alex. » Il poussa ensuite un petit cri de guerre des Grant en tapant des mains.

Puis il se tourna pour se pencher par-dessus la balustrade du balcon afin que tous puissent l'entendre. « Eh oui ! Deux le même jour. » Il ne put s'empêcher de lever les yeux vers le plafond en adressant une petite prière silencieuse afin que tout se passe bien en ce jour exceptionnel.

Serait-ce aujourd'hui, ou plutôt demain ?

Peu lui importait.

Maddie déclara : « Je dois y retourner. J'imagine que tu ne seras pas offensé si je te dis que Kyla préfère que tu n'entres pas ? »

Il tourna les talons, bouche bée, les yeux écarquillés. « Non, je n'ai pas l'intention d'entrer. » Puis il redescendit les escaliers en profitant de la vue de tout son *clann*[1] réuni.

Quade demanda : « Penses-tu qu'ils naîtront tous les deux aujourd'hui ? »

Alex s'esclaffa. « Peut-être bien que oui. Les guérisseuses peuvent se faire une petite idée, mais moi, je n'en sais rien du tout. » Qui aurait cru que la petite femme qu'il avait ramenée dans son clan il y a des années de cela lui aurait apporté tant de joie ? Ils avaient été si heureux tellement de fois au fil des ans, et bientôt, ils le deviendraient encore plus. Aujourd'hui ou demain, peu lui importait.

Le groupe dans le hall s'agrandit à mesure qu'arrivaient d'autres personnes venues se joindre à la célébration.

Brodie et Celestina.

Nicol, le père de Finlay.

Fergus et Davina.

Dès que Finlay apprit que son frère était là, il descendit les marches quatre à quatre pour aller

---

1   En gaélique écossais, « clann » signifie « famille » ou « progéniture ».

le saluer. Comme Jamie avait entendu leurs voix, il laissa sa femme pour se joindre à eux un instant.

Et c'est là que les railleries et taquineries commencèrent.

Jamie fut le premier. « Tu ne pouvais vraiment pas te retenir, hein, Finlay ? Tu as sauté sur le ventre de Kyla ou quoi ? C'est nous qui allons avoir le premier garçon.Va dire à ta femme qu'elle peut prendre tout son temps avec sa petite fille. Pas la peine de se précipiter. » Il s'efforçait de paraître calme, mais ressentit soudain le besoin de faire les cent pas dans la pièce. Il se mit à tracer un chemin près des escaliers, les bras croisés devant la poitrine.

« Tu penses vraiment que je ferais une chose pareille à ta sœur ? » aboya Finlay. « Je t'aurais bien assommé, Grant, si ta femme n'était pas sur le point d'accoucher. Si tu fais les cent pas comme ça, c'est parce que tu sais que Kyla va avoir notre garçon en premier. Ose me dire que ce n'est pas vrai. » Les mains posées sur les hanches, il se pencha en avant pour effleurer Jamie à chaque fois que son ami passait devant lui.

« Ne dis pas un mot de plus, Finlay » répliqua Jamie.

Robbie adressa un sourire à Alex et Brodie. « On pourrait s'asseoir au coin du feu et les regarder pendant des jours. Attendez un peu que Jake arrive, et là ce sera vraiment un sacré spectacle. »

Les trois frères tirèrent quelques chaises qui se trouvaient devant la cheminée et les tournèrent pour faire face aux deux futurs pères, de grands sourires sur leurs visages.

« Je suis sûr qu'on va bien s'amuser » s'écria Alex. Leurs chamailleries continuèrent encore et encore, toujours aussi intenses malgré tous les spectateurs peu subtils en train de les observer. « On pourrait presque faire des paris. Sortez vos pièces, les garçons, si vous êtes si certains du résultat. »

Brodie aida Celestina à s'installer sur une chaise tandis qu'il discutait avec ses deux frères. « Je n'aurais manqué ça pour rien au monde. Celestina n'arrête pas de me dire de me calmer, mais je n'y arrive pas. Regardez un peu Nicol. »

Nicol, bientôt grand-père, faisait les cent pas derrière Finlay en se mordillant l'ongle du pouce et en jetant des regards de temps à autre vers la porte de la chambre de Kyla.

À la surprise de tous, Jake sortit en trombe de l'entrée de la chambre de la tour – sa chambre à coucher habituelle – et se précipita vers le hall en portant Aline dans ses bras. Tante Jennie les suivait de près.

Tout le groupe s'interrompit pour les regarder. Jennie se hâta d'aller embrasser Alex sur la joue. « Oh, mon cher frère, quelle journée ce doit être pour toi. » Puis elle lui tapota l'épaule en gloussant et en observant Aline avec enthousiasme. Jennie tendit la main pour lui fermer la bouche. « Elle est plus proche de son terme que le pensait Caralyn. Tu pourrais bien avoir trois petits-enfants dans la même journée. »

Roddy intervint : « Je croyais qu'elle était malade depuis une lune. »

Son père gloussa à son tour. « Nous avons dû garder le secret, mon garçon, même si ça n'a pas été facile. »

Jennie éclata de rire. « C'est vrai, Aline avait son gros ventre qu'elle essayait de cacher sous des robes amples. »

Jake sourit à l'adresse de son frère et de Finlay. « Nous n'avons rien dit pour ne pas avoir à vous écouter vous chamailler encore plus. C'est elle qui a décidé de s'isoler de vous deux au cours de la dernière lune. Mais je suis ravi que nous ayons fait les choses ainsi, et que personne ne se soit douté de rien. Nous verrons bien qui aura le premier garçon. » Puis il porta sa femme dans les escaliers, les épaules redressées tandis que son rire profond résonnait dans tout le hall.

Finlay et Jamie se précipitèrent vers la balustrade pendant que Jake portait sa femme à l'étage.

« Tu l'as caché ? »

« Tu avais tellement peur de nous que tu n'as pu le dire à personne ? »

Jake ralentit légèrement pour leur répondre : « Oui, Aline ne voulait pas vous entendre vous disputer à propos d'avoir une fille ou un garçon. Ça n'a aucune importance pour nous. »

Un bruit assourdissant attira leur attention. « Les garçons ! » s'écria Alex, qui venait d'écraser son pied contre le sol. « Arrêtez, et laissez les futures mères tranquilles, s'il vous plaît. »

Finlay et Jamie se ratatinèrent en s'éloignant

de la balustrade. Jamie rougit légèrement et murmura : « Désolé, Aline. »

Celle-ci répondit par un long gémissement, ses poings serrés sur son ventre. « Dépêche-toi, Jake. Je sais que tante Jennie nous voulait toutes à l'étage ensemble, puisqu'il semblerait que nous allons avoir nos bébés le même jour, mais tu dois te dépêcher, sinon je vais accoucher dans l'escalier. »

Jake termina de grimper les marches et emmena Aline dans une chambre à droite. Finlay et Kyla se trouvaient dans celle de gauche, tandis que la chambre de Jamie et Gracie était au milieu.

Jennie alla d'abord examiner Kyla, puis sortit pour se pencher sur la balustrade. « Les choses avancent bien. Maddie et Caralyn sont avec elle. » Puis elle se dirigea vers la chambre de Gracie avant d'en ressortir pour leur donner d'autres nouvelles. « Gracie aussi progresse bien. Brenna et Ashlyn s'occupent d'elle. Je vais rester avec Aline. Celestina, veux-tu bien m'assister ? »

Celestina bondit sur ses pieds avec enthousiasme. « Avec plaisir. »

Quelques instants plus tard, Jake descendit les escaliers en courant pour se précipiter vers Jamie et Finlay, toujours en train de se disputer. Il poussa alors Jamie et dit : « Voilà pourquoi Aline et moi ne vous avons rien dit. Je ne voulais pas que ma femme ait à écouter vos chamailleries. Fille ou garçon, j'aimerai mon enfant de la même manière, mais je suis presque sûr que c'est nous qui aurons le premier garçon. »

« Bon sang, Jake, c'était sournois de ta part. »

Finlay passa sa main dans ses cheveux roux foncé, la sueur perlant à son front. « Je ne savais pas que je devais m'inquiéter à cause de *vous deux*. Un seul, c'était déjà assez difficile. »

Alex s'assit sur sa chaise et les laissa continuer de se chamailler pendant quelques instants avant de finir par grogner : « Vous n'êtes que des idiots. »

Les trois futurs pères se tournèrent à l'unisson en disant : « Quoi ? »

« Pourquoi ? » demanda Jake, visiblement perplexe.

« Parce que vos petites femmes sont là-haut en train d'accomplir la tâche la plus difficile de leur vie, et vous êtes là comme si avoir un enfant n'était qu'une formalité pour vous. Si vous vouliez vraiment montrer un peu de respect à vos femmes, vous seriez à leurs côtés en train de leur essuyer le front et de leur tenir la main. Je n'ai jamais manqué une seule naissance de mes enfants. »

Les trois jeunes hommes échangèrent des regards, puis se précipitèrent vers l'escalier au même moment en se poussant en chemin.

Brodie commenta : « Ils n'y survivront jamais, Alex. »

Ce fut la nuit la plus longue de toute la vie d'Alex, même si les éclats de rire abondèrent dans le grand hall et que tous burent beaucoup de bière. Il était presque aussi nerveux que sa petite femme, bien qu'il ne l'aurait jamais admis devant personne. Six. Il avait six membres de son clan pour lesquels s'inquiéter. Trois nouveaux, et trois jeunes femmes en train d'accoucher.

À ce moment-là, Rose poussa un soupir et dit : « J'adore tellement le clan Grant, mon époux. Ils s'aiment tous si fort, bien qu'ils le montrent de différentes façons. »

Enfin, près de trois heures plus tard, Celestina sortit de la chambre de Jake et Aline en annonçant : « C'est un petit garçon ! »

La porte de l'autre côté s'ouvrit à son tour, et Maddie en sortit avant de se pencher contre la balustrade en disant : « C'est un garçon ! »

Au milieu des applaudissements et des célébrations, la troisième porte s'ouvrit et Ashlyn sortit de la chambre, les joues mouillées de larmes. « C'est un petit garçon. »

La voix tonitruante d'Alex s'éleva au-dessus de toutes les autres. « Brenna, Caralyn, Jennie ! »

Les trois guérisseuses sortirent et Brenna, entre les deux autres, demanda : « Qu'y a-t-il, Alex ? »

« Qui est né le premier ? »

Dans l'attente de sa réponse, le hall tout entier se plongea dans le silence pendant un instant.

Brenna se tourna vers Jennie, qui dit : « Le mien est né il y a cinq minutes. »

Caralyn haussa les épaules. « Le mien aussi. »

Brenna hocha la tête vers le groupe. « Eh bien voilà. Ces trois garçons sont nés exactement au même moment. Il faudra que tu fasses avec, Alex. Ce sont tous les trois tes petits-fils. » Puis les trois guérisseuses retournèrent vers leurs chambres respectives pour finir leur tâche.

Personne ne dit rien dans le hall, car tout le monde attendait qu'Alex prenne la parole pour annoncer le premier descendant de la nouvelle génération, mais il n'en fit rien.

Jake sortit en trombe de sa chambre en déclarant : « Notre garçon est né le premier. »

Jamie avait dû l'entendre, car il bondit de sa chambre. « Notre garçon est le premier-né. »

La porte de la chambre de Kyla et Finlay s'ouvrit à son tour, et Maddie et Caralyn, assistée par une femme de chambre, sortirent Finlay de la chambre. Elles le laissèrent sur le balcon qui surplombait le hall. Maddie se pencha alors sur la balustrade et déclara : « Nicol, viens chercher ton fils. Il s'est évanoui. »

Un grand sourire de fierté se dessina sur le visage d'Alex. La foule autour de lui attendait son annonce. « Je n'aurais pas pu le prévoir mieux que la nature, et je ne la contredis jamais. »

Puis il passa une main dans son épaisse chevelure et déclara : « Trois garçons nés exactement au même moment. Quelle bénédiction ! »

Et c'est ainsi que cette histoire fut racontée de génération en génération.

Alasdair, aux cheveux sombres, fils de (John) Grant et Aline Carron.

Elshander, aux cheveux clairs, fils de Jamie (James) Grant et Gracie Grant.

Alick, aux cheveux roux, fils de Kyla Grant et Finlay MacNicol.

Tous les trois, nés le même jour exactement au même moment, étaient les descendants du célèbre Alexander Grant, le plus grand épéiste de toute la région.

Lorsque le moment viendrait, ces trois garçons deviendraient ensemble lairds du clan Grant, le clan le plus puissant de toute l'histoire d'Écosse.

FIN

http://www.keiramontclair.com

CHER LECTEUR, CHÈRE lectrice,

Merci infiniment d'avoir lu *Mensonges dans les Highlands* et de continuer ce voyage avec moi. Si vous ne l'avez pas encore deviné, la prochaine histoire sera celle de Daniel et Constance. J'adore ces deux personnages.

Voilà très longtemps que je ne m'étais pas autant amusée à écrire quelque chose que cet épilogue. J'aime toujours écrire du point de vue d'Alex. C'est un excellent personnage, si je puis me permettre de le dire !

Par ailleurs, cet épilogue est une complète invention de mon esprit. Je n'ai jamais entendu parler d'une situation similaire durant mes recherches. Je n'avais pas prévu de l'écrire avant d'arriver environ à la moitié du roman. C'est la scène entre Roddy et Gracie qui m'a inspirée. À l'origine, je n'avais prévu que la grossesse de Gracie.

Et oui, j'ai également écrit une série avec Alasdair, Elshander et Alick. Cette série s'appelle Les Épées des Highlands.

Bonne lecture !

Comme toujours, j'apprécie grandement que vous me laissiez un commentaire. Consultez mon site Web pour rester à jour de mes dernières publications. *http://www.keiramontclair.com/*

Keira Montclair
www.keiramontclair.com
http://facebook.com/KeiraMontclair/
http://www.pinterest.com/KeiraMontclair/

Autres livres de Keira Montclair

———— ✤ ————

SÉRIE DU CLAN GRANT

#1- SAUVÉE PAR UN HIGHLANDER -
Alex et Maddie
#2- LA GUÉRISON DU CŒUR D'UN
HIGHLANDER-
Brenna et Quade
#3- LETTRES D'AMOUR VENANT DE
LARGS -
Brodie et Celestina
#4- VOYAGE VERS LES HIGHLANDS -
Robbie et Caralyn
#5- ÉTINCELLES DANS LES HIGHLANDS
- Logan et Gwyneth
#6- MON HIGHLANDER DÉSESPÉRÉ -
Micheil et Diana
#7- L'ÉTOILE LA PLUS BRILLANTE DES
HIGHLANDS -
Jennie et Aedan
#8- HARMONIE DES HIGHLANDS -
Avelina et Drew
#9- ANGES DE NOËL

LE CLAN DES HIGHLANDS

Loki
Torrian
Lily
Jake
Ashlyn
Molly
Jamie & Gracie
Kyla
Sorcha
Bethia
Le Conte de Noel de Loki
Elizabeth

LA BANDE DE COUSINS

VENGEANCE DANS LES HIGHLANDS
ENLÈVEMENT DANS LES HIGHLANDS
CHÂTIMENT DANS LES HIGHLANDS
MENSONGES DANS LES HIGHLANDS
COURAGE DANS LES HIGHLANDS
RÉSILIENCE DANS LES HIGHLANDS
DÉVOTION DANS LES HIGHLANDS
FORCE DANS LES HIGHLANDS
MAGIE DE NOËL DANS LES HIGHLANDS

À PROPOS DE L'AUTEURE

KEIRA MONTCLAIR EST le nom de plume d'une auteure qui vit en Caroline du Sud avec son mari. Elle écrit des romans historiques au rythme soutenu, souvent avec des enfants comme personnages secondaires.

Lorsqu'elle n'écrit pas, elle préfère passer du temps avec ses petits-enfants. Elle a travaillé comme professeure de mathématiques dans un lycée, infirmière diplômée et chef de bureau. Elle aime le ballet, les mathématiques, les puzzles, apprendre de nouvelles choses et créer de nouveaux personnages dont ses lecteurs pourront tomber amoureux.

Elle considère que son travail est bien fait lorsque ses lecteurs versent des larmes en lisant ses histoires, toutefois les fins heureuses sont toujours au rendez-vous !

Sa série à succès est une saga familiale qui suit deux clans écossais médiévaux sur trois générations et compte aujourd'hui plus de 40 livres.

Contactez-la sur son site web, *http://www. keiramontclair.com* ou directement à l'adresse keiramontclair@gmail.com.

www.ingramcontent.com/pod-product-compliance
Lightning Source LLC
Chambersburg PA
CBHW070832280626
47161CB00015B/437